LITTLE WITCH HUNTING LOVE NOTEBOOK

小魔女猎爱手札

© SOL.Bianca Creation works

LITTLE
WITCH HUNTING
LOVE
NOTEBOOK
我喜欢你。
无论你是不是人类，我只知道我喜欢你。我也不明白我为什么会喜欢像你这样长相普通的女孩子，但当我发现你的喜怒哀乐能牵动我的心时，我就已经明白，我已经不可救药地喜欢上你了。

LITTLE
WITCH HUNTING
LOVE
NOTEBOOK
一直以来都是你保护我。这一次，轮到我保护你了……这是我欠你的……谢谢你一直守护在
我的身边。
© S.O.L.Blanc Creation works

小魔女猎爱手札
LITTLE WITCH HUNTING LOVE NOTEBOOK

喵哆哆 著

CNS PUBLISHING & MEDIA
湖南文艺出版社

图书在版编目（CIP）数据

小魔女猎爱手札 / 喵哆哆著. -- 长沙 ：湖南文艺出版社，2013.1
ISBN 978-7-5404-5986-4

Ⅰ. ①小… Ⅱ. ①喵… Ⅲ. ①言情小说－中国－当代 Ⅳ. ①I247.5

中国版本图书馆CIP数据核字(2013)第003918号

小魔女猎爱手札

喵哆哆 著

出 版 人：刘清华

策　　划：谢不周

责任编辑：唐明 张璐

湖南文艺出版社出版、发行

（长沙市雨花区东二环一段508号 邮编：410014）

网　　址：www.hnwy.net

湖南省新华书店经销

湖南众鑫印务有限公司印制

*

2013年1月第1版第1次印刷

开　本：660 mm × 960 mm　1/16　印　张：16

ISBN978-7-5404-5986-4

定价：24.80元

邮购电话：0731-85983015

若发现缺页、错页、倒装等印装质量问题，可直接向印刷厂调换

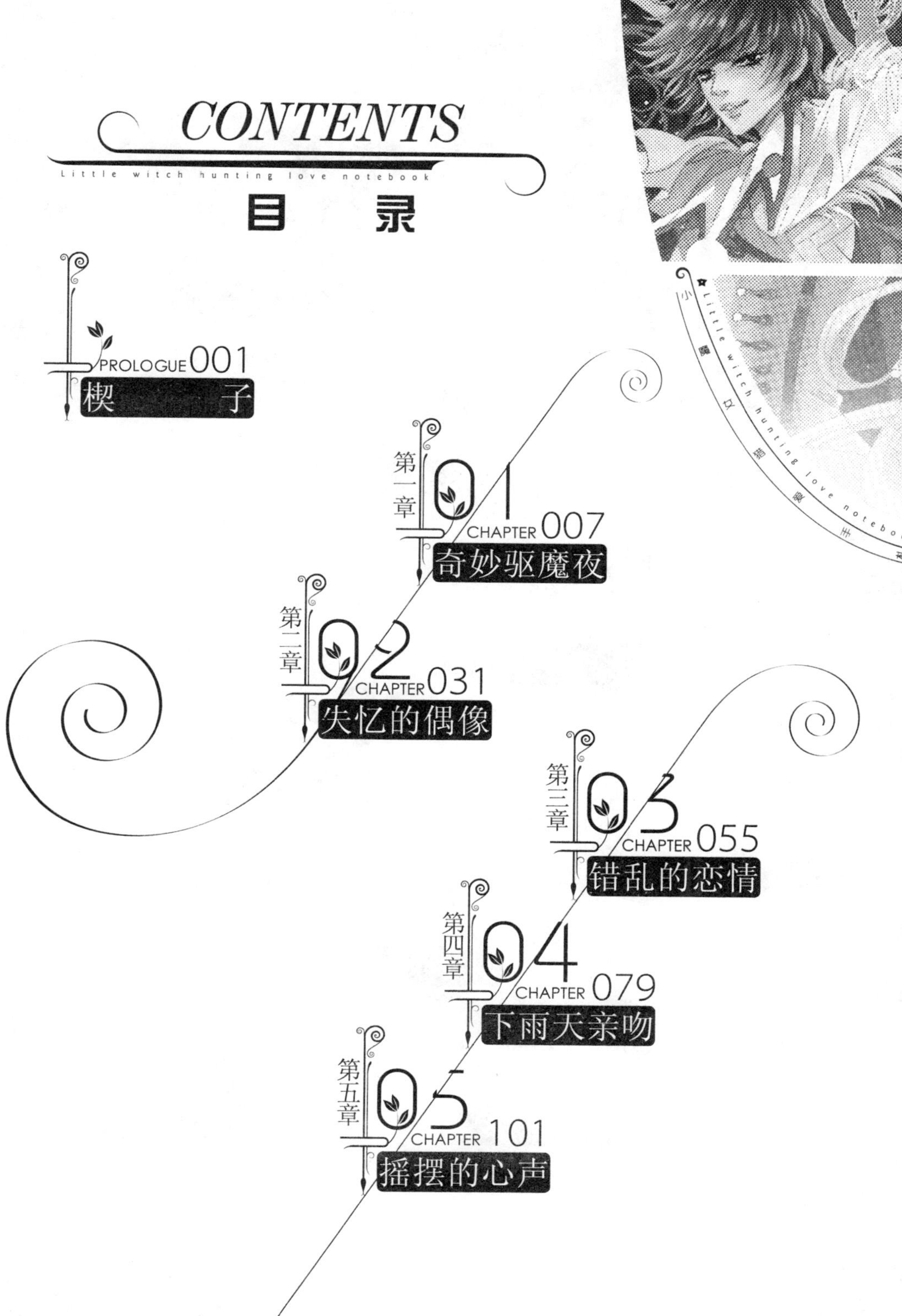

CONTENTS

Little witch hunting love notebook

目录

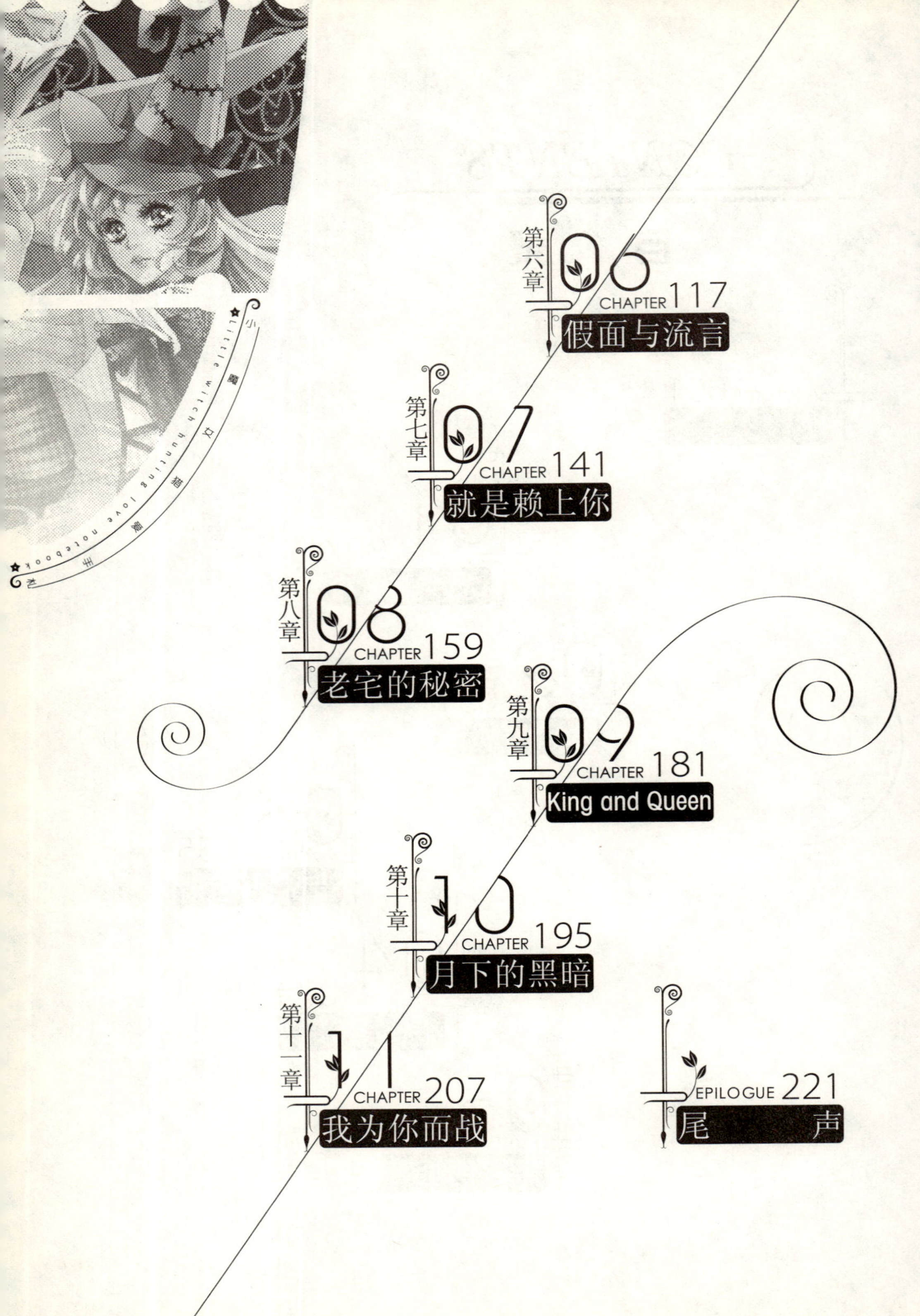
小魔女猎爱手札
Little witch hunting love notebook

子

迷乱缤纷的舞台特效灯光，震耳欲聋的电子音乐声，伴随最后一个音符落下，超人气视觉系摇滚偶像歌手松元葵2013全球演唱会，最后一场落幕。

台下歌迷们仍深陷于疯狂痴迷的情绪中，不断齐声高喊“安可”。

台上的少年长相绝美冷艳，他立在舞台中央，一头极具视觉冲击感的暗紫色中长发，在灯光下流转着瑰丽的光泽，他冷傲的黑色眼眸里透着狂野，晶莹的汗珠从他额角滑落，狂放不羁的模样让在场所有人迷醉而不可自拔。

这一刻，他是所有人心目中的神！

“演唱会结束！我亲爱的歌迷们，下次再见！”他挥了挥手，在歌迷们狂热的呼喊挽留声中，转身大步走向升降台。

与台前万人追捧的偶像歌手判若两人，走进休息室的少年面无表情。将电吉他交给早已等在一旁的助理后，他吩咐：“待会儿的庆功会你们玩吧，我想出去透透气。”

小助理战战兢兢地说：“可是主办方高层会来庆功会，葵，你还是去应付一下吧，只是见面说会儿话。”

“我很累。”少年走进更衣间，换掉繁复夸张的演出服。从休息室出来时，已然变成了另外一个人。

他低声交代小助理：“随便找个借口，帮我应付主办方，我先走了。还有，不许透露我的行踪，帮我跟他们请假，拜托啦。”

他戴上墨镜，把鸭舌帽压低，扫了眼周围的情况，小心谨慎地从体育场后门快步溜了出去。

后门和地下停车场都有记者蹲点守候，他警觉地躲过了几拨偷拍的记者后，从一道隐蔽小门跑出来。

此时已经是深夜时分，月亮被厚重的云层遮掩，大街上行人稀少，两旁城市景观灯孤寂地闪烁着霓虹流光。

又往前走了一段路，虽然已经确定狗仔不会跟上来，但他仍有些担心他的那些铁杆粉丝会悄悄跟踪他。

他想了想，喃喃自语般说：“还是走小巷子比较安全。”他边说边脚步一转，朝一旁那条漆黑无光的巷子里走进去。

正是因为这个想法，让他放松了警惕，他并没有注意到巷口那盏忽明忽暗的路灯，在他走入小巷的后一秒，莫名诡异地熄灭了。

他走了一段路，巷子又黑又长，似乎深得不见尽头。他微微皱眉，渐渐觉得有些不对劲。

正打算掏出口袋里的手机用于照明，忽然听见前方隐约传来两个人的对话声。

也许是距离有些远，他不能完全听清楚对方的对话内容，但凭着他身为音乐人的绝佳听力，勉强分辨出其中几个词，断断续续的，如“月光学院的……一千万……足够让他们处理那个学生会长利亚斯……”

虽然凑不成一个完整的句子，但已经能让他感觉到那两个对话中的人并非善类。

他心头一紧，停下脚步。

月光学院不就是那所全国知名的高等院校吗？不过他们口中那个学生会长利亚斯是谁？难不成那个利亚斯得罪了谁吗？

他烦躁地挠了挠头发，他可不想插手这件事。如果让记者偷拍到他深夜出现在这种偏僻的小巷中，不知道明天头版头条又会瞎编胡写些什么。他只是想出来散散步，可不乐意因为这个到时经纪人又来唠叨他。

正当他低头思忖时，夜空中卷起一阵狂风，云层一点点散开，银色的月光从云缝间洒下来。

他刚想掉头离开，却不想转身间带动了垂挂在腰间的饰品。银饰品在月光照射下立刻闪动出一道道醒目亮光。虽然银饰品发出的白光一闪即逝，却已经惊动了不远处的那两个正进行诡秘交易的人！

“有人！”

其中一个人见状立刻提上箱子转身就跑，而另外一个人则转头看向了银光所在的位置，立即发现藏身在黑暗中的少年。

那人冷冷一笑，脚尖一点地，身影迅速向少年袭来。他伸出枯瘦的右手，利爪在月光下闪着寒光，仿佛在向别人昭告着它身为杀人利器的身份。

糟糕！被发现了！

少年看到那人朝他冲过来便知道自己惹上大麻烦了，也不敢多想，转身就跑。

他想着只要离开这条小巷，跑到外面的大街上，那个人肯定不敢在大庭广众之下伤害他。就算到时候万一倒霉地被记者拍到他狼狈的模样，他也认栽了。

这时，那些记者、疯狂的粉丝、爆炸新闻全被他抛到脑后。命没了，就什么也没了，此时此刻全力保护自己才最重要！

没想到那个人速度奇快，只是一瞬间便已出现在他面前。

清冷的月光下，他看见那个人一身漆黑装束，毫无血色苍白的脸上布满疤痕。

他的脸……太可怕了！

少年惊恐地瞪大双眼，惊惶失魂地往后一个趔趄。

看着少年脸上惊恐的表情，黑衣人露出了残忍的冷笑。他慢慢举起手臂上用灵力幻化出来的利爪。

也许是强烈的求生意识，少年几乎下意识拔起腿拼命向反方向狂奔！

看到少年惊恐逃走的反应后，黑衣人并没有立即追，反而眯细双眼，像是盯准猎物般，他挥起手臂，一道光刃瞬间从他掌心朝前劈去！

他冷笑一声："愚蠢的人类。"

前一秒仍在亡命狂奔的少年，只觉得后脑勺猛地一疼，似乎有什么冰冷的东西狠狠劈向他的背脊，剧烈的疼痛瞬间传遍四肢百骸。

他全身像是脱力般，颓然倒地。温热的血液从身体里流淌出来浸湿衣服，他想呼喊求救，但浑身无一丝力气，他的意识开始模糊起来。

黑衣人一步步走上前，那张狰狞的脸再一次出现在他面前。黑衣人故意俯下身，脸上噙着冷笑，只是那笑，仿佛可以冰冻整个世界。

少年努力睁开眼睛紧盯住黑衣人的脸，好似要将黑衣人的容貌牢牢深刻在脑海。他嗫嚅着嘴唇，发出类似嘤咛的声音："你……为什么……"才吐出几个字，他已精疲力竭昏死过去。

月亮像是不忍看到这幕残忍的景象般重新躲回到云层里，小巷中光线暗淡，重新恢复到最开始那般的沉寂的幽暗。

黑衣人伸手拨弄了一下少年的脑袋，确定他不会有苏醒的可能性后，这才从怀里取出精美诡异的银色面具戴上，他站起身居高临下地瞟了一眼躺在血泊里的少年。

他声音冰冷："多事的人类，这一切都是你自找的。"

说完，黑衣人像刚才一样脚尖轻轻点地，身形一闪轻巧地跃上墙头，身影消失在浓夜中。

小巷恢复到一片死寂。

而在刚才那方幽暗里，只留下浑身是血、面色苍白的俊美少年倒在冰冷的地面上。

夜越来越深，巷子上空忽然刮起一阵奇异的清风。

巷口黯淡的路灯像是受到什么刺激般，闪烁几下后陡然变得明亮了一些，灯光幽幽照在少年的身上，昏迷中的少年像是感应到什么似的，突然动了动手指，他昏沉的意识慢慢苏醒，双眼费力地睁开一条缝隙。

模糊中，少年眼前看见的仍然是这条幽暗的小巷，他虚弱地喘息着。

一切毫无预兆，突然间周围强光大盛，一颗萦绕着华美月光的晶石忽地从空中落下来。

少年趴在地上微昂起头，拼命挣扎着想要抓住那晶石，那模样，就像是溺水的人想要努力地抓住最后一根救命稻草般。

不知是巧合还是命中注定，在少年无力地注视下那晶石竟真的顺着光柱慢慢进入他的身体里，柔和绚烂的彩光将他整个人包裹起来，缓缓地托起升到半空，这一幕景象华美中透着说不出的诡异。

幸好这是深夜，周围并没有任何行人路过。

少年意识混沌，吃力地用手摸了摸晶石没入的胸口，想要看清是怎么回事却再也提不起任何力气，失血过多让他疲惫地连动一下手指都觉得困难。

当所有光华退去，少年身上的伤口居然奇迹般开始慢慢愈合，与此同时他感到一股强烈的疲倦感正袭遍全身。他勉强撑起眼皮，但实在太累太困了。他再也支撑不住，他的呼吸越来越轻，眼皮渐渐合上。

就在他再度昏迷过去时，一道俏丽的身影突然从天而降，意识混沌中的少年好像看到一个长相清秀的女孩身披白光，像童话中的精灵般从半空中飘落下来。

那个像精灵般可爱的女孩蹲在他面前，低头好奇地看着他。

他费力地蠕动嘴唇求救：“救……救我……”

女孩却伸出一根手指，戳了戳他的脸颊，说：“长得挺漂亮的，怎么是个小偷啊？喂，快把灵石还给我！不然我叫师兄揍你哦！”少女的嘴唇翻动着，她的声音很清脆，非常好听。

少年强撑着最后一丝意识，想抬起眼皮看清楚那个少女的模样，他动了动嘴唇想要求救，却再也没有力气开口。他双眼一闭，意识彻底沉入无边无际的黑暗之中……

一

章

奇妙驱魔夜

Vol.1

月光学院教学楼前的广场边，一群女生围在树荫下窃窃私语。

“你看你看，她是那个一直跟在利亚斯学长身边的女生，好讨厌哦！”

“听说她是个很难相处的女生，性格高傲而且还不喜欢 理别人。”

“所以才说她讨人厌嘛……”她们边说，目光边有意无意扫向站在不远处的我。

我背着书包站在花坛前，嘴巴里叼着一根头绳，正打算把披肩长发扎起来，却听到身后传来的那些话。

我委屈地扁了扁嘴巴，小声嘀咕：“我明明没做错什么事情，大家为什么总是不太喜欢我？我只是不习惯跟她们一起谈论八卦，听到笑话时反应和笑容比别人慢那么半拍而已，无尾熊反应也是慢半拍啊，为什么偏偏鄙视我，还把我形容成那种高傲又难以相处的人呢？熟悉我的人都知道，我本人超好相处的。”

我歪着脑袋叹了口气，可下一秒立即想起：“冷静冷静，学长说过伤心难过这些都是垃圾情绪，叹气多了对身体不好。嗯！我要听学长的话……啊！对了！学长！”低呼中，我张大嘴巴，叼在口中的头绳瞬间落地。

呜呜……学长送我的星星吊坠的头绳啊！

我心疼着立即弯下腰捡起头绳，用手小心翼翼掸掉上面的灰尘。刚抬头，眼角余光陡然瞄见挂在教学楼外墙上的大时钟。糟糕！离我跟学长约定见面的时间只剩下十五分钟。完了完了，我要迟到了！

我眼珠一转立即想到："从樱园抄小道跑吧，那里离学院后门最近！"我抬起手迅速地用头绳把我那头被学长们称赞为月光学院最美秀发的棕色长发扎起来，全然不管这样用力会不会损伤我美丽的长发。现在对我来说，与学长的约定才是最重要的事情。

真是的，人家要迟到啦！我转身向另一个方向的樱园小道狂奔。

说了这么久，还没有自我介绍一下呢。

我叫春日彩，白天是月光学院的一名普通学生，晚上则会化身为拥有奇妙驱魔灵力的——御灵族成员，行走于黑夜，守护城市和平。

嘻嘻，虽然目前我只是驱魔经验尚欠的新手，但相信在我的师兄利亚斯的引领下，我一定会快速成长，成为一个灵力强大，能够独立驱魔的御灵族勇士！

因为我的特殊身份，需要保持低调，所以平时我并不喜欢热闹，也不习惯扎堆跟别人谈论八卦，对于好笑的事情的反应也总是比别人慢了半拍。

周围的同学们一直误以为我是一个难以相处的人，大家都不太接近我，导致我的人缘一直很差。但更令我苦恼的是学院里的女生不仅不喜欢接近我，似乎还都很讨厌我。这不单单是因为我不擅长跟她们打成一片，更大的原因是由于我有一个全校闻名的超人气学长——利亚斯。

在这个学院里，不管是老师、同学，甚至连社工们，没有一个不知道传奇人物利亚斯学长。

他不仅长相帅气，头脑超级好，而且他还是我们学院的学生会会长哦！要知道月光学院可是全国闻名的一流院校，没有超强的实力，是没办法胜任学生会长这个重要职位的！单从这一点，就知道利亚斯学长有多强了吧？

而且最重要的一点是——利亚斯他可是我们御灵族的少主，同样也是御灵族中第一驱魔师！

而我能跟这样优秀的学长学习生活在一起，是因为我十二岁时的一次意外，让我失去之前的记忆。

当我醒来时便躺在利亚斯家的老宅中，利亚斯便是我睁开眼后第一个看到的人，从此他便陪伴在我身旁，一直到我升学进入月光学院，我认为自己应该学习独立，才向利亚斯提出搬到学院宿舍住，这才跟他分开。

不过我知道即使我搬离利亚斯家，他对我的关心还是一点不减，反而时常会跑到我的宿舍，给我送零食和日常用品。

所以当这样集齐所有优点于一身的帅哥学长每天陪伴在我身边，关心我，保护着我，大家不对我羡慕嫉妒恨才怪呢！唉……有一个超人气帅哥学长一直守护在身旁，真是伤不起啊！

想起利亚斯学长，我的脸蛋不由自主地红了一下。

一会儿后。

我以百米冲刺速度终于跑到学院后门，还来不及调整呼吸，便一眼看见等候在学院后门外马路边上的一辆加长型白色房车。

呜呜，我还是迟到了！学长他一定已经等很久了。

不等我走过去，等在路边的那辆房车的驾驶座车门先打开了，一位身穿黑色司机制服的中年大叔走下来。他正是学长家的司机叔叔！

他走到我面前，单手放在小腹前向我致礼："彩小姐，您终于来了。"

我愣了愣反应慢半拍，这才不好意思地挠了挠头发，礼貌地向他问好："达叔，下午好。"

大概是跟我相处的时间比较长，达叔早已习惯我慢半拍的性格。他笑眯眯地点了点头，走到房车左侧拉开后座车门，恭敬地说："少爷，彩小姐来了。"

后座的车门敞开，利亚斯坐在后座柔软的真皮座椅上，前一秒似乎正闭目养神，听见声音这才缓缓睁开眼。

"好的，谢谢你，达叔。"他微微颔首，弯身从后座走出来。

下午金灿灿的阳光透过头顶茂密的树叶，细碎地洒落在他身上，他微微侧目看我，浑身仿佛散发着一股神明般不可侵犯的圣灵之光。

看着利亚斯一步步向我走来，我的心跳忽然开始加速，脸颊也慢慢变红。不知道为什么，虽然已经跟学长相处很久，但每次见到他，我还是有一种如初见般怦然心动的感觉！

“利、利亚斯学长，你怎么会在这里？”我低着头结结巴巴地问，心想不是约好了在他家里见面吗？怎么利亚斯亲自跑来接我了？

“就知道小彩会迟到，所以我来接你了。”微风拂过，路旁的粉色樱花带着淡淡的香味如雨一般洒落，在这花瓣雨中利亚斯学长朝我温柔地笑了笑，漂亮的冰蓝色眼睛凝视着我，就连这美丽的樱花雨也比不上这双温柔含笑的双眼。

在樱花雨中，利亚斯慢慢向我伸出手，那绅士的姿势与迷人的神态，简直就像是从童话故事里走出来的白马王子一样，真是帅得让人受不了！

“我……对不起，学长，我不是故意迟到的。”我羞愧地垂下脑袋，双手放在身前不知所措地搅弄着校服裙摆。

唉。我这个糊涂虫！今天这么重要的日子居然还让利亚斯亲自来接我，春日彩你真是太丢脸啦！

我红着脸，小声说：“学长，我保证以后绝对不会再迟到……”

“小笨蛋。”学长突然伸手摸了摸我的头发，打断我自责的话，然后笑着说，“是我心急想见到小彩才过来的，你没有迟到呢。”

利亚斯温柔的安慰悠悠传入我耳中，这一刻，四周的空气好像都变得甜蜜起来。

“学长……”我感动地看着他。

利亚斯总是脸色冰冷，鲜少微笑。但利亚斯对我总是那样大度，总是那么温柔，只要跟他在一起，似乎什么烦恼都会消失。如同刚才那些女生不怀好意的窃窃私语，此时早已因为利亚斯温柔的微笑而消失得一干二净。

“走吧，这次再不走可就真要迟到了。”说着，利亚斯很自然地牵起我，将我送入车里。当他修长白皙的大手牵住我的手时，我情不自禁再一次羞红了脸。学长他……他竟然当着路人的面牵起我的手，好害羞啊！

微暖的温度从掌心传来，带着一种莫名的心安。我抬起眼偷瞄着利亚斯俊美的侧脸，真的好帅好迷人！我最喜欢这样的学长了。

我用另一只手按住胸口，努力平复怦怦狂跳的心脏，好怕会被学长发现，那样就真的太丢脸了。

我们坐进房车中，达叔为我们关上门，而后上了驾驶座，他发动车子，平稳地向前驶去。

坐在车里，利亚斯一直没有放开我的手，我一直害羞地低着头，感觉自己的脸颊热得发烫，可又舍不得主动放手。

似乎是发现我有些紧张，利亚斯转头，温柔地问："今天可是一个重要的日子，小彩你准备好了吗？"

准备？

前一秒还沉浸在车内粉红气氛中的我，顿时表情僵住，想起我不得不面对的一件事！

今晚是——见证我是否能成为一名合格驱魔师的重要检验时刻！

昨晚我接到御灵族祭司的正式书面公文，我春日彩，今晚将首次独身一人，进行御灵族驱魔任务！此次目标对象为一只近日在本市中胡作非为的灵狐！

利亚斯当然知道这件事，因为他可是地位超凡，拥有强大灵力的御灵族少主！

发现我呆住了，利亚斯更加关切地看着我："小彩，你很紧张吗？"

"我……我没事！"我摇了摇头，抬起右手握拳说，"学长，我一定不会让你失望的！今晚就等着听我完美完成任务的好消息吧！"

"那就好！"利亚斯笑了笑，冰蓝色的眼睛里好像泛着奇异的亮光，像春天里最美的海般温柔而迷人，"迷糊小彩，没有我在身边，记住保护好自己，一定要小心哦。”

我脸红了一下，马上低头回答：“知道啦，学长。”

见我一脸害羞的模样，利亚斯低头微笑，又故意贴近我的脸颊：“我们都已经相处了这么久，小彩你怎么还是这么害羞呢？”

这……这能怪我吗？谁叫学长你长得这么帅，又总是对我这么温柔呢？

我正红着脸胡思乱想，房车缓缓停下来，前座传来达叔轻缓有礼的声音：“少爷，彩小姐，我们已经到了。”

好快啊！

我赶紧拿起书包准备下车，利亚斯却忽地拉住我的手，我回过头，看见他表情慎重地看着我：“小彩，记住，如果太勉强的话，宁可放弃任务，绝对不能自己受到伤害！明白了吗？”

学长认真的表情，让我下意识点了点头：“学长，你放心！今天我一定会完成任务，顺利通过御灵族驱魔师的测试！到时我就可以和学长一起并肩作战，不用学长老是保护我了。”我向利亚斯挥了挥手后下车。

Vol.2

告别学长和达叔，我背着装满驱魔用具的包，踏上了我的初次驱魔考验之旅。

漫天晚霞如潮汐般慢慢消退，夜幕开始一点点降临。

我站在一栋废弃大楼下，背靠着冰冷的墙根，闭上双眼，屏息凝神，激发体内的灵力感受周围微小的异动。

根据任务安排，今天我接手的首个驱魔任务，是追踪猎捕一只最近在城市内到处作恶的狐妖。

夜色渐浓，翻滚的浓云将月光遮挡，四周一片漆黑，我站在黑暗中耐心等待。

周围空无一人，风声扫过耳际，我感受到妖灵的气息越来越浓重。

就是现在！

我陡然睁开双眼，足尖点地飞速跃上五层高楼。

凭借这些年与学长一起训练出来的出色追踪技巧，我迅速判断妖灵方位，并准确地在楼顶的暗角处，将幻化成人形的狐妖堵在墙角，并急速念咒在它周围封下结界。

“你这只狐妖平日在城市里作恶多端，今天看我春日彩怎么收拾你！”我用灵力在手心里聚起一团光球。

“哼，凭你一个小丫头就想收拾我？哈哈，你别做梦了！”狐妖身体被我的结界困住，但神色依旧傲慢。

它冷笑一声，突然开始发力，他的身形成几倍速度急速膨胀扩展，眨眼间它变换回原形——一只皮毛呈青灰色的巨大灵狐。

它怒吼一声，瞬间从我布下的结界中挣脱。

我还是第一次看到这样巨大的狐妖，我惊愕地杵在原地一时忘记了自己的身份，就那样呆呆地看着它抬起毛茸茸的利爪，凶狠地朝我拍过来。

一股猛烈的风浪向我扑来，我这才陡然清醒过来，动作敏捷地侧身翻滚躲过那道攻击。从地上爬起来，我回头一看，只见我原本站着的地方，水泥地面被砸出一个大坑，可以直接看到下面一层的房间了。

呼，幸好这栋是废弃楼房没有人住，要不然普通人类肯定会吓得昏过去！不对，应该说还好刚才那道攻击没伤到我，如果被狐妖一爪子拍到，那我可就惨了！

狐妖抓住我分神的刹那，忽地又扬起前爪挥过来。我赶紧回神，翻身跃至半空，手心集起一团光球朝狐妖甩过去。

光球直击向狐妖，它立即收回爪子，翻滚了一圈躲到一边，又立即转身甩起毛茸茸的粗大尾巴向我扫来。

我只顾着防备狐妖的爪子，却忘记它的尾巴也是极具攻击力，我躲闪不及，身体被它的尾巴缠住，它将我卷起在空中甩了几圈后，用力抛向墙壁。

我的身体在半空失重，没等施展灵力，我已经被甩到屋顶的水泥墙壁上，肩部与后背受到猛烈撞击，我痛得龇牙咧嘴，眼泪一下子涌出来。

“呜呜……痛死我了！”

“怎么样？我就说你这个小丫头是打不过我的。”狐妖得意地翘起尾巴，眯起琥珀色眼睛轻蔑地看着我。

“可恶的狐妖，你别太得意！”我春日彩才不会轻易认输呢，我可是立志要和利亚斯学长一起并肩作战的人！

不顾肩膀的伤痛，我手心再次凝聚起灵力，重新向狐妖发起攻击。利用在训练中学到的驱魔技巧，我身体灵巧地左躲右闪，一边分散它的注意力，一边则趁机用灵力布下新结界困住它。

狐妖被我弄得晕头转向，同时也被我打中好几下，它脾气越加狂躁，失去理智向我发起疯狂攻击，我被逼得连连后退，身上被它挠出好几道伤口。与此同时，楼顶好多东西都被它扫飞到半空，场面十分混乱，几乎无法控制。

以前与利亚斯学长一起驱魔时，都是他在保护我，但今晚他不在我身边，我一个人手忙脚乱，不但要躲避狐妖的攻击，还要寻找机会攻击它的薄弱处尽快解决它，再拖下去万一我体力不支那就危险了。

呜呜，如果学长在我身边就好了，一个人的战斗真的好困难好危险啊！

我一边在心中哀叹，一边使出各种方式攻击狐妖，终于找到一个机会，我催动灵力刚想出手，猛然间一道红光闪现，我还没反应过来，只见狐妖瞬间缩小身体，飞快地跳向前面一栋大楼楼顶。

糟糕！它想逃跑！如果让它跑了，我今天的任务就失败了！

“可恶！臭狐狸，别跑！”我跺了跺脚，赶紧腾身追上去。

夜色越来越暗，我向前追逐，一晃眼那只狐妖的身影忽然消失在一片低矮的老房屋间。

我收住脚步，降落在一栋三层小楼的屋顶上，我不知所措地边朝四周查看狐妖踪影，边咬着指甲自言自语："惨了，如果让狐妖逃掉了，我的考核任务就没办法通过了，利亚斯学长肯定会对我很失望……"

讨厌，都怪我自己太大意了！狐妖这么狡猾，我应该早点用符咒困住它，不让它有机会逃跑！唉，我果然像利亚斯说的一样，就是一个小迷糊！

正当我兀自懊恼时，楼房屋檐下的小巷中忽然闪现点点银光，顿时吸引住我的目光！

难道是那只狐妖在耍什么花样？我得小心一点！

我谨慎地蹲下身，探出半个脑袋朝楼下望去。小巷子里光线黯淡，仅有从云缝中渗出的几缕月光，幽幽照亮底下的黑暗。

因为我体内有灵力加持，夜晚视力是普通人类的五十倍，我眯细双眼凝神去看，陡然发现黑暗的角落有一道修长的身影，而在他不远处站着的两道黑影是……

我神情一怔，立刻分辨出那两道黑影并不是人类！

我脑内飞快闪过两个念头，我应该立即下去帮助这个人类，可是我还没有结束跟狐妖的战斗，如果贸然行动很可能会被狐妖发现踪迹偷袭我，我究竟该怎样选择？

还没等我下定决心，我眼角余光扫见小巷中其中一道黑影右手幻化出利爪，速度极快地袭向那个人类，那个人类甚至还来不及发出惨叫声便瞬间倒地。

可恶！居然在本小姐这个见习驱魔师眼皮底下猎杀人类！

我怒气上涌从屋顶上跳起身，打算翻身下去救那个人类，可就在我站起身的一瞬间后方忽然刮起一阵阴风，我脖颈一凉，来不及转头去看就被一团狐火击中，我背脊剧痛，整个人被狐火的力量震飞起来。

“啊！”狐妖的赤火瞬间冲入我的四肢百骸，我全身麻痹，痛呼一声，与此同时我的灵力居然被暂时封住。我无措地被弹到半空，眼睁睁看着自己往下坠落，却无法自救。

“嘻嘻，臭丫头，现在知道我的厉害了吧！”狐妖偷袭成功，狂妄地大笑一声，身影一晃跃至空中，趁我被封住灵力时，挥起爪子毫不留情给予我致命一击。

我动弹不得，惊恐地瞪大双眼，眼看狐妖一爪子拍在我胸口，我垂直摔下去，身体重重砸在水泥地面上，后背爆发一阵剧痛，但更可怕的是——我被狐妖击中的一瞬，感到体内好不容易修炼出来的灵石“夜魅流萤”受到重创，在我灵力最薄弱的时刻，被狐妖的重击震出体外。

“我的灵石……”我惊叫一声，忍着痛想爬起来去找，没想到狐妖比我更快一步又发动了攻击。

“臭丫头，去死吧！”狐妖尖锐的爪子夹着妖气朝我狠狠抓来。

我几乎下意识抱头大喊：“不要啊！学长！救救小彩！”

没想到我第一次接受任务，不但没有快速顺利地完成，反而即将被追踪的魔物一爪子拍死在这里！呜呜，这真是身为一个实习驱魔师的耻辱啊！对不起，利亚斯学长，我恐怕要让你失望了……

正当我陷入绝望，想要闭上眼眼时，空中忽然乍现一道强烈的白光，我被白光闪得睁不开眼，只听那只狐妖痛苦地哀叫一声，原本要打到我身上的爪子立刻缩了回去。

白光退去，我睁开双眼，那只狐妖却不见了。

“咦？到底发生了什么事，那只狐妖呢？刚才那道白光……难道有人在暗中帮助我？”死里逃生的我顾不得身上的疼痛，从地上爬起来，捂着伤口警惕又疑惑地环顾四周，却没看到半个人影，该不会是哪个路过的好心同行顺手帮我吧？

“不管你是谁，刚刚真是谢谢你啦。”我朝着茫茫夜空大喊一声，见没人回应，也就不再多想，赶紧一个翻身从民居楼顶跳下来，脚步落在寂静的小巷中。现在最重要的事情，是要赶紧找回我的夜魅流萤！

身为一个御灵族人，如果失去修炼的灵石，体内的灵力会慢慢消失，更严重的甚至会变回普通人，再也无法成为追捕魔物维护和平的驱魔师！

“不可以！我一直以来的愿望就是成为像利亚斯学长一样出色的驱魔师，我绝对不可以失去夜魅流萤，我不要变成没有灵力的普通人！”

Vol.3

我焦急地走在小巷中，低着头仔细寻找灵石的踪影。灵石本身和我有感应，很快地我感应到灵石的大致方位并朝那个方向寻找过去。

我一步步往前走，本体对灵石的感应越来越强烈。夜魅流萤本身有神奇治愈效果，就算只是接近它也能让受伤的人伤口缓慢愈合，如同当下我感觉到我和狐妖战斗时留下的创口，正在慢慢愈合，虚脱的体力也在缓缓恢复。

“好奇怪！我的感应不会有错，灵石应该就在这附近，为什么一直找不到啊？”我一边喃喃自语，一边继续寻找，忽然间——

“天啊！”我刚转弯走进另一条巷子，脚尖突然踢到一个柔软物体，我以为又是狐妖，吓得向后倒退一步同时摆出防御姿势。

等一系列下意识动作完成后，我这才看清前面哪来什么狐妖，黑漆漆的巷子口地面上躺着一个人。

我眯细双眼定睛一看，应该是个男生，他侧身倒在地面上，身体修长，四肢纤瘦。他的头部有鲜血正一点点往外流，一部分暗紫色中长发披散在他脸颊上挡住他原本的面貌，只看见他樱粉色的嘴唇微微蠕动，却无力发出声音。

“哎呀！刚才只顾着跟狐妖缠斗，怎么把这个人类忘记了？”想起刚才在屋顶上看见的惊心一幕，这个人刚才被灵物袭击，不知道现在是不是还活着。

我赶紧俯身伸手试探他是否还有呼吸，可就在蹲下来的一瞬间，我的身体不自觉往前倾斜，仿佛有一股力量正吸引我贴近这个人的身体。我瞪大双眼："夜魅流萤！"

不会吧！难道我的夜魅流萤阴差阳错落在这个倒霉人类的体内了？

夜魅流萤有一种独特的灵性，但凡从灵体内脱离后，它会本能地寻找附近受伤的躯体，并进入它认为需要治愈的身体内。

呜呜！一定是因为这个人类受到攻击受伤后，才吸引我的夜魅流萤进入他体内。啊啊！这个坏家伙，亏我刚才还担心他！快把我的灵石还给我啦！

我蹲在他身边，用手揉他的脸，一股奇异的感觉突然透过指尖传来，凭借着我跟灵石之间的感应，我更加笃定我遗失的夜魅流萤一定在他的身体里！

"喂！快把灵石还给我啦……"我拍了一下他的脸蛋，下一秒陡然看见他略微皱了皱眉心。

我就知道他没死！御灵族的灵石都有治疗恢复的作用，灵石在他体内帮助他治愈疗伤，他自然不会有生命危险。

这个可恶的家伙，既然没死就快把我的夜魅流萤交出来，那可是跟我生命一样重要的东西！

我立刻板起脸，不客气地用手指头戳了戳他的额头，生气地说："长得挺漂亮的，怎么是个小偷啊？喂，快把灵石还给我！不然我叫学长揍你哦！"

这时夜空刮起一阵乱风，吹散漫天的浓云，明亮的月光从云层中洒落，幽幽照亮这条灯光微暗的小巷，在银色月光映照下我终于看清楚这个男生的脸。

他长得真漂亮！

白皙莹润的肌肤，在月光映衬下宛如一块无瑕美玉，他的五官十分灵秀，仔细一看竟然比女生还要精致绝伦。

不过……哼！就算他是一个长得比女生还要妩媚的俊秀花美男，但比起高大冷峻又帅气的利亚斯，还是差了那么一点点！因为在我心里，利亚斯学长永远是最帅！

我正蹲在他身边胡思乱想，那个男生的手指忽然动了动。或许是感觉到身旁有人，他费力地睁开眼皮，嘴唇翕动着好像在向我求救。

“救……救我……”他似乎还想要说什么，可不等我听清楚，他已经闭上眼睛再度昏厥过去。

“不会吧！这样就晕过去了？喂，你赶快醒醒，把灵石还给我啊！”我都快哭出来了，他这么晕过去，那我灵石要怎么办啊？

“啊啊啊！我真是个超级大笨蛋！”我郁闷地仰天大喊几声，低下头沮丧地面对事实，无论如何，我必须要拿回我的灵石。

我干脆盘腿坐在这个又昏过去的男生身边，单手撑着下巴思考起来。现在可是半夜，我又身处这种偏僻的小巷子里，一向最疼我的利亚斯学长也不在身边，我现在的处境可真是孤立无援啊！

唉，我从来没碰到过这种离奇事情，也没有人教导过我发生这种情况的应急处理办法，我究竟要用什么方法把灵石从这个男生的体内取出来呢？

我扫了一眼躺在地上昏迷中的男生，转了转眼珠忽然心生一计：“反正你已经昏过去了，那先让我试试这个办法能不能把灵石取出来吧。”

下定决心，我立刻盘腿坐正，集中精神，双手结印，缓缓地将手掌贴近他的胸口，同时嘴中默念召唤灵石的咒文。

随着我念动咒文，夜魅流萤听到召唤开始浮动起来，灵石散发出五彩流光，从昏迷男生的胸口隐隐透现，渐渐地光芒越来越绚烂，宝石般灿烂的光晕仿佛一条柔光彩缎点亮这条原本昏暗无光的深巷。

看到这幕情景，我高兴得差点没跳起来，我更加努力地重复咒文，正当我以为灵石快要从这个男生体内浮出来时，意想不到的事情发生了——就在流光大盛的一瞬间，所有光彩蓦然消失，灵石也瞬间失去动静！

我眨了眨眼睛，不敢置信般看了看自己的掌心，又不信邪地念动咒文，重新将手放到他胸口上。

奇怪的是我能感觉到灵石就在男生体内，但这次无论我如何念动咒文，灵石却像睡着了般一点动静都没有了。

“我的夜魅流萤，我最最亲爱的灵石，现在可不是睡觉的时候，快点从这个男生体内出来，重新回归小彩姐姐的怀抱啊，快回来吧！”我不死心地试了一次又一次，结果灵石还是没反应。

“不会吧……今晚我到底是有多倒霉？”我绝望地看着眼前的男生，内心一阵泪奔。

我丧气地坐在地上，心想要是利亚斯学长在这里就好了，他一定有办法帮我把灵石拿回来。

可是我先前才信誓旦旦地跟学长保证过，这一次要完美地完成任务一定不会让他失望，现在却把自己搞得这么狼狈，不但任务没完成，还被狐妖打伤，甚至连修炼的灵石都被打出体外，落入这个莫名其妙的男生体内，现在居然还拿不回来了。

我越想越沮丧，我站起来用力拍了拍脸颊：“春日彩，振作一点！你不能总是依赖学长，要靠自己的力量想办法解决问题！”

虽然在心中下定决心，可当我的目光扫过躺在地上的这个男生时，我瞬间又像是泄了气的皮球般耷拉下脑袋。

“唉，真麻烦！算了，先把你弄回学院宿舍，再想办法取灵石吧。”我认命地叹了一口气，卷起衣袖吃力地将那个男人扛到背上。

不要问我是怎么扛起他的，我才不会承认其实我在学院里还有另一个绰号叫“怪力短腿妹”。

“呼呼，这个人看起来挺瘦的，怎么这么重啊！”我背着他，但这个男生的腿很长，所以基本上我是一路拖行他走出小巷。

我在马路边拦了一辆出租车，把他塞进后座后自己跳上前座，打车回到月光学院。

Vol.4

二十分钟后。

出租车停在学院后门，我付了钱下车，费力地扶着这个仍处于昏迷状态的男生，往学院后面的女生宿舍楼走去。

月光学院的女生宿舍原本规定两人一间，因为我女生缘实在太差，没有人愿意跟“难以相处”的我同住，所以我一直享受独自住一间的“优厚”待遇。

起初我还为了这件事有点闷闷不乐，后来就慢慢习惯了，而且一个人住偶尔也有好处，比如现在我把陌生男生带回宿舍也不会有人发现，这样可以省掉许多不必要的麻烦。

好不容易爬上楼梯，我一边撑住这个身材高大的男生，一边掏出钥匙打开宿舍的房门。

刚打开门，一道人影突然飞快从我眼前闪过：“嗨，亲爱的小彩，你回来啦？”

我吓了一跳，怔在门口，只见这道人影热情地跟我打招呼后，又迅速地闪回屋内，悠然自得地坐在我的床边，笑眯眯地看着我。

“修？”我愣了愣，坐在我床边，披着黑色长发，笑容妩媚的人，正是我们月光学院的校医——修。他还有另一重更重要的身份——御灵族药师。修进入月光学院就职的目的只有一个，负责照看御灵族少主利亚斯的身体状况。当然他本人还有一个超古怪的癖好——超级爱美，热爱世间一切美丽的事物，包括他自己。

想到他常常把自己比喻成凡尔赛玫瑰的臭屁模样，我不禁在心里翻了个白眼。

我晃了晃脑袋，迅速回神，左右扫了眼，好在现在是深夜，走廊上并没有人经过。我赶紧进屋把门关上，问："你怎么会在我房里？现在很晚了，你有急事找我？"

想来想去这么晚修突然跑来，肯定是有紧急事件发生。

"亲爱的小彩，难道你忘了我会用灵力占卜吗？"

修从床上站起来，风情万种地拨了一下及腰的长发，踩着优雅的猫步走到我面前，目光掠过被我扛在身后的高大男生，他眨眨眼睛说："傍晚我占卜时就知道亲爱的小彩你会惹上麻烦，所以特意提前在这里等你哦。"

修笑嘻嘻地望着我，一副等着看戏的神情，令我更加窝火。

我先把那个昏迷的男生丢到沙发上，又转身气呼呼地盯住修："你傍晚就已经有占卜结果，居然不提前通知我，太过分了！"

他娇媚地一笑，立马转换话题："哈哈，亲爱的小彩，这个男生是谁啊？宝贝，你怎么把男生带进你的宿舍里来呢？要是让其他人看见……咦？这个男生身上怎么会带着夜魅流萤的灵力？"修神色微变，忽然走向沙发边，想伸手触碰这个昏迷状态的男生。

我面色一惊，立刻冲过去张开双手拦住修，阻止他继续用灵力感知这个男生体内的灵石。但……已经迟了！

"小彩，你的灵石怎么会在他身上？我刚才占卜预测时总觉得有点怪怪的，竟然是因为灵石……"修想了一下，突然转身就要离开，"不行，这件事我必须告诉利亚斯。"

"不可以！"我赶紧扑过去挡在房门前面，可怜兮兮地说，"修，拜托你，千万不要把这件事情告诉利亚斯学长，我、我……不想让学长对我感到失望。"

只要提起利亚斯学长，我就又想起下午和学长见面时的那场梦幻花雨，空气里仿佛飘起樱花的香味，还有学长那温柔的笑。

一想到学长微笑着叮嘱我要小心保护好自己的样子，还有他轻轻握住我手时温柔的神情，我的心好像融化了一般，柔软得不可思议。

没错！我绝对不能让学长对我失望，为我担心！

修神色古怪地看着我："其实利亚斯他……"

"拜托你！修，无论如何你都不可以把这件事告诉学长！"我用手捂住他的嘴巴，见他迟迟不肯点头答应，我有点心急了，我故意压低声音作势威胁他，"我都已经这样低声下气拜托你，如果你还把今天发生的一切告诉学长，我就……我就和你……"

听到我的威胁，修眉头一挑："你就怎样？"

"我……我就跟你绝交！我说到做到哦！"我鼓起腮帮子，认真地盯住他。

修"扑哧"一声笑出来，用手拍了拍我的头，笑着说："好啦好啦，跟你开玩笑的，我怎么舍得跟小彩你绝交呢？我们可是最亲密的死党，你说是吧？"

我总算松了一口气："修，说话要算数哦！"

修睨了我一眼，似乎对我不信任的语气很不满意。但只是转眼间，他又恢复到一贯风情万种的状态，撩了撩耳边的发丝，说："你的灵石既然在这个男生体内，你为什么不直接用咒文取出灵石，还要把人带回来？"

我委屈地看着修，垂着头无精打采地说："不是我不想直接拿出来，我刚才试了好多次用咒文取灵石，可是夜魅流萤就是不肯出来啊。"

"所以你就把他也带回来，想找人帮你？"修果然是我的好朋友，他太了解我内心的小算盘了。

我用力地点了点头，双手交叉做祈求状看着修："我最最要好的朋友修，这次你一定要帮我啊！没有顺利完成首次除魔任务已经很惨了，更惨的是我的灵石还掉进了这个男生体内。修，你看我这么惨，作为我的朋友你是不是应该用尽全力帮我想办法把灵石取出来呢？"

修看着我，嘴角抽搐了一下。

见他仍没有被打动，我只好再接再厉，挤出更加可怜的表情："如果连我最好的朋友都不肯帮我，那我这次就真的惨到底了，呜呜，我没完成任务又丢了灵石，我要怎么面对利亚斯学长？我好可怜啊……”

修满脸无奈，揉了揉太阳穴，终于开口：“亲爱的，我当然会帮你，拜托你演技这么差，以后别再表演苦情戏码了，连眼泪都挤不出一颗，表演得太不真诚了。”

呃……这个欠揍的家伙！

我捏起拳头刚想给他一拳，但想到现在能帮我的人只有他，我只好忍下，换上一副狗腿笑脸说：“哈哈，修你果然是我最好的朋友！谢谢你肯帮我！”

“那是当然。”修扬起下巴笑了笑，而后转身走到沙发边，俯身左手放在那个男生的胸口上，念动咒文。

他忽然皱了皱眉：“真奇怪！灵石怎么会不听召唤，进入沉睡状态？难道是……”

“我的灵石怎么了？修你快说啊！”

“嘘！”修瞥了我一眼，抬手在半空划出一个五芒星阵占卜。

我完全看不懂占卜师的阵法，但修渐渐皱起的眉头，让我担心起来。

“果然是这样。”修右手一挥，浮在空中的五芒星阵消失，他转面看我，“宝贝，打消立刻取出灵石的想法吧。我刚看了一下，虽然不知道具体原因是什么，不过如果要从他身体里拿回灵石，必须等到两个月后的月全食。”

“啊？两个月后这么久！”我顿时紧张起来，“一定要等到两个月后吗？”

修很肯定地点头：“是的，两个月后月全食那天是所有灵物能力最弱的时候，那时你可以借助御灵族的灵力，将夜魅流萤从这个人体内召唤出来。”见我一副垂头丧气的模样，他又补了一句，“放心，月圆那天我会帮你的。”

“好吧，两个月就两个月吧。”我认命地低下头。只要不让利亚斯学长知道，让我怎样都行。

我在心里给自己打气：加油，春日彩！只不过两个月而已，你一定可以熬过去！

修似乎看出我的心思，摸了摸我的头发安慰说："不要担心，这两个月我会尽力帮你瞒着利亚斯，可你自己也要小心哦。"

"嗯，我知道。"我点点头，感激地看着他："修，谢谢你！"

"我们是什么关系啊？小彩有事，我当然要帮助啦！"

说到帮忙，我想起了另外一件事："对了，修，这个人先前受了很重的伤，虽然夜魅流萤暂时保住他的性命，但他身上应该有伤口还没处理，麻烦你帮他医治。"

"既然小彩都开口了，我当然会帮忙。"

修在沙发边坐下，开始替这个男生检查治疗。他刚伸手解开男生的衣服，忽然抬起头对我说："亲爱的，你怎么还站在这里？我要解开他的衣服，帮他治疗了，难道你想站在一旁观看他的身体？"

"谁想看他的身体了！"我脸蛋一红，赶紧撇开头。

"你还不快点去浴室把你这身沾着血污的衣服换掉？"

"哦，知道了。"我红着脸从柜子里取了睡衣，一溜烟跑进屋里的独立浴室。

Vol.5

关上浴室门，我站在镜子前。

"哎呀，衣服上真的沾了好多血渍，手臂还有好几道伤口。"我看着镜子里狼狈的自己，一边嘟囔一边想聚起灵力帮自己疗伤，结果举起右手念动咒文，等了半天身体却没半点反应。

我迷茫地眨眨眼睛，这才想起我的灵石还在那个男生身上呢。

"唉，夜魅流萤不在体内，连受伤都没办法自我治愈了。"我瘪瘪嘴，把换洗衣服放在柜子里，开始洗澡。

等我从浴室出来时，修已经帮那个男生检查完身体，此刻正坐我的写字台前，专心致志地擦指甲油。

天啊！这个自恋到无药可救的“伪娘”！

“宝贝，洗完澡了？”修见我出来，不慌不忙地收拾起桌面那堆美甲工具，笑眯眯地说，“刚才一时大意，忘了你身上已经没有灵石，伤口无法自愈，要不要我现在帮你检查一下？”

“我没事啦，都是小伤口而已。”我摆摆手说。

“小笨蛋，还逞强！手臂上这么明显的几道伤口，如果不及时治疗，万一以后留下疤痕多难看啊。”他站起身，把我拉到他面前，二话不说开始用灵力帮我治疗。

我乖乖地站着接受他的治疗，忽而想起了一件事，转了转眼珠说：“修，我受伤的事情，也不许告诉利亚斯学长哦。”

“好啦，我都答应你。”

过了一会儿，修帮我包扎好伤口，抬头看了眼挂钟，站起来说：“好了，我已经帮你处理好伤口，疤痕明早就会消退。现在很晚了，我要走了，你也早点休息吧。明天还要上课，可不要睡过头哦。”

“知道啦，你赶紧回去吧。”我把修往门外推。

“还有沙发上那个男生，等他醒来后记得打电话通知我。你可千万别太靠近他，要知道男生可都是很危险的动物哦。”

“神经！修，你话太多啦。”我脸蛋涨得通红，手臂用力一下子把他推出门外，“快走吧，晚安！”

“晚安。”修妩媚地笑了笑，身形一顿消失在走廊上。

唉，这家伙明明是个男人，行为举止却比我还像女人！真让人头疼！

好不容易送走修，我关上房门，扭头又看见躺在沙发上的男生。呜呜，我的头好像更痛了。

他头上缠着绷带，脸上还沾着血污，衣服半敞着，露出一半白皙的胸膛。

“修这家伙亏他还是医生呢！帮病人治疗后，都不知道帮他整理一下衣服！这样敞开衣服睡觉会着凉，我的灵石还在他体内，万一他生病影响我的灵石怎么办？”我愤愤地捏了捏拳头，想去帮他拿床薄毯。

转身的一刹那，我忽然苦恼地挠了挠头发：“我的夜魅流萤还遗留在这个男生体内，我要看护寄宿在他体内的灵石，那不就意味着我要让这个人暂时住在我的房间里……和我同居！”

神啊！希望两个月赶快过去吧！只要我顺利拿回夜魅流萤，就可以一脚把这个男生踹出去了。

心里虽然这么想，但脚步却自动走向衣柜，取出一条薄被后，又忽然想起这个男生脸上和身上都沾着血污，虽然很想无视这点，直接把被子蒙在他脸上眼不见为净，但谁让我有洁癖……

一番心理斗争后，我还是忍不住去浴室接了一盆水出来，拿毛巾小心翼翼地帮他擦拭脸、脖颈和手臂。

当我用热水把他脸上的血迹都擦干净，撩开挡在他脸上的发丝后，一张极具冲击力的俊美脸蛋，瞬间震撼我的视觉！

我凝视着他的脸，愣住几秒后，控制不住低呼了一声：“真的好帅啊！”

他是一个令人一眼难忘的漂亮男生。如果说利亚斯学长是硬朗的帅气，那么这个男生就是妖娆的俊秀。

他的五官精雕细琢，无可挑剔，在屋内灯光下闪耀着一种近乎嚣狂的俊美。

我蹲在沙发前，呆呆地看着他，不知不觉伸出手，用指尖碰了碰他的鼻子还有嘴巴，心想不知道这个男生睁开眼睛，笑起来会是什么模样？一定是帅气得让人无法直视吧。

我久久地望着他，渐渐入迷，不知道为什么就算只是这样安静地看着他，也会有一种心跳加速的幸福感觉……

等等！我在做什么？我怎么会一直盯着他的脸看？

“啊！不行不行，我在想什么啊！我喜欢的是温柔的利亚斯学长，怎么可以被这个莫名其妙冒出来的男生吸引呢？虽然他长得很帅很迷人，但我已经有关心我的利亚斯学长了，我不能三心二意……没错！我只喜欢利亚斯学长，除此之外不会再喜欢其他人！”我赶紧扭过头，

深吸了一口气，闭上眼做自我催眠：“我喜欢的是利亚斯学长，我只喜欢利亚斯学长……”

重复默念多遍后，我的心情终于安定了。

“呼，别多想了，赶紧帮他把手臂上的血渍擦干净，然后我也要快点去睡觉了。”我扭过头，重新注视这张俊帅到令人屏息的脸蛋。

啊……还是觉得很帅！

我抬手敲了一下自己的脑门：“笨蛋，他长得帅又怎样？要记住，灵石可是因为这个人才没办法拿回来。他是偷走灵石的小偷！一定要鄙视他，唾弃他，无视他！”

哈哈，在经过一番心理斗争后，我总算调整好心情，愤怒地直视他。

这招心理暗示果然有效，接下去我很顺利地帮他擦干净左手臂，接着只要擦干净他的右手，我就可以大功告成，爬上床睡觉。

正当我握起他的右手时，忽而发现他的右手手指间有戒指的反光一闪而过。我翻过他的手，定睛一看：“好别致的戒指啊。”我感叹了一声，接着看见戒指的侧面沾上了血污，只好把它取下来擦拭。

我把这枚铂金戒指放在水里洗了洗，擦干净后摆到灯光下照了照。

“洗得真干净！”

忽然戒指内圈的图案引起我的注意，铂金质地的戒指内侧镌刻了几个文字符，我拿近戒指仔细一看。

“S.Y葵？这是什么啊？难道是这个男生的名字吗？”我嘀咕了一句，重新把戒指套回他的右手食指上。

可是那几个银色的字符，却仿佛一道魔咒在我脑中挥散不去。

S.Y葵，我似乎在哪里看到过这个名字，可具体在哪里，我却一时想不起来。

“算了，现在不是想这个的时候，等有空了再找别人问问就好了，明天可还要上课呢。”

我打了个呵欠站起身，把薄被盖在这个俊美男生身上，摁好被角，然后回到我自己的床上，关灯入睡。

“晚安啦，帅哥！”

第二章

失忆的偶像

Vol.1

第二天早上，明媚的阳光从窗口透进来，照在身上暖洋洋的。

“利亚斯学长……”我睁开眼睛，抱紧怀里松软的小兔娃娃，这是学长送给我的生日礼物，只要一看到它，就像看到了学长一般，心情如和风般轻快起来。

把小兔娃娃放在枕边，我翻身起床，伸了个懒腰，又忽然小声窃笑起来：“如果昨晚那个梦是真的就好了。”

虽然不小心丢了灵石，任务也失败，但昨晚我却做了一个美好又幸福的梦。

梦中我穿着洁白的婚纱，利亚斯学长一袭黑色燕尾服，微笑着站在我身边。我们紧握着彼此的手缓缓从教堂里走出来，亲人和朋友们站在两旁为我们送上最真诚美好的祝福。

教堂中回荡起神圣的钟声，半空中飘落起美丽的戴安娜玫瑰花瓣，这场饱含祝福的花雨仿佛将眼前的世界全装点成梦幻的粉红色，如同我梦中的心情，甜蜜得无法用言语形容。

如果真的像梦中一样，在大家的祝福中我跟从小暗恋的利亚斯学长结婚，从此过上幸福美满的生活……

啊啊！光想想都觉得好害羞哦！

我涨红着脸，拉起被子遮住头。我怎么会想那些害羞的事情？要是让利亚斯学长知道了，说不定会觉得我是一个奇怪的女生呢。

我坐在床上望着窗外的晴空又发了一会儿呆，回过神扭头扫了眼床头柜上的闹钟，陡然睁大眼睛："呀！已经这么晚了！"

我赶紧下床踩着可爱的粉色小兔子拖鞋，跑进浴室洗漱。

一会儿后，我涂完护肤品从浴室走出来，扭头朝门边一看，这才想起沙发上还躺着昨晚带回来的那个男生。

"咦？他还在昏睡哦。"我走到沙发边，伸出一根手指，戳了戳他的脸颊，他微微皱眉哼哼了一声，那表情就像在表达某种不满。我捂着嘴巴偷笑一声，蹲在地上端详他的脸，"脸色还是很苍白呢，但看上去好像比昨晚好一些了。不知道什么时候会苏醒呢？"我戳戳他的肩膀，小声说，"喂，我现在要出去上课了，你要乖乖待在这里，不许乱跑哦！"

沙发上的男生静静地躺着，没有睁开眼，更不可能回答我。

我又盯着他的漂亮脸蛋看了一会儿，此时手机闹钟忽然响起来，我这才站起身，跑到写字台前拿起手机关掉闹铃："啊！要迟到了！"

我刚想站在衣柜前换衣服，陡然想起现在这间宿舍可不是我一个人住。我睨了眼昏睡在沙发上的男生，虽然他两眼紧闭，明显处于沉睡状态，可是我还没大胆到在陌生男生面前换衣服。

我捧起衣服，钻进浴室，换好衣服，又把长发梳成马尾，这才走出来拿起书包准备出门。

路过沙发边时，我脚步一顿弯身伸手替他掖好被角，这才放心地锁门外出。

我背上书包，匆匆跑下宿舍楼，以百米冲刺的速度向前面的教学楼跑去。刚跑到教学楼前的花坛边，突然有个熟悉的声音叫住我。

"春日彩，你给我站住！"

我停下脚步转身一看，首先映入眼帘的是一头显眼的红褐色波浪长发，而后是一张带着骄傲表情的精致脸蛋。

我挑了挑眉毛，心想又是这个爱找我麻烦的绘香，而她身后永远站着她的拥护者们。

绘香是利亚斯学长的头号追求者，出身于豪门世家，是真正身份高贵的千金大小姐。她平时行为有些骄纵，但学院里却没有人讨厌她，因为绘香不仅长相漂亮、出身高贵，更重要的是她家与利亚斯家是世交，两家的长辈关系很好。

利亚斯学长和绘香是学院里公认的金童玉女，绘香非常迷恋利亚斯学长，可是利亚斯对她的态度却总是不冷不淡，正因为这一点，绘香一直以为是我的存在破坏了她和利亚斯的关系，所以总是有意无意地找我麻烦。

我转了转眼珠，心想我可是御灵族的实习驱魔师，而她只是一个普通人类，就算她带着这么多拥护者，也绝对不可能对我造成任何威胁。

我大方地笑着跟她打招呼："嗨，绘香，早上好啊。"

绘香慢慢走到我面前，她那头红褐色波浪长发随着她的动作在风中飘舞，艳丽的颜色仿佛水晶杯中的顶级红酒，她扬起下巴神情不屑地说："谁要跟你问早安？你跑这么快，是不是又想去找利亚斯？"

我摇摇头："没有啊，我赶着去上课，现在已经快到点名时间了。"怕她不相信，我掏出手机，指了指上面的时间，"你看还有十分钟就要上课了。"

"谁要看这个？你明明就是在狡辩！每天都想尽办法缠着利亚斯，我最讨厌像你这种爱装腔的女生了！"绘香不知道为什么突然生起气来，伸手用力地推了我一下。

我下意识想唤起灵力阻挡她的动作，没想到念了咒文指尖却没聚起半点灵力。我怔了怔，这才想起我的灵石已经不在体内，我现在是一个完全没有灵力的普通人！

趁我愣住的片刻，绘香又用力地推了我一下，我毫无预防地被她推得向后倒退了几步，差点跌倒在地。

我晃过神，见绘香还想伸手继续欺负我，我立刻抬手护住自己："你干吗突然对我发脾气？我真的没骗你，我跑这么快是因为上课要迟到了！”

“我才不会相信你！”绘香冷哼一声，挤出委屈的表情，朝站在她身后的拥护者们看了一眼，那些人原本就看不得绘香受委屈，立即走上来将我围住。

绘香站在人群中间，指着我说：“别以为我不知道，昨天下午你和利亚斯一起出去了，一直到宿舍关门都没有回来，快说你们到底去了哪里做了什么？”

我昨天外出是为了执行驱魔任务，我可不会把这个秘密告诉绘香。驱魔师这类特殊种族对普通人类而言，仍是一个秘密。不过昨晚利亚斯学长也回来得很晚吗？难道他临时接到其他任务，之前怎么没听他提起？

见我不回答，绘香更生气了，她走上来用力地推我，她甩起手正好打在我手臂的伤口上，我吃痛地抱住手臂，虽然昨晚修已经帮我处理过伤口，但因为体内没有灵石庇护，手臂上仍有几道较深的伤口隐隐作痛。

我向后退了一步，却被绘香的拥护者重新推回到她面前。我深吸一口气，抬起头：“你们……你们到底想做什么？”

“春日彩，不是我想对你做什么，而是你想对利亚斯做什么？我警告你，你最好离利亚斯远一点！你只不过是利亚斯家的一个小小帮佣而已，凭什么一直跟在他身边？”

“我不是帮佣，也没有缠着他。”我无奈地辩解。要是利亚斯学长现在在我身边就好了，这样绘香她们也不敢欺负我。

绘香冷哼一声：“你不是帮佣那是什么？上次去利亚斯家拜访时，我明明看见你在花园里像个花匠一样在帮忙修剪灌木，还有上上次，你在利亚斯家帮忙端茶，你还要我继续揭穿你的真实身份吗？分明就是一个低贱的帮佣，还嘴硬不承认。”

“我……”我一时语塞，我可不能说出自己和利亚斯的真实身份，更何况事情根本不是绘香见到的那样，我之所以会帮忙端茶和修剪灌木，都是因为我之前一直住在利亚斯家里，我和他家的用人们很熟，平时没事时也会帮忙做一些力所能及的事情。

而那几次帮忙做事，正巧被到利亚斯家拜访的绘香撞见。自从那之后，她就以为我是利亚斯家的用人，一直瞧不起我，并且瞒着利亚斯在外面到处说我是帮佣的事情。

唉，这个大小姐绘香的脾气坏，个性又差，但无论如何也只是一个普通人类，我还是宽容大度原谅她吧。

我闭上嘴巴，准备息事宁人，绘香却更加咄咄逼人。

她踩着高跟鞋，上前一步，伸手揪住我的衣领："你死皮赖脸跟在利亚斯身边，不就看中他家有钱和权势吗？你和那些卑贱的人一样，早就被我看穿了！我绝对不会让你这种人继续缠着利亚斯，总有一天我会把你从利亚斯身边赶走！"说完，她扬起手想教训我。

我现在灵力全无，只能抬起胳膊护住自己。与此同时，绘香的拥护者们开始不怀好意地靠近我，伸手推搡我。

我扫了眼四周，迅速对目前的处境做出分析，结果是……

呜呜！完蛋啦！这次我肯定躲不过。旁边围着一圈绘香的拥护者，我根本不可能在这种情况下还手，只能乖乖挨打。

利亚斯学长，救我啊！

我认命地闭上眼，正当我以为自己这次铁定会挨打时，纷乱的人声突然安静下来。

一道微含怒意的声音，从不远处冰冷响起："你们在做什么？"

围在我身边的绘香拥护者们都被这道突如其来的声音吓了一跳，下意识停下推搡我的动作。

她们其中有几个人转头向后看了一眼，突然脸色一变，向旁边退散开。她们的动作引起绘香的注意，她疑惑地挑了挑眉毛，扭头向后看，再回头时表情顿时僵住了。

她略显心虚地低呼："利……利亚斯。"

利亚斯学长！

我心中顿时燃起希望，连双眼也变得炯炯有神。

随着包围着我的人群主动让出一条路，被誉为"月光学院传说级人物"的利亚斯身穿月光学院制服，面色沉肃，缓缓向我走来。

学长现在的表情看起来很生气，难道是因为看见我被欺负了吗？

我迟钝地站在原地，就在这时，忽然有道活泼身影从利亚斯身后跳出来："春日彩，原来你在这里啊？怪不得刚才我和利亚斯去你教室找不到你。"阿飞顶着一头浅金色短碎发，站在日光下笑嘻嘻地说。

阿飞学长与利亚斯同班，是月光学院游泳队队长，因为常年游泳，皮肤呈现健康的小麦色，整个人看起来永远活力四射。当然他和我一样有另一重不为人知的身份——御灵族族人，利亚斯的驱魔伙伴。

不过即使阿飞学长拥有健康的肤色与健硕的体格，但站在冷峻内敛的利亚斯学长身边，他的光芒仿佛瞬间被压制下去，所有人关注的焦点全部集中在利亚斯身上。

利亚斯学长一步步走到我们面前，他的目光始终注视着我，这点显然惹恼了站在一旁的绘香。

绘香瞪了我一眼，转眸间唇边勾起淑女的微笑，趾高气扬走过去，伸手想亲热地挽学长的手臂，但利亚斯侧身避开她。

绘香用撒娇的语气说："利亚斯，我昨晚找了你好久哦，你的手机又无法接通，你去哪里了啊？我好担心你。"

"我似乎还不需要向你报备行程吧。"利亚斯的声音如冷雾般不带一丝情感，我明显地看见绘香气得身体微微颤抖。

利亚斯径直走到我面前，轻轻牵起我的手："走吧，你上课快迟到了。"

前一秒仍冰寒的目光，在注视我时却温柔得如沐春风，利亚斯仿佛只要与我有一次双眼对视，就能了解我此时内心的想法。我的喜怒哀乐，他统统知道，他总是第一时间出现在我身边，第一时间伸出手像这一刻般轻轻地温柔地牵住我的手，让我知道只要在他身边就会很安全。

这一次，也不例外。

“学长……”因为他的出现，我全身都放松下来。

利亚斯冷眼扫过绘香和她的拥护者们：“今天这种情况，我不希望再看见第二次。”

“利亚斯……你！”绘香的小脸气得涨红，难以置信地盯住他。

利亚斯牵着我的手，头都没回，朝教学楼走去。

“喂！你们等等我啊！”阿飞追上来，笑眯眯地走在我身边，忽然转了转眼珠问，“听说昨天晚上你接到驱魔师的首次考验，怎么样？一个人还能应付吗？”

昨晚……

想起昨晚的情形，我浑身一颤，但又担心让利亚斯看出来，只好故作轻松地笑了笑：“哈哈，那当然，我可是立志成为像利亚斯学长一样优秀的驱魔师！像狐妖那种小魔怪，又怎么可能让我为难？”说完后，我偷瞄了一眼利亚斯的表情，故意夸大其词说，“昨晚我很轻松就收服了那只小狐妖，哈哈！四个字形容——手到擒来！”

“是吗？”阿飞摸了摸下巴。

利亚斯低头问：“刚才她们没有伤到你吧？有没有受伤，要不要去医务室？”

一听要去医务室，我立刻担心修会不小心说漏嘴把夜魅流萤遗失的事情抖出来，我赶紧用力摇头：“我没有受伤！真的！”

说完，我赶紧理了理头发和衣服，然后笑容满面地抬头说：“学长你看，我真的一点事都没有！她……她们只是在跟我开玩笑！”

听我这样说，利亚斯神色忽而沉了沉："算了，既然你都这样说，这件事我就不再追究了。走吧，你还要上课，我送你上楼。"

"我也一起送你吧。"阿飞挑了挑眉说。

"谢谢你们。"有学长保护，我就不用担心绘香她们再找我的麻烦了。

利亚斯怜惜地摸了摸我的头发："谢什么，小傻瓜。"

Vol.2

利亚斯和阿飞一直把我送到教室门口，他们的出现立刻引起一堆女生的围观。

"快看，是利亚斯学长和阿飞学长，他们长得好帅哦！"

"哇！是利亚斯学长！好想当他的女朋友，如果我有这么帅的男朋友一定会很幸福！"暗恋利亚斯的女生们兴奋尖叫着。

"利亚斯在学院内的人气果然很高呢！"阿飞呵呵一笑。

我站在利亚斯身边，不禁缩了缩脖子，看那群女生兴奋的模样，真害怕她们会随时扑过来，到时候倒霉的恐怕又是我。

为了我的人身安全，也为了利亚斯学长不再被这群花痴女生围观，我推了推利亚斯，语速飞快地说："利亚斯学长，阿飞学长，我已经平安到达教室门口，快要上课了，你们也赶快回去吧。"

利亚斯立刻明白我话中含义，点头说："好，我们也要回教室了。"说完，他松开我的手，刚要走忽然又转身在我耳边低声说，"小彩，最近妖灵盛行，我不在你身边时，你要多注意自身安全，千万不要让自己受伤。知道吗？"

我冲他眨了眨眼睛，同样压低声音回答："我一定会保护好自己，学长放心吧！"

"快进去吧，别忘记我说的话。"

“遵命！”我朝他做了个敬礼的手势，吐了吐舌头，开心地跑进教室。

太棒了！利亚斯他在关心我呢，真的好开心啊！

我抱着书包，在自己的位子上坐下。我正准备拿出课本时，忽然瞥见我的同桌肖潇手中捧着一本娱乐杂志，我平时并没有看八卦新闻的爱好，但这本杂志的封面瞬间吸引住我的注意力。

怎……怎么会这么相像？杂志封面上的人，他……他的脸怎么会跟我昨晚捡回宿舍的男生长得……一模一样！

天啊！是我眼花了吗？

我瞪大双眼，愣住几秒，突然放下课本凑到肖潇身边，死死盯住杂志封面，用力瞪住使劲看！

封面上的男生一头暗紫色的中长发披肩，双眼微微半眯着，眼神中带着一丝狡黠的笑意，他双手支在下巴上，目光凝视着镜头，墨黑的眼瞳仿佛旋涡般诱人沉沦。

轰隆隆！我的脑袋像是被雷劈中一般，脑袋里有个声音不断重复一句话：神啊！昨晚我居然阴差阳错捡到一个超级大明星！

我打了个寒战，声音颤抖地说：“肖潇，这本杂志能借我看一下吗？我只想看一下封面，拜托你！”

肖潇愣了一下，有些疑惑地把杂志递给我。

我捧起杂志把封面贴近眼前，发出一声悲鸣：“啊——不会吧！真的是他！我的上帝爷爷啊！”

肖潇疑惑地看了我一会儿，下一秒她神情兴奋地握住我的手：“啊！真没想到你也是松元葵的粉丝，我太意外了！”

“啊？松元葵？”我迷茫地眨了眨眼睛。

我瞄了眼封面上面容绝美的男生，又回想了一下昨晚被我捡回宿舍的那个男生，原来他的名字叫松元葵？那么那枚戒指里的文字“S.Y葵”指的就是中文的——松元葵！

联想到那枚铂金戒指后，我顿时震惊住，倒抽一口冷气。

“哈哈！你也不用害羞啦，葵本来就是超人气摇滚偶像歌手，他的魅力根本无法抵挡，你被他迷住很正常啦！”肖潇一脸陶醉地说，“葵不仅外表俊美，同时拥有男生的高大帅气和女生的阴柔妩媚，性格又特立独行，更重要的是他拥有无与伦比的音乐天赋和与生俱来的独特声线。”

“听起来他好像真的很优秀。”我若有所思地说。

“优秀这种词语根本没办法形容像葵这样的天生歌者！他的歌声就像传说中能魅惑人心的海妖塞壬的声音般动人心弦，凡是听过他歌的人都会情不自禁被他歌声中那种无法解释的情绪感染！他的歌声能轻易地影响我们的情绪，他要我们哭，我们就哭；他要我们笑，我们就笑。真的很神奇吧？”

“是、是啊。”我傻傻地跟着点头。他的歌声动不动听我不清楚，但是本人的确长着一张令人心跳加速的俊朗脸蛋。

肖潇见我点头赞同，她更加兴奋地拉着我传播更多关于松元葵的八卦消息，肖潇高八度的声音源源不断灌入我耳中，我却陡然想起一件事情！

假如我捡回来的人真的是知名度极高的人气偶像明星松元葵，那我这次真是惹上了大麻烦！万一他醒来后开门走出宿舍被其他同学发现疯狂围观……我的天啊，光是想象就觉得好可怕啊！

我一下子从座位上站起来：“肖潇，杂志还给你，谢谢！”我的脑袋快短路了，也顾不得快上课了，请肖潇帮我向值日生请病假后，拎起书包跑出教室往宿舍楼方向飞奔。

Vol.3

十五分钟的路程，我仅用了五分钟到达。当我慌张地用钥匙打开宿舍房门时，一瞬间僵住。

我怔怔地站在门口，房间里空无一人，那个男生不见了，沙发上只剩下一床凌乱的薄毯堆在角落。

啊啊！那个人呢？他并没有在沙发上，他去哪里了？

我的宝贝夜魅流萤还在他体内，他不可以消失啊！

我内心发狂，急得都快哭出来。

我正急得原地跺脚，忽然听见屋内浴室里传来哗哗的水声。咦？有人在我房间的浴室里洗澡？

我后知后觉地反应过来：“一定是他！”我这才拍拍胸口，松了一口气。

好险啊！幸好他没有跑出去，真是吓死我了！

我走进屋里，转身关上门，就在这时浴室里的水声突然停下来。

听见浴室里没有动静，我停下脚步，站在原地。下一秒，浴室门“咔嗒”一声打开，一个身材修长，上身裸露仅在腰间围了一条白色浴巾的身影从里面走出来。

他边走边用我的毛巾，动作轻柔地揉擦着那头暗紫色湿发，嘴里还念念有词：“浴室里怎么连瓶护发素都没有？护肤品的牌子也好低劣啊，这样会伤害到人家的皮肤啦。”

他碎碎念地往前走了几步，终于发现我站在门边，他停止擦头发的动作，缓缓抬起头，我傻傻地望着他，他也怔怔地看着我，我们两人就这样对看了不下十秒。然后——

“啊！”他突然睁大双眼，大惊失色地尖叫起来，与此同时他飞快地用手捂住胸口，完全一副“被害少女”的模样。

我吓了一大跳，反射性地冲上去捂住他的嘴：“喂！松元葵，你别叫啊！我不是坏人，你大叫把其他人引来就麻烦了！”

“唔唔……”他眼神惊慌地看着我，一只手仍挡在胸口，而另一只手拉紧围在胯间的浴巾。

"闭嘴啦！都说了我不是坏人！"我瞪了他一眼，也许是感受到我目光中的威迫意味，他竟真的乖乖地不再发出声音，只是用无辜可怜的眼神看着我。

他楚楚可怜的模样，让我有一种正在迫害无辜"少女"的错觉。

"唔唔……唔唔唔……"他稍稍动了动，像是要我快点松开他。

我担心一松开捂住他嘴巴的手，他又会大叫，到时真的把其他人引来麻烦就大了。我转了转眼珠说："你发誓如果我松开手你不会再尖叫，我就放开你，怎么样？"

他眨眨眼睛认真地想了想，这才委屈地点了点头。

我松开手，他顿时向后跳了一步，与我保持一段距离。他这个警惕又滑稽的动作，真是让我又好气又好笑。

他站在离我一米远的地方，眯起眼睛仔细打量了我一番，忽然发问："你刚才说的松元葵是谁啊？"

"啊？"我嘴角抽搐了一下。他问我松元葵是谁？开什么玩笑啊，他自己不就是大明星松元葵吗？还是说我认错人了，他只是跟松元葵长相相似的路人甲？

我质疑地看着他："你……你真的不知道松元葵是谁？"

"我为什么要知道松元葵是谁啊？"他理所当然地反问我。

他的表情看上去不像是假装的，这点让我更加疑惑，我对他说了一句"你站在原地不许乱动"后，飞快跑到书桌边打开笔记本电脑，迅速上网搜索关于松元葵的资料。

网页图片打开后，我盯着屏幕看了几秒，又扭头盯住站在浴室门口的人看了一会儿："长得一模一样，难道是双胞胎兄弟？不可能啊，网上资料里写着大明星松元葵是独子啊。"我困惑地挠了挠头发。

我拖动鼠标继续往下阅览他的个人资料，突然看见有一项写着：一年前演唱会表演时，不慎被布景划伤手臂，左手臂外侧留下一条三厘米长的疤痕。

我顿时灵光闪现，丢下鼠标跑到他面前，指着他说："喂，把你的左手抬起来。"

"为什么？"

"啰唆！快点抬起来！"见他不肯配合，我伸手硬是拉住他的手臂。

"喂，你要干吗啦？你是谁啊？你再这样我要报警啦！"他居然敢威胁我。

我气呼呼地正准备拉他到电脑前核对证据，结果因为没有留意到旁边的椅子，我刚伸出右脚突然被绊了一下，整个人顿时失去平衡向前扑倒。

"啊！"我大叫一声，眼看整个人即将跟地面做一次亲密接触。惨了！现在我体内没有灵石保护，这样摔下去肯定超痛的！

"小心！"正在千钧一发时，松元葵本能地伸出手想要拉住我，结果非但没帮上忙，反而因为洗完澡后地上有点湿，他脚下一滑，失去重心和我一起跌倒在地。

房间里响起"砰"一声重响！从声音就能判断，我们两人摔倒的场面有多惨烈。

我紧闭双眼，等待肌肉麻木后觉醒的剧痛感传遍全身，可是我等啊等。咦？怎么回事？明明这么重地摔在地上，怎么身上一点痛感都没有？

就在这时，我听到极轻的一声低呼："好痛……"

我睁开双眼，下一秒陡然呆住！

天啊！这，这，这是什么情况？

我居然安然无恙，姿势暧昧地趴在松元葵身上？而他被我压在身下，痛得表情扭成一团，嘴里还不断喊疼。

我后知后觉地想起来，刚才摔倒的一瞬间，他拉住我的手臂，将我紧紧抱入怀中，他用自己的身体保护了我！

他的双手仍紧紧圈在我腰上，他渐渐从疼痛中睁开眼睛，我们两人面对面注视着对方，呼吸间仿佛能感受到彼此的气息。

他的呼吸轻缓，体温微热，身上带着一股沐浴后独特的清新香味。看着面前松元葵那张近在眼前的俊美脸蛋，我涨红了脸，心头像小鹿乱撞起来。

不知道为什么我忽然觉得周围的空气中，仿佛弥漫着一种令人心跳加速的奇妙感，就像是有粉红色泡泡飘浮在半空，整个房间好像充满一种恋爱的甜蜜感觉，让人又害羞又有些微幸福。

哎呀！这是怎么回事？我的心跳越来越快了，就像是快要从喉咙里跳出来。

“我到底是谁？”就在我脸红到爆时，松元葵突然开口问，“这里是什么地方？你又是什么人？我认识你吗？”

粉红色梦幻泡泡顿时幻灭，我双手支撑在地板上，从上往下俯视他，心想这个家伙真会破坏气氛！

我从他身上爬起来，而后他也从地上慢慢站起身。呼呼，幸好他的浴巾缠得比较紧，要不然刚才就糗大了！

“你叫松元葵。”

“我真的叫松元葵吗？可是为什么我一点也想不起来？”松元葵抱着头，一脸苦恼。他的神情很严肃，不像是在开玩笑。

看着他这副困顿的模样，我的眼皮突然跳了跳，一种不好的预感爬上心头。不会吧！难道他真的失忆，连自己的名字都不记得了？

“喂，你真的想不起来自己是谁了？”

松元葵摇了摇头，神情很无奈：“真的想不起来……你知道我的名字，你认识我对不对？那你一定也知道我住的地方，你带我回家吧。”

“你要离开这里？”

松元葵肯定地点点头：“这里不是我的家，我当然不会继续待在这里。虽然我现在失忆了，但我相信我回到家里，处在熟悉的环境中，应该可以帮助我恢复记忆。”

他说得虽然很有道理啦！可是我也只知道他的名字，我对他过去的人生并不了解，更不知道他的家庭住址，或是其他朋友的联系方式。再说如果他走了，那不就意味着他把寄存在他体内的属于我的夜魅流萤一起带走了吗？

这怎么可以？

不行！在灵石没有回到我体内前，我绝对不会让他离开月光学院！绝对！

为了稳住松元葵不让他离开，我咬着指甲想了半天，终于灵机一动说："是我救了你的命，所以从现在开始你要无条件听从我说的话，因为我是你的救命恩人！"

"你救了我？"他匪夷所思地看着我，摆出一副你别说大话的表情。

"喂，我说的都是真的！不相信你摸一下你自己的后脑勺，你的脖颈后侧还留有昨晚你被人偷袭时落下的伤口。"

他似乎还是不相信，伸手摸了摸自己的脖颈后方，突然间他表情僵住，连原本质疑的眼神也变成微微的震惊。

"现在知道我没有骗你了吧。"

"你……你真的是救了我的人？"他的气势一下子弱了许多，有些无助地看着我。

我得意地点点头："是啊，但是我这个人很低调的，也不要求你回报我，只要这段时间你能乖乖听我的话，直到两个月后满月那天……"

"满月？"他疑惑地歪了歪脑袋。

"哎哟，关于为什么要等到满月那天的原因，你不必知道太多。"我摆摆手说。

"还不肯告诉我？看你神神秘秘的，不知道在打什么坏主意。"

"什么打鬼主意？如果我要害你，我昨晚干吗那么辛苦救你回来？你都不知道自己有多重，昨晚把你拖回宿舍时差点累死我。"

"我失去记忆了，不记得昨晚发生了什么事情。不过我后脑勺的确有伤口，看在这一点上，我勉为其难相信你说的都是真话。"

见他有所动摇，我赶紧再接再厉劝说："我劝你还是别乱跑比较好，说不定昨晚追杀你的那些人还在继续找你呢。如果你就贸然跑出去，可能会再次成为他们攻击的目标，更何况你可不是每次都能遇到像我这样的好心人救你，到时候你的处境会很危险哦。"

松元葵沉默了一会儿，又转头看了一眼被他丢在地板上的沾着血迹的衣服和绷带，他撇撇嘴角勉强点了点头："好吧，我先暂时留在这里好了。"

搞定！我悄悄在心里比了个胜利的手势。

"可是你怎么会知道我的名字？我们以前是朋友吗？"他突然抬眸问。

"呃……这个……"我困窘地转动着眼珠，这个问题我该怎么回答他？总不能跟他说我是从杂志上看见他的封面照所以才知道他的姓名和真实身份吧？我现在肯定不能把他的身份透露给他，万一他跑去跟经纪公司联系，那么我的夜魅流萤不就会被他带走？

不行不行！我要想个办法先瞒过去再说，等灵石回到我体内后，我再想办法帮他联系他的经纪公司送他回去。

正当我左思右想，想找一个合理借口时，原本明亮的房间瞬间暗下来，浓重的黑色犹如突然降临的黑夜。现在可是早上十点钟，这种伸手不见五指的漆黑实在太不正常了！

"怎、怎么回事？"我害怕地蜷缩起来，本能地一头扎进松元葵怀中。

虽然我身为御灵族一员，需要足够的勇气和胆量面对各种古怪又可怕的妖灵，但我本身却有一个致命弱点，那就是——我很怕黑！特别是在相对密闭狭窄的空间里。呜呜，幽闭恐惧症是我的致命伤！

"喂！你干吗啊？你怎么抖得这么厉害？"松元葵刚想把我推开，我急得一把抱住他的腰。

"呜呜……我有幽闭恐惧症……我怕黑啦……"

"不会吧。"他的声音有些无奈，"好啦好啦，我勉强让你抱一会儿好了。”他把我搂进怀里。

“谢谢你哦。”我不好意思地揉了揉鼻子，正在这时我忽然感觉到一丝诡异的气息慢慢接近，“好像有点不对劲。”

“什么？”他刚出声，就被我伸手捂住嘴巴。

“嘘！我们先别出声。”我在他耳边低声快速地说。

感觉到他点了点头，我这才松开手，我们两人警觉地站在黑暗中，神经紧绷，大气也不敢喘一口。

冷不丁，原本紧闭的窗户忽然“咻”一声被外力拉开，一道诡异的黑影瞬间从窗外闪进来。它身手迅速地在屋内穿行，似乎在寻找什么东西。

不好！是黑暗生物！

我背脊僵直，倒吸一口冷气。虽然失去了灵石，但我依然能感受到对方身上隐藏的黑暗气息！

一股强大的黑暗气息向我们靠近，松元葵似乎也感觉到什么，他紧紧地抱住我，在我耳边说：“别怕，我在你身边。”

松元葵抱住我的同时，我感应到他体内的灵石竟然开始发挥作用，一股无形的力量包裹住我们，让我暂时处于安全的屏障内。

我逐渐冷静下来，闭上眼聚精凝神努力辨别对方的身份，但也许是我成为驱魔师的时间不长，接触到的妖灵种类有限，我一时无法辨别出对方的真实身份。

“呵呵，终于找到你了。”半空中传来一声冷笑，黑影快速地闪到我们面前，手心凝起一团浑浊的光球，借着一闪而过的亮光，一只泛着寒光的爪子从我面前一晃而过！

是昨晚小巷里的那个黑衣人？

“小心！”关键时刻，松元葵赶紧拉着我后退。

可是这个时候想要逃跑已经来不及了！

松元葵只是一个普通人类，他并不能像我一样自如地操控寄存在他体内的灵石，而我失去了灵石，现在根本没有半点灵力可以阻挡那个妖灵，只能眼睁睁地看着黑影挥起手臂再次向我们袭来。

这下真的死定了！

呜呜，难道我以后再也见不到利亚斯学长了吗？

我绝望地想着，松元葵紧紧地抱着我，我能感受到此刻他跟我一样恐惧。

Vol.4

“住手！”就在这关键时刻，半空突然传来一声怒喝。

与此同时屋内白光乍现，黑暗消散的一瞬，黑影顿时原形毕露，他挥起黑色斗篷遮住自己，手臂一挥忽然消失。

谢天谢地，总算得救了！

我吃力地转过头，利亚斯从白光里慢慢走出来，手中握着一把由灵力凝聚起来的光刃。

他的银灰色短发在白光映照下显得更加耀眼，冰蓝色的眼眸中带着冷峻的光芒。学长果然最帅了！我差点控制不住自己当场欢呼起来。

“影族？”利亚斯神色警惕，不动声色地观察周围的情况。果然，下一秒刚才凭空消失的黑影突然出现在利亚斯身后，挥起利爪向利亚斯发动攻击。

“学长，小心！”我紧张地大呼一声。

“妖灵，我会让你为乱闯月光学院而付出代价！”利亚斯反应极快，转身念动咒文，举起手中光刃挥向黑影。

黑影侧身躲开，似乎是感受到利亚斯强大的实力，又或是忌惮利亚斯手中的光刃，他抬起手臂遮住自己的眼，冷哼说：“哼！这次暂时放过你们，下次就没那么好运了！”说完迅速跳出窗户逃跑了。

室内的黑雾消散，重新恢复光明。

“小彩，你没事吧？”利亚斯一转身，看到我被松元葵紧紧抱在怀里，他脸色一僵，“小彩，你们……”

我连忙推开松元葵，涨红了脸站起来：“学长，不是这样的！你别误会，真的不是你看到的那样……”

完蛋了！刚刚那种场面怎么会让学长看到了呢！我该怎么解释才好啊？

松元葵也从地上站起来，帮我解释：“我们之间什么事也没有，你可别误会啊。”

“嗯。”利亚斯学长冷淡地应了一声，沉默地撇开头。

他冷漠的表情令我心里突然变得很失落，学长他明显就是误会我跟松元葵了……我到底该怎么办？

见利亚斯转身去查看魔物留下的痕迹，我重重地踩了松元葵一脚：“讨厌！都是你害的，现在学长误会我了，你高兴了吧？”

松元葵丢给我一个白眼，抱着被我踩伤的脚坐到一旁的沙发上。

我委屈地咬了咬下唇，悄悄靠近利亚斯，讨好地说：“学长，你是怎么知道我有危险的啊？幸好你及时赶到，不然我都不知道该怎么办了。刚才我还以为我再也见不到学长了！”

利亚斯的目光仍停留在魔物驻足过的地方，过了好一会儿他叹了口气，这才慢慢转过身，那双冰蓝色的眼睛里满是无奈，他伸手轻轻敲了一下我的脑袋：“笨蛋小彩，不是告诉过你要小心一点了吗？你怎么还是记不住。”

我吐了吐舌头，见学长似乎不再生气，于是习惯性地抱住他的手臂撒娇：“有学长在，我一定会化险为夷的啦！”

“真是个小笨蛋！”利亚斯的脸上这才有了笑意。

望着他英俊的脸蛋，我情不自禁低声赞叹：“学长笑起来真的好帅哦！”

“是吗？”没想到我说那么小声还是被听见了，利亚斯脸上的笑意更浓了，“既然小彩喜欢，那我以后就只笑给你看。”

“真的吗？学长对我最好了！”我捂着发烫的脸，感觉心里像有小鹿乱撞。

学长说他以后都只笑给我一个人看！我不是在幻听吧？他这样说我真的好幸福啊！

“喂，你们两个到底说完了没有？能不能跟我解释一下刚才到底发生什么事情？那个穿黑衣服的人是谁啊？”

松元葵不耐烦的声音忽然传了过来，我不满地瞪着他一眼。这个没眼力的家伙，就知道破坏我跟利亚斯学长的美好气氛。哼！真是讨厌！

“根据刚才的接触和判断，我认为袭击你们的黑影应该是邪灵生物影族。”

利亚斯收起脸上的笑容，神色严谨地说：“影族是一种依赖黑暗而生存的变异生灵，拥有强大的黑暗力量，每次出现都必定伴随着黑暗。他们的种族依存长期与黑暗组织交易而获得在人类社会生存的金钱，换句话说他们会为了金钱而做非法交易，破坏世界和平，甚至威胁人类的生命。”

我撇撇嘴，不开心地说：“原来是影族！真是一群邪恶生物，明知道我最怕黑还用黑暗来吓唬我！下次再让我见到，我一定要收了他！”

利亚斯笑了笑，摸了摸我的头发：“小彩，影族可不是那么容易收服的。”

“那有什么关系，我可是利亚斯学长亲自传授驱魔技巧教出来的呢！名师出高徒，我就不信我打不过他们！”

松元葵跷着二郎腿，双手抱臂问：“你们说了半天还是没有解答我的问题啊！我们又没有招惹他们，他们到底为什么要攻击我们？”

利亚斯将目光转向松元葵，凝视了他一会儿，目光带着疑惑地望向我。我立刻明白利亚斯眼神中的含义，我用最简洁的语言跟利亚斯说清楚松元葵的来历以及他受伤的经过，当然我对丢失灵石的事情只字不提。

利亚斯听完后脸上的笑容瞬间消失，他看了我一眼，眼神中似乎透出一丝失望。他神情凝重地说：“影族的人最近跟黑暗组织交易很频繁，我想松元葵之前被袭击应该是目睹了他们的交易过程，再不然就是看到了影族的真实面目。”

“是这样吗？”松元葵困惑地挠了挠头发，“可是我一点印象也没有。”

“小彩，你真的不打算对我说实话吗？”利亚斯忽而将目光转向我。

“学长……”我不知道利亚斯究竟发现了什么，他的眼神让我感到不安。

利亚斯叹了口气：“你们之间之前发生了什么事情，我暂时不多问，现在最主要的是我可以确定影族对松元葵紧追不放的原因，是因为发现了他身上带着小彩的夜魅流萤，灵石具有强大的灵力，他们想吞噬灵石增强自身魔力。”

听完利亚斯学长的分析，我背脊发凉，顿时紧张起来。难怪早晨学长特别叮嘱我要小心妖灵，刚才又在关键时刻赶过来救我，原来……原来学长早就知道我遗失灵石的事情！

可是我刚才还故意隐瞒他，不知道学长会不会因为这件事生我的气？

“夜魅流萤又是什么东西啊？你们两个人说的话我怎么都听不懂？”松元葵从沙发上站起身，“喂，你们两个人明明也是人类，拜托能不能说一些我们人类能听懂的话？”

利亚斯看了他一眼：“抱歉，目前我并不能把所有事情向你解释清楚。另外人类和人类之间也会有些许不同差异，比如我和你。”

利亚斯不冷不淡的语气，让松元葵炸毛：“我和你有什么差异啊？”

他们两人互瞪住对方，周围充满一种莫名其妙的硝烟味。

糟糕！松元葵这个大笨蛋！居然在这种时候还敢用这样挑衅的眼神瞪住利亚斯？他不想保住自己的小命啦？

我紧张兮兮地跑过去，冲松元葵使了个眼色让他闭嘴，而后拉住他的手臂对利亚斯说：“学长，这个人他身体里的确有我的灵石，但我保证那是一个意外失误，不过他现在绝对不能让影族的人抓到，我必须要保护他。”

开什么玩笑？松元葵体内的灵石可是我好不容易修炼出来的，怎么可以白白送给影族那些人？更何况如果拿不回灵石，那不就意味着两个月以后我会变成一个灵力全无的普通人类？我才不要！

“小彩，你……”利亚斯的目光落在我拉住松元葵的手上，他的脸色突然变得很难看，像是生气了。

不过我现在可没空思考这些事，当前最重要的是保护好寄住在松元葵体内的灵石，这才是我的首要任务。

“学长，我想求你帮我一件事，可以吗？”

利亚斯的目光仍紧紧盯住我抱住松元葵的那只手，他声音低八度回答：“说吧。”

我把松元葵推到利亚斯面前，认真地说：“请学长用学生会长的身份帮忙让松元葵通过住宿审核，我想让他打扮成女生跟我住在同一个宿舍里，这样我才可以随时保护他和在他体内的灵石。”

松元葵本身五官精致，长相阴柔，身材高挑，但偏瘦，还留着一头披肩卷发，如果只从背影看，估计有百分之九十的人会把他误认为成女生。

另外让他男扮女装还有另外一个好处，就是只有那样做才可以保证他的巨星身份暂时不会曝光。

他的身份现在是我最最头疼的事情，谁愿意让一个随时可能招惹来一大群狂热粉丝的大明星住进屋里，扰乱自己原本平静的生活啊？

利亚斯的脸色变了变，似乎有些不太高兴，又像在强忍着什么：“小彩，你真的确定要这么做吗？你要让这个人和你住在同一间宿舍里？”

“嗯！”我用力地点了点头，虽然不明白利亚斯的脸色为什么这么难看，但我还是坚定地说：“我一定要保护好他！学长，拜托你了！”

利亚斯闭了闭眼，看上去就像在做某种思想斗争，最终他慢慢睁开眼，重重地叹了口气，而后终于松口答应了我的请求：“既然这是你的决定，我还是会帮助你，我会尽快帮这个人安排入学和申请宿舍的事情。”

“太好了！谢谢学长！”我立刻高兴地跳了起来，“我就知道学长一定会帮我的！”

“笨蛋。”松元葵在一旁不客气地哼了一声。

我扭头瞪了他一眼，对他比了个口型让他赶紧向利亚斯道谢，而松元葵却对我挑了挑眉毛，一副满不在乎的模样。

呼！这个不听话又爱惹麻烦的家伙！

虽然松元葵很不靠谱，但幸好我有一个靠谱又实力强大的利亚斯学长。在利亚斯答应帮我忙的两个小时后，我便接到他的短信通知，他已经顺利帮助松元葵入学，并安排他入住我的宿舍。为了避人耳目，利亚斯在为松元葵办理入学手续时，特意将他改名为肖葵。

哈哈！利亚斯不愧是我最亲最依赖的人！

就这样，在利亚斯的帮助下，失忆摇滚偶像歌手松元葵，从今天开始正式成为我的室友肖葵。

错乱的恋情

Vol.1

第二天。

“快点快点，要迟到啦！”我扫了眼墙上的桃子形状挂钟，手忙脚乱地背上书包，踢了兔子拖鞋换上皮鞋。

呜呜，最近怎么总是睡过头啊？要是让利亚斯学长知道，肯定又会说我是小懒虫了。

“喂，松元葵，你快一点啊，我们要迟到啦！”刚跑出去打算锁门，我突然意识到现在这间宿舍不止我一个人住，我赶紧跑进去站在浴室门外喊了一声。

这家伙从刚才起就一直霸占着浴室，也不知道到底在里面做什么？

宿舍里没有人回答我，松元葵也没从浴室里出来。我看了一下挂钟，再次催促他：“松元葵，你到底在浴室里干吗？快点出来要迟到了！”

“知道了，你好吵哦。”松元葵从浴室里开门走出来，他已经换上了月光学院的校服，黑白条纹的夏季校服穿在他身上非常合身，简直就像为他量身定做一般。他身材高挑，皮肤雪白，配上他那头暗紫色的半长卷发，简直像一个超级大美女！

同样的校服穿在松元葵身上，效果居然比我这个真正的女生还要好看，老天爷真是不公平啊！

松元葵走到梳妆台前面，拿起梳子开始整理头发。

早晨明媚的阳光从窗外照射进来，光晕洒在松元葵身上，他安静坐着梳理头发的侧影，让人恍惚间好似见到教堂壁画里的大天使米迦勒，周身散发着温暖的光芒。

他拿了一根皮筋把一部分头发扎起，其余披散在肩头，又顺手从一旁的抽屉里翻出一副深蓝色框架眼镜，把里面的镜片抠掉，轻轻架在自己的鼻梁上，转头对着镜子照了照，一副颇为满意的模样。

“怎么样？”松元葵扭过头，看我凝视着他一副看呆的模样，他用手拨了拨那头好看的暗紫色头发，得意地说：“是不是比你漂亮多了？”

“自恋的家伙！”我立刻回过神，吐了吐舌头朝他扮了个鬼脸。

哼！就算真的很漂亮我也不会告诉你，谁让你欺负我！

松元葵睨了我一眼，边照镜子边说：“你不承认也没用的，明明腰就比我粗。”

我瞪大眼睛看了眼他的腰，又低头看看自己的，结果郁闷地发现目测结果他的腰真的比我的细。

可恶！这家伙到底是男生还是女生？腰肢怎么可以细到让我这个女生都羡慕嫉妒恨！

我扭头不再去看他：“快点走啦，迟到了被老师罚我可不管你。”我边说边嘟着嘴退到宿舍门外。

松元葵哼了一声，放下梳子，又对着镜子照了照，这才满意地拿起书包走出门。

在经过我身边时，他还故意拨了一下头发，居高临下瞟了我一眼。真是没见过这么自恋的男生！

我在他身后扮了个鬼脸，锁好门赶紧跟上去。

走出宿舍公寓楼，松元葵伸了个懒腰慢吞吞地往前走。我绕过他，一路蹦蹦跳跳地往前跑，沐浴在阳光下我心情大好地闭上眼睛深吸一口气：“空气真好啊！”

不知道利亚斯现在正在做什么呢？是不是也和我一样呼吸着早晨清新的空气？

哎呀！真希望我们也能像电视里演的一样有心电感应，这样我就能知道利亚斯的心意了。

一想到利亚斯温柔的笑脸，我又开始脸红了。我捂住自己微红的脸颊，甩了甩脑袋想把脑海里那些幻想利亚斯和我心意相通的甜蜜画面忘掉。

好害羞啊！我怎么一大清早就开始想利亚斯了？

松元葵走到我身边，不屑地冷哼了一声：“一大早站在路边发呆，难怪没有男生跟你搭讪。”

“你！”我瞪住他。这家伙……真的是太讨人厌了！他是跟我有仇吗？清早就开始找我斗嘴，我偏不让他如愿！

我故意装出一点也不在意的模样，扬起下巴回答：“我才不需要那些不熟悉的男生来跟我搭讪呢！”我转了转眼珠在心里补充，我有学长就可以了。

“花痴。”松元葵伸手在我额头上弹了一下，一脸不屑地说。

我捂着额头气鼓鼓看着他，心想：当初我的灵石怎么就偏偏掉到这个自恋又毒舌的家伙身体里去了呢？真是太气人了！

松元葵见我不说话只是瞪着他，他挑了挑眉宇反而笑起来。

他笑起来时样子很好看，墨黑色的眼睛里像是住进两颗闪闪发亮的星星，让人忍不住一直盯着他看。

可是他接下来说的话却再次把我气得半死：“唉，本来就长得不好看了，眼睛还瞪那么大，小心变成青蛙眼。”

青蛙！竟然敢说本小姐会变成青蛙眼？

可恶！松元葵，你死定了！看我怎么教训你！

我深吸一口气，双手叉腰，正想抛开淑女形象好好训他一顿，就在这时身后却突然响起一个女生的兴奋尖叫声：“哇！快看那边，那个女生是我们学院的吗？长得好像偶像歌手松元葵哦！”

另外一个女生也跟着尖叫起来：“真的！怎么会那么像？”

“是不是葵的妹妹啊，看起来好像双胞胎兄妹呢！”

我诧异地转头去看，只见不远处花坛边站着几个女生，她们一边指着松元葵，一边兴奋地讨论着。

我看了一眼身边的松元葵，他正一脸不耐烦地抬起一条手臂遮挡阳光，浑然不觉那群女生正在讨论的人是他。

不会吧！松元葵打扮成女生居然也会被人认出来？看来超级偶像的魅力真不是变个装束或隐藏性别就可以抵挡的！

没办法了，为了不让她们继续盯着松元葵看发现更多破绽，我拉起松元葵的手打算跑路。

我们正要离开，那几个女生却突然跑上来把我们围住。其中一个大眼睛女生盯着松元葵好奇地问：“你好，请问你认识松元葵吗？他是不是你哥哥啊？”

松元葵不耐烦地皱了皱眉头：“走开，别烦我。”

大眼睛女生愣了一下，随即扭头对她身边的同伴高兴地说：“你们看，她连生气的模样都跟葵完全一样，她肯定是葵的亲戚没错！”

围观的女生同时赞同地点头附和说：“就是就是，真的超像！”

见她们想凑近松元葵细看，我心急地挡在松元葵面前：“哈哈，怎么说呢？他……他只是长得有点像松元葵而已啦，但他本人绝对跟松元葵没有半点关系！”

我抓着书包，满头大汗地解释。没想到那群女生根本无视我的存在，她们更加兴奋地靠近松元葵，更可气的是她们好像把我当做障碍物，拼命地想把我推开。

搞什么嘛！

这家伙也就是比其他男生长得好看一点，五官轮廓立体一点，皮肤白皙一点，眼神蛊惑一点，笑容迷人一点，她们用得着这么疯狂吗？利亚斯学长可比他帅多了！

那几个女生越来越贴近松元葵，他的脸色变得更加难看。

松元葵瞪了我一眼懊恼地说："春日彩，你不是说要保护我吗？还不快把她们都弄走！"

"我？"我诧异地指了指自己的鼻子。

"不是你还有谁！快点！"松元葵用大眼睛瞪我。

呜呜……有没搞错！我怎么会这么倒霉啊？不但要保护这个坏脾气的家伙，还要帮他阻挡这些麻烦女生！

我不开心地鼓起腮帮子，就在这时我眼角余光突然瞄见不远处更多的女孩子注意到这边的情况，她们好奇地跑过来。

啊！完蛋了！我们要被包围啦！

"喂，你怎么又在发呆？教室在哪里？快点带我过去，长时间站在阳光下，我的皮肤都快被紫外线晒伤了。"

我抬起头使劲瞪住他！

这个搞不清楚状况的家伙，现在居然还有心情关心自己的皮肤会不会被晒黑？没看见我们现在就快被越来越多的女生包围了吗？

可恶的松元葵，可恶的大明星！要不是他身体里还带着夜魅流萤，我真想丢下他不管了！

眼看那群热情的女生一步步靠近，慌乱中我只好拉住松元葵的手，深吸了一口气，低喊一声："快跑啊！"

Vol.2

我拉紧他的手，以百米冲刺的速度向前奔跑，直到感觉后面没有人追了，我才停下脚步靠在墙壁上大口喘气。

"呼呼，好累啊！刚……刚才差点就要被包围了！这些女生也太恐怖了吧！"我一边弯腰捶着两条酸痛的腿，一边嘟着嘴嘀咕，"真是的，拜托你下次出门前记得戴上帽子墨镜还有口罩，我才不想天天拉着你逃跑，那样狂奔很累人呢！"

松元葵用眼角余光看了我一眼，冷哼了一声："自己腿短还要怪别人。"

"喂！你说谁腿短！"好歹我刚才还为了保护他拼命狂奔，他不知道感恩就算了居然还对恩人说这种话？真是太过分了！

"咦？小彩，快上课了你怎么还在这里？"毫无预兆，阿飞学长突然从转角走出来。

我愣住一秒，刚想跟他打招呼，忽地瞧见阿飞身后站着利亚斯，我的脸颊不禁一红。

"学、学长！"我一看见利亚斯的身影，心脏不由加速跳动。

利亚斯学长朝我慢慢走来，他步履稳健优雅，依旧是平时那副完美的贵公子模样，他的银灰色短发随风微微摆动，漂亮的冰蓝色眼睛就像两枚珍贵的蓝宝石，专注地凝望着我。他全身上下挑不出一丝毛病，完美得犹如天神一般让人情不自禁为他着迷。

看着这样优秀的利亚斯，我脑中不由浮现出一幕场景——利亚斯学长身穿白色燕尾服，在漫天樱花雨中骑着白马款款而至，微笑着伸出手邀我共骑。

在那美丽的樱花雨中，学长亲吻我的手背，用温柔好听的声音对我许下诺言：“小彩，我的最爱，我来接你了，从此以后我们将永远都不分开！”

啊！这、这实在是太浪漫了！

松元葵似乎看穿我正在想什么，他没好气地咕哝了一句：“花痴。”

“小彩，早自习快开始了，你怎么……”利亚斯正开口询问我，目光却突然转向我跟松元葵紧握在一起的双手上，他的表情一瞬间僵住。

看见利亚斯的神色，我顿时反应过来。天啊！刚才匆匆忙忙逃跑，我一直紧握松元葵的手，居然忘记松开了！

惨了！怎么每次发生这种事情时总是被利亚斯看到，这下我是真的跳进黄河也洗不清了！

我连忙把手抽了出来，向旁边挪动几步像躲避瘟神一样离松元葵远远的，我神情窘迫地向面前的两人问好：“利亚斯学长，阿飞学长，早安！”

“早啊，小彩！”阿飞甩了甩浅金色短发，爽朗地朝我笑了笑，刚想继续说什么，看见站在我身后的松元葵，眼神突然亮起来，结结巴巴地问我，“小、小彩，这位长得这么可爱漂亮的女同学是谁啊？我怎么从来没见过？”

我正在发愁要怎么跟利亚斯解释刚才的事情，便随口应付阿飞：“他？他是小葵，我的新室友啦。”

话说完我又偷偷看了一眼利亚斯学长，发现他仍盯着我的右手看，脸上半点笑容也没有。

奇怪，利亚斯为什么生气呢？我偷偷地瞄了利亚斯一眼，难道他因为看见我牵葵的手，所以生气……他是在吃醋？

想到这里，我不由得暗自窃喜，仿佛周围的空气都变得甜蜜起来。

如果真的是这样，那是不是意味着其实利亚斯学长他很在意我，他不喜欢我跟别的男生太过亲近，或许他心里也有一点点喜欢我？

就在我胡思乱想时，不远处突然响起一阵熟悉的尖叫声。

“我找到葵的妹妹了！她在这里！哇！利亚斯学长也在那边！好帅啊！大家快来这边！”一百米开外站着一个女生，她激动地喊了一声，随后一大群女生从转角跑出来。

我的天啊！她们冲过来啦！

我瞪大双眼，正在手足无措时，利亚斯向前一步挡在我面前：“别怕，有我在。我先分散她们的注意力，你快带这家伙离开，别让其他人拆穿他的真实身份。”

“学长……”我心中涌起一股暖流。

利亚斯居然站在前面为我挡住那些疯狂的女生，她们的手甚至还不安分地偷偷碰一下利亚斯的袖子或者衣角，一副沾沾自喜的模样。

啊啊！太可气了！

都是这个长着一张漂亮脸蛋的大明星松元葵不好，就算装扮成女生外表还是太过惹眼，害得我们被这些花痴女生纠缠上，现在还拖累利亚斯学长被她们……吃豆腐！

我气呼呼地鼓起腮帮子，刚扭头想找松元葵算账，却发现原本站在我身边的人不见了。

“人呢？”我左顾右盼寻找松元葵的身影。

“走开啦！别来烦我！”就在这时，教学楼的墙角后面传来松元葵不耐烦的声音。我连忙顺着声音找过去，原来他被阿飞拉到一旁角落，难怪刚才我找不到他。

我好奇地走到他们身后，只看到阿飞手足无措地站在松元葵面前，红着脸挠着头解释：“小葵同学你别生气，我没有恶意，我只是……只是想邀请你星期天一起去海洋公园游玩，听说那边的海豚表演很有趣哦。”

松元葵不屑地撇开头："我不要去！你很烦啊，都说我没空！你别缠着我，快点走开啦！"

"小葵，你就答应跟我一起出去玩吧！"松元葵已经摆出一副明确拒绝态度，没想到阿飞学长居然坚持不懈继续缠着松元葵。

眼前的情景真是让我哭笑不得。阿飞学长不会是真的把松元葵当成女生，对他产生好感了吧？

我的上帝爷爷，我突然觉得头好疼啊。

我无语地揉了揉太阳穴，正想上前拉开两人，一只手忽然从后面拉住我的手臂。

"小彩。"利亚斯不知道用了什么方法，那群闹哄哄的花痴女生居然乖乖地散开了。利亚斯走到我身旁，在我耳边低声解释："松元葵的真实身份越少人知道越好，我担心阿飞会不小心说漏嘴，所以这件事到现在还没有跟他说。"

原来是这样！

我恍然大悟"哦"了一声，又转动眼珠意味深长地看着阿飞和松元葵。没想到阳光爽朗的阿飞学长，竟然会迷上外表阴柔说话却很恶毒的松元葵。嘻嘻！这下可有好戏看啦。

看到我脸上调皮的表情后，利亚斯的脸色缓和了一些，他伸手摸了摸我的头发："你的小脑袋里又在想什么？"

"哈哈，保密！"我眨了眨眼睛。

"小迷糊，总是让我这么担心你。"

咦？为什么利亚斯要这么说？

我偏了偏脑袋，疑惑地看着利亚斯。而他并没有继续解释，他走到阿飞身边，不发一言伸手把阿飞拉到一边谈话。我转眸看松元葵，他的表情似乎像是松了一口气。

利亚斯学长的神情很严肃，大概是在劝说阿飞不要再靠近松元葵，可是阿飞一直嘟着嘴，看起来并不像乖乖听劝的模样。

唉……其实利亚斯这样做也是为了阿飞好，如果任由他继续纠缠松元葵，也许在得知真相后阿飞学长会大受打击。

见我们还站在原处，利亚斯朝我挥挥手："小彩，你们快点上楼吧，早自习快开始了，我和阿飞还有一些事情需要聊，午休时再见。"说完利亚斯硬是拖着阿飞往前走。

"唉，阿飞学长好可怜啊！"看着阿飞学长不甘心的背影，我同情地感叹道。

"可怜的人是我才对吧？这个叫什么阿飞还是阿鱼的真是吵死了，刚才一直缠着我，要我周日陪他去海洋公园，真幼稚！"松元葵皱了皱眉。

我翻了翻眼皮："你可怜？"

"难道不是吗？"松元葵仗着自己有一双漂亮的大眼睛，睁大双眼瞪住我看。

谁怕谁啊！比眼睛大是不是？我的眼睛也不小！

我双手叉腰抬起头，瞪大眼睛直视他。

就在这时，上课铃声忽然响起。

"啊！糟糕！已经这么晚了！"我顿时着急地跳起来，甩手拍了一下松元葵的手臂，"都怪你啦！跟我比谁眼睛大！"

"什么？你这个女生真是蛮不讲理！一点都不可爱！"

"喂！"

"怎样？"松元葵凭借身高优势，垂眸鄙视我。

"哼！"我气呼呼地哼了一声，扭头往楼上跑，眼角余光瞥见松元葵并没有跟上来，只好冲楼下大喊，"快点跟上来！"

松元葵站在楼梯下面，抬眸睨了我一眼，脚步慵懒而闲散地慢慢上楼。

看见他这副悠然自得的模样，我气得开始磨牙。这家伙……还真是气人！

Vol.3

我把松元葵带进教室，班主任介绍新同学后，他被安排坐在我后面的座位，但麻烦的是松元葵这张妖孽的脸蛋再次引起全班同学关注，刚下课大家统统围到他身边，而松元葵则以我应该保护他为理由，拿我当挡箭牌帮他挡开那些对他外貌好奇的同学。

呜呜……我发誓我从没有这么期盼下课休息时间快点结束，因为每节下课包括午休时间我都被全班同学包围，他们似乎对松元葵产生浓厚兴趣，甚至还有好几个长得不错的男生偷偷把我叫到一边，让我帮他们递情书给松元葵，我真是汗流浃背……

不过幸好的是一天的课程总算结束了。

傍晚，放学铃声刚响起，我赶紧收拾书包，拉起座位上的松元葵，趁着天黑前飞也似的跑回宿舍。

呼呼！今天早上是用八百米冲刺速度狂奔到教学楼，没想到回宿舍也一样……今天真是好累啊！

进门后，我倒在沙发上，连吃晚饭的力气都没有了。而松元葵那家伙刚进屋，放下书包，拿了浴袍转身走进浴室。

我无语地盯着浴室门，几秒钟后里面传来哗哗的水声。我躺在沙发上翻了翻眼皮，那家伙刚才还在上课时就一直嚷嚷着身上有汗不舒服，没想到一回到宿舍立刻钻到浴室洗澡。

想起他早上洗澡时就在浴室里待了将近一小时，我也懒得去管他。

不过说来也奇怪，他明明是个男生，行为举止却比我这个女生还要像女生，难道是因为他的明星身份所以才特别关注他自己的形象外貌？

我转了转眼珠，从沙发上坐起来。

我摸了摸下巴，自言自语："这么说起来，我好像真的不太了解松元葵，我唯一知道的好像只有他的职业是一个超人气偶像歌手，其他完全一片空白。"想到这里，我干脆站起身走到书桌前打开电脑，趁松元葵占用浴室的时候上网查阅他的资料。

打开网页在搜索栏里输入"松元葵"三个字，一按回车键，居然有五百多万条搜索结果！

哇！看来这家伙的人气真的很旺嘛！

我找到松元葵的百度百科，点击进去看着网页上密密麻麻的资料，这才发现原来松元葵居然有一大串匪夷所思类似女人一样的习惯，难怪我有时会觉得他的行为举止很奇怪。

滑动鼠标将页面往下拉，我仔细阅读："松元葵身高186厘米，体重69千克……哎哟，这家伙身材还不赖嘛。"我继续往下看，"葵非常注重皮肤保养，讨厌被阳光直射，防晒霜与全套保养品从不离身……讨厌流汗，不喜欢做运动，出门前必须沐浴……"

我挠了挠下巴："哇！这么臭美，这家伙的癖好还真奇怪！"原来他那么注重保养，怪不得他的皮肤跟瓷娃娃一样白润细腻，还真是让人羡慕呢。

继续拖动鼠标往下看："葵还有一个很可爱的小怪癖，他每天都定时敷三次面膜……"

就连我这个女生也只是偶尔想起来才会敷一次面膜，他居然一天敷三次！这种保养习惯也太夸张了吧！

我鄙视地哼了一声，继续将页面往下拉。

“春日彩！喂，春日彩！”

我正阅览网页一项项点评松元葵的各种怪异习惯时，浴室里突然传来他的叫唤声，而且还是很不客气的那种！

大明星就是难伺候。

自从他住进来之后，我好像变成他的专属女佣，跟在他身后帮他处理各种麻烦事情，害得我连跟利亚斯单独相处的时间都没有。哼！等他恢复记忆并且把我的灵石还给我后，我一定要找他要薪水！

见我没有反应，浴室里面松元葵又开始拉长声音喊了起来：“春——日——彩！你睡死了吗？没听见我在叫你？”

你才睡死了呢！

“听到了。”我无奈地应了一声，顺手让电脑进入休眠，我起身走到浴室门外敲了敲门问，“一直叫我，什么事啊？”

浴室里先是一阵怪响，然后松元葵闷闷的声音才传了出来：“我没有拿换洗衣服啦。喂，春日彩，你不是说有帮我准备了几套衣服，快点给我拿进来啦。”

对哦，因为松元葵突然住进宿舍，所以我中午的时候特别跑去找修，让他帮我准备几套男生的衣服。

我一拍脑袋才想起这件事：“你等等哦，我请朋友帮你买了几套衣服，这就帮你拿过来。”我转头在房间里扫了圈。啊，衣服被放在沙发上面，难怪刚才我躺在沙发上觉得上面特别松软，原来我躺在一堆衣服上面了。

我赶紧走过去拿了一套棉质睡衣，又走回浴室前敲了敲门：“开门啦，衣服给你。”

“动作真慢。”松元葵嘟囔了一句，同时把浴室门敞开一条缝，伸出一条雪白光滑的手臂。

浴室门微微敞开，门缝里透出橘黄色的灯光，里面水汽氤氲，空气中飘散着沐浴乳的芬芳。我蓦然心跳加速，连脸蛋也开始慢慢发烫。

讨厌啦！春日彩，你只是帮忙递个衣服而已，到底在害羞什么啊？

我抱着衣服，僵直地站在门外。

“春日彩，快点！我很冷呢！”松元葵不耐烦地伸出手臂朝门外乱抓了几下，一不小心触碰到我的手臂，他的指尖带着沐浴后的热度，让人心跳不已。

“给、给你啦，接住。”我把衣服往门里一塞，刚想转身，陡然间脚下一滑，我整个人失去重心向前扑倒，半掩着的浴室门就这么被我突然撞开了！

“啊！”我本能地尖叫一声，猛地跌进浴室里，摔倒的一瞬间我下意识将手上的衣服举高……突然间我感到一双手迅速扶住我，我下意识地抬起头去看扶住我的人，然后悲剧发生了——

“啊啊！对不起，对不起！我不是故意的！我什么都没看到！”我把手中的衣服塞到松元葵怀里，狼狈地从浴室里跑出来。

我捂着脸跑到写字台边，坐在椅子上抱着双膝把自己缩成一团。

怎么办？我居然不小心看到了……呜呜……我会长针眼的吧？

春日彩，你怎么会这么冒失？递个衣服也能滑倒跌进浴室里，更夸张的是还看到了不该看的画面，完蛋啦！

我捂着红得发烫的脸颊使劲甩头，可是怎么也甩不掉遗留在脑海里松元葵站在白色水雾里的画面。

我该怎么办？我居然看到松元葵没有穿衣服的样子，要长针眼了……肯定会长针眼的！但我敢发誓这次绝对是偶发事件，我才不想看没有穿衣服的松元葵，虽然他身材真的很不错……哎呀，我在胡思乱想什么啊？要看，我也是宁愿选利亚斯学长！

我敲了敲自己的脑袋：“我在想什么啊？真是的，现在是什么情况？春日彩拜托你清醒一点啊！”

我伸手把垫在背后的抱枕搂进怀里，一脸懊恼地想着：这下松元葵那个自大又臭屁的家伙肯定会以为我是故意的，说不定还会笑话我是小色女。

正当我在思考待会该怎样解释时，只听见“啪嗒”一声，接着全屋的灯光突然全灭，屋内顿时陷入一片黑暗之中。

“啊！”在灯光熄灭的一瞬，我害怕地尖叫了一声，从椅子上跳下来，连抱枕也丢掉了，蹲在地上害怕地紧紧抱住自己，“好黑啊！”

“发生什么事情了？”听到我的叫声，松元葵立刻跑出来。

窗外已经是黑夜，房间里光线昏暗，松元葵只能一边喊我的名字，一边用摸索的方式慢慢移动寻找我的方位：“春日彩，你在哪里？快回答我，不会是坏人又出现了吧？”

我躲在角落里瑟瑟发抖，听到他的声音总算安心了一些，我蜷缩着身体，声音微颤地说：“我……我在这里。好像是停电了……我怕黑。”

“终于找到你了，你这个怕黑的笨蛋。”松元葵从声音里辨别出我的方位，他慢慢移动到我身边，蹲下身摸了摸我的头发。

或许感觉到我在发抖，松元葵蹲下来伸手把我搂到怀里，声音也变得温柔许多：“只不过是停电而已也把你吓成这样，上次真的是你救的我吗？你也太没用了吧？”

他说话依旧很刻薄，但怀抱却很温暖值得我依赖，我像是溺水的人终于找到了可以依靠的浮木一样，把头埋进松元葵胸口，两只手紧紧抱住他的手臂，小声呜咽说：“好黑，我害怕……”

松元葵怔了一下，耐心地一下一下轻拍我的后背安慰：“别怕，我不是在你身边吗？不会有事的，小彩乖别哭了，再哭会变丑哦！”他的声音越来越温柔，像是哄小孩一样轻柔地呢喃，就连平时个性倔强从不向别人低头的我，都忍不住像孩子般紧紧抱住他的腰不肯放手。

这一刻，在我的潜意识里，仿佛有个声音在不断对我说只要是在他怀里，我就会很安全。

“没事了，不怕，小彩乖哦……”松元葵还在轻声安慰我，我忍不住又往他怀里拱了拱脑袋。他的怀抱好温暖，因为刚洗完澡，他身上还带着沐浴露的味道，很清新，很好闻。

房间里依旧一片漆黑，我靠在松元葵怀里，耳朵贴在他的胸口上，我能清晰地听见他的心跳声，有节奏地“怦怦”跳动着，我慌张不安的心仿佛也跟着他有序的心跳声慢慢平静下来。

这一刻，我突然觉得松元葵也并没有我想象中的那么讨厌，虽然他脾气不好，说话又毒舌，是一个被众人宠坏的大明星，但他并不是遥不可及，起码在这种时刻，他第一时间跑出来寻找我，抱着安慰我。

“松元葵……”我突然开口叫他，抬起头努力在黑暗中找寻到他的眼睛，我凝视着他认真地说，“我可以叫你葵吗？”

大概是没有料到我会这么问他，松元葵愣了一下才反应过来，他轻咳一声回答：“笨蛋……想叫就叫吧。”

虽然此刻我看不清他脸上的表情，却可以听到他声音中带着的笑意，我感觉心里又安定不少，下意识地将头靠回到他肩膀上，小声地请求道：“葵，我听说你唱歌很好听……你可以唱一首歌给我听吗？”

松元葵并没有回答我，只是安静地坐着。

松元葵的沉默，让我一下涨红了脸，我尴尬地解释：“那个……我只是随便说说，如果你不想唱，可以不用唱的，你就当我什么都没说吧。”

出乎意料的是，我的话音刚落，松元葵的歌声在下一秒响起。歌唱仿佛是深藏在他身体里的本能，就算失忆，他依旧凭着本能在没有音乐伴奏的情况下轻轻吟唱。

葵纯净灵动的歌声轻缓地在这黑暗的空间里响起来，歌声仿佛淙淙流淌的清澈溪流，又如宁静月夜下悄悄盛开的昙花。

他的歌声近在耳边，我紧绷的神经慢慢松弛下来，我靠在他的肩膀上闭上眼安静地聆听着，这一瞬我仿佛感到四周开始变得明亮起来，我们身处的不是黑漆漆的宿舍，而是在阳光灿烂的午后，我们两人并肩坐在大树下，惬意地听着鸟啼蝉鸣。

在最后一个婉转的尾音后，一曲结束，松元葵的歌声停止，而我脑海中幻想的阳光绿树鸟啼蝉鸣也在这一瞬间全都消失不见，睁开眼我们仍坐在地板上，周围一片漆黑。

我抬起头，在黑暗中望着松元葵的侧脸。现在我终于明白为什么杂志上会写他是海妖的继承者了，因为他的歌声比海妖更加美妙动人，只要听过一次就难以忘怀。

“谢谢你，葵。”

听到我的道谢后，他闷声回了一句：“笨蛋，只是一首歌，有什么好谢的？”

这个家伙……刚觉得他是好人呢，结果现在又开始骂我笨蛋了！果然跟我刚才在网上搜到的资料一样，他这个人说话很毒舌，语不惊人死不休！

Vol.4

松元葵抱着我，又在地板上坐了一会儿。

一直被他这样抱着，我渐渐感到有些不自然，只好随便扯了一个话题说：“宿舍管理员怎么还没有把电路修理好？”

松元葵没有接下话茬，反而问我：“现在感觉怎么样？还害怕吗？”

“还有一点，不过……不像刚才那样害怕了。”我靠在他的肩膀上，轻轻摇了摇头。

虽然屋里还是一片漆黑，但我心里已经没有刚才那样恐惧了。这都多亏葵的歌声，还有他温暖的怀抱。

如果不是他，估计现在我早就被吓得情绪失控在宿舍里大哭了吧？

我庆幸地想着，同时又为葵安慰我的话而红了脸，刚才他叫了我好几声小彩呢。平时除了利亚斯学长外，没有人会这样亲昵地叫我的名字。

不知道为什么一想到松元葵喊我小彩的样子，我心底莫名有种甜蜜幸福的感觉萌发。

就在此时，屋内响起“啪”一声，灯光闪了一下，然后全部亮起来。

灯光亮起的一瞬，周围的黑暗消散，我清楚地看见松元葵的脸，他抱着我的手臂，还有……

“啊！你干吗不穿上睡衣？”我瞪大眼睛盯住他围在腰上的那条浴巾，他、他、他居然只围了一条浴巾就跑出来！这么说他刚才一直是光着上半身抱着我，我因为太害怕竟然没发现，还在他怀里哭得稀里哗啦，真的是太丢脸啦！

我表情尴尬地抬头看着他，他看了我一眼，似乎也感觉到一丝不自然，他故意干咳两声：“电来了，应该没事了。”

我脸蛋微烫，撇开脸不敢看他，小声回答：“嗯，没事了。”

接着我们两个人都沉默了，而且谁也没有动，依旧保持着拥抱在一起的姿势。葵不松开手，我也不敢乱动。真奇怪，他为什么没有推开我？难道他其实也……

就在我胡思乱想时，门外忽然响起几声急促的敲门声，我刚抬头想回应，下一秒宿舍门“嘭”一声巨响，门居然被人强硬撞开了。

我和葵都没反应过来，惊讶地转头望向大门，只见一个人快速冲进来，竟然是利亚斯学长！

“小彩，我和利亚斯听说女生宿舍停电，你没事……”阿飞跟在利亚斯身后，边大声嚷着边着急地要冲进来，前脚还没跨进屋根本来不及看清楚屋里发生的情况，就被利亚斯拦住推了出去。

“阿飞，你在外面等我，我有话对小彩说。”利亚斯声音严肃，阿飞乖乖地站在门外。利亚斯转身特意关上房门，他站在门边目光一寸寸移到我身上，然后再看向只围着一条浴巾双手环抱着我的松元葵，利亚斯帅气的脸上蒙上一层乌云：“你们……”

我被利亚斯的表情吓到了，连忙推开葵，光着脚站在地板上，我不知道该怎样解释，只好不断摇手：“学长，我跟葵抱在一起是因为……刚才……是因为停电……葵他……”

“不要再说了！”不等我解释完，利亚斯黑着脸，摔上房门头也不回地走了。

“砰！”门框一震，墙上的桃子挂钟被震得歪到一边。

我一脸错愕地站在原地，呆愣地看着紧闭的房门，内心一片空白。

这一次，利亚斯学长他是真的生气了，他连我的解释都不想听，就这样脸色冰寒地离开了。

门外传来阿飞学长的声音：“利亚斯，小葵怎么样了？她有没有被吓到啊？”

“闭嘴！”

“利亚斯你怎么了？你脸色好差啊……”

走廊的脚步声与说话声越来越轻，直到再也听不到。我傻站在冰冷的地板上，利亚斯刚才带着寒意的表情仿佛深深印刻入我的脑海。

这是他第一次对我生气，我从未见到过这样寒意逼人的利亚斯，那双冰蓝色眼瞳冷冰冰的，仿佛能从他的眼神中感受到极地冰寒，让人不寒而栗。

我的学长，他不是每次看见我都会温柔地微笑吗？为什么这一次会……

我站在原地身体微微颤抖，我真的害怕了，我怕利亚斯会就此讨厌我不再理我，他是我在这个世界上最依赖的人，我无法想象如果失去利亚斯，我该怎么办？

“喂，你干吗那张脸，好像世界快要崩塌的样子？”松元葵伸手在我眼前晃了晃。

我叹了口气：“我现在没有心情，你让我自己安静一会儿。”

“你声音这么低落，难道你在担心那个叫什么利亚斯的他看见我们抱在一起，误会我们有不寻常关系，你怕他会生你气？”

“葵，我现在真的没有心情。”我咬了咬下嘴唇，忍耐地说。

“喂，你干吗这么无精打采？”大概是见我心情低落，松元葵走过来拍了拍我的肩膀，安慰说，“打起精神来，女孩子愁眉苦脸的很容易长细纹的。”

我有气无力地看了他一眼，委屈地扁了扁嘴：“我也不想啊，可是学长他误会我，而且还不听我解释，他好像真的生我气了。”

“原来是这样。”松元葵双手环胸，意味深长地睨了我一眼，“我发现你每次看到那个叫利亚斯的人都会很高兴，你那么怕被他误会……你该不会是喜欢他吧？”

听到这话我立刻紧张地绷直背脊，涨红了脸否认：“我才没有！”

松元葵挑了挑眉毛：“真的没有？”

“没有！绝对没有！”我坚定地否定，但声音很快又弱下去，“我才没有喜欢利亚斯学长，我对学长的感情只是……”

“这副表情还敢理直气壮说没有，你还真是一个口是心非的小笨蛋。”松元葵的唇角浮起戏谑的笑意。

我狠狠瞪了他一眼。可恶！这家伙以为他是谁啊？凭什么猜测我对学长的心意？

我嘴硬地说："就算有也不关你的事！"

松元葵耸了耸肩，笑着说："本来就不关我的事，不过……唉，说实话你真的喜欢这个外表看起来一副完美优等生模样，但其实私下对待女生冷冰冰的男生吗？这样两面派的人，值得你喜欢吗？"

松元葵怎么可以这样形容利亚斯学长？等等……他怎么知道利亚斯私底下不喜欢跟别的女生接触？难道早晨利亚斯帮我挡住那群女生时，其实松元葵一直在旁边暗暗观察他？

"看来你还真是个脑袋简单的笨蛋，只要长得好看点的男生对你温柔一点，你就脑袋昏昏把别人当做暗恋对象。啧啧，这种行为还真是愚蠢啊。"

"松元葵！"我的忍耐已经到达极限，我无法忍受任何人在我面前说利亚斯一点坏话，我怒气冲冲地朝他大吼，"不许你说利亚斯学长坏话！还有我喜不喜欢利亚斯都不关你的事！"

看见我生气地朝他大吼，松元葵的表情微微一怔。

我也立刻意识到刚才把话说得太重，可能会伤害到葵的心，但我一时拉不下面子去道歉，更何况的确是葵不好，要不是他一直说利亚斯的坏话，我也不会冲他发脾气啊。

"刚才一直抱着你，身上又开始出汗脏死了。"松元葵突然嘟囔了一句，而后转身走进浴室。

他一离开，客厅里只剩下我一个人。

我静静地站在原地，开始懊悔自己刚才一系列冲动的行为。我是不是该向松元葵道歉？还有我明天到底要不要去找利亚斯把事情解释清楚？

浴室里响起哗哗的水声，水声停了一下，松元葵大概开始抹沐浴乳，一会儿后水声再次响起。

我站在原地，纠结思考着。不知道这样站了多久，直到门打开，松元葵穿着修买的那套蓝白条纹的睡衣，边擦头发边走出来。

“你不会一直站在这里吧？”他的语气听起来并不像是在生气。

我偷偷抬眸看了他一眼：“葵，刚才……”

“你忘记我是失忆人士，记忆力不好吗？刚才发生的事情我已经全部忘记了。”他轻松地笑了笑。

“葵……”

松元葵打了个呵欠：“困死了，我现在要去睡觉了，你可别来吵我。妨碍我睡美容觉我可是会很生气的哦。”他摆摆手臂，转身朝宿舍的另一张床走去。床上已经铺好新的被单和床罩，都是今早我拜托修帮我做的呢。

“我才不要跟你说话呢！”我故意朝他的背影扮了个大鬼脸，扭头又小声嘀咕，“这家伙果然是自恋洁癖男，失忆了这些怪习惯却没忘。”

没想到我说得这么小声，居然被他听见了。

松元葵笑嘻嘻地转头说：“有洁癖不好吗？说明我爱干净啊，难道像你一样起床不叠被子，脏衣服堆在洗衣机里……”

“喂，你这家伙！谁不爱干净……我、我不要跟你讲话了！”我扭头不去看他，这家伙还真是个臭屁的自大狂！

“小彩你害羞了呀？”

“我没有！”

“明明就是。”

“你不是说要睡觉吗？这么多废话，我要去洗澡了！”为了不再给他说话机会，我飞快地从抽屉里拿出换洗衣服，抱着衣服跑进浴室。

关门前，我忽然听到床那边传来松元葵含着笑意的声音：“我先睡了，晚安。”

我从浴室门里探出半个脑袋，轻轻地说：“晚安，葵。”

关上门，浴室里水汽氤氲，我站在镜子前，唇边不知不觉浮起微笑。葵的一声轻软的晚安声，让我原本糟糕的心情稍许明朗了一些，可是一想到利亚斯学长，我不禁又皱起眉宇。

明天我要去找利亚斯学长吗？如果我主动去找学长解释，他会原谅我吗？

“唉，春日彩别多想了，快点洗完澡，睡一觉睁开眼，明天一定会万事顺利的！”我对着镜子握了握拳，松开马尾开始洗澡。

第四章

下雨天亲吻

Vol.1

虽然说用积极乐观态度面对生活是件好事，可是……

“唉……”我走在学院林荫大道上，垂头叹了口气。自从停电那晚后，我已经很多天没有看到利亚斯学长了。

其实这几天我一直主动去学生会找他，或是放学后故意在他教室门口等他，但利亚斯就像刻意躲着我一样，别说当面把事情解释清楚了，我连利亚斯的影子都没见到。

我知道利亚斯一定在生我气，但他一直躲着我不肯听我解释。唉，现在到底要怎么办啊？难道我要这样继续被学长讨厌下去吗？

啊啊啊！想来想去都是因为松元葵，如果他不出现，如果他没有住进我的宿舍，如果我的灵石没有掉进他身体里，如果……可是哪有这么多如果和假设？事情既然已经发生了，我虽然很无奈很想发狂，但必须要面对现实接受它。

我用力地摇着头，将脑子里幻想的利亚斯学长离我越来越远的场景甩掉。

呜呜……人家才不要被学长讨厌啦！不要不要！

我甩了甩头，握拳发誓：“我一定要找机会和学长说清楚，绝对不要让他继续误会我！”对！就这么决定了！

我用力地握起拳头比了个加油的姿势：“春日彩！你一定可以的！”

我刚下定决心不到，打算再次去学生会找利亚斯，可是刚往前走了几步，抬眸间我陡然看见不远处学院小广场上停着一辆白色房车。我目光一怔，那辆车不是专门接送利亚斯的车吗？

我正犹豫要不要上前，白色房车的驾驶座车门打开，司机下车后迅速走到后座车门边，恭敬地打开后座车门，一条裹在西装校裤中修长的腿从里面跨出来，而后是优秀挺拔的侧影。

是利亚斯学长！我眼睛一亮，怔怔地看着他。

忽而，半空吹起一阵微风扬起小广场两旁的樱花，粉色的花瓣漫天飘舞，利亚斯站在这场樱花雨中，空灵脱俗仿佛来自另一个世界的王子，他那双漂亮的冰蓝色眼睛注视着远处，脸上却再也没有我所熟悉的微笑。

利亚斯的出现，立即引起周围路过的女生们地围观。

“哇！利亚斯学长好帅哦！”

“利亚斯学长，我喜欢你！”

那群女生开始发出叫声。

利亚斯站在房车前，并没有被身边那些高分贝的尖叫声影响，依旧神色淡然地望着远处的某一点。

这一刻，我并没有上前，反而很冷静地站在原地。不知道为什么我产生了一种奇怪的感觉，我和利亚斯仿佛处在两个世界，眼前的人群将我们分隔开，他那边是樱花飞舞热闹非凡，而我提着书包一个人孤零零站在无人问津的角落。

我远远看着利亚斯，仿佛感觉到我的目光，他缓缓转过头，但他没有再像从前那样温柔地望着我，他的目光从我站的地方扫过，没有任何留恋，他继续凝视着远处。

利亚斯冷淡的表情，无疑像是一盆冷水将我从头浇到脚，让我感到全身冰冷。看来利亚斯真的不愿意看见我，他冷漠的神情已经说明一切，我似乎应该识趣一点，别再让他讨厌，我应该从他眼前消失。

我咬紧下嘴唇，转身刚想离开，不远处围在利亚斯周围的那群女生忽然骚动起来，有人惊呼：“咦？走过来的是绘香！她是来找利亚斯学长的吗？他们站在一起好般配啊！”

那边惊呼声刚落，我目光一转只见利亚斯一直凝视着绘香走来的方向，见绘香慢慢走近，他绅士般优雅地伸出手，就像我曾无数次在梦中梦见的场景一样。

利亚斯学长似乎是专程在这里等待绘香到来，他们是要去约会吗？利亚斯望着绘香的神情那样温柔，他甚至伸手牵住绘香的手，难道他们已经在一起了？利亚斯学长他……他喜欢上绘香，所以开始对我冷淡，不再关心我，也不愿意再见到我？

我脑中嗡一声响，接着一股锥心的疼痛从胸口蔓延开来，这样陌生的痛我从来不曾感受过。

我怔怔地呆立在原地，心中有一丝慌乱，不知道自己该立刻离开还是继续留下来。

他们比肩站在樱花雨中，看起来是这样般配，绘香甜甜笑着，踮起脚尖在利亚斯耳边说着什么话，利亚斯微笑回应着她。绘香侧过脸，她也看见站在人群外的我，她勾起唇角朝我得意地笑了笑，仿佛在向我昭告她的胜利。

利亚斯并没有看见这一幕，他亲自为她打开车门，送她坐进他的专属房车内，而后自己从另一边坐入车中。

那群女生见到这个场面发出一阵羡慕的呼声：“利亚斯和绘香在一起就像王子和公主，他们看起来好登对好甜蜜哦！”

“好羡慕他们，不知道我什么时候才能找到这么帅的男朋友？”另一个女生感叹道。

白色的房车发动，向远处驶去。利亚斯一走，围观的人群也散开去。

我站在原地神色黯然地低下头。果然，帅气的王子一定要和美貌的公主在一起，像我这样人缘差长相又普通的灰姑娘，注定只能远远地看着他们在华丽的舞池中翩翩起舞，被所有人衷心祝福……

其实这几天学院里早就开始盛传利亚斯和绘香在一起的消息，但我一直坚定地相信那只是八卦或者流言，利亚斯那么讨厌绘香，又怎么可能会跟她在一起？利亚斯以前面对绘香时，甚至笑都不愿意笑一下，他还说过他的微笑只属于我一个人，可是现在……

刚才那一幕在我脑海中不断重复闪过，利亚斯眼神温柔微笑地看着绘香，他细心倾听绘香说话，脸上始终带着温和的笑容。

我可以选择不相信那些流言蜚语，可是刚才我亲眼看见的真相，让我不得不面对事实，利亚斯再也不是属于我一个人的温柔学长，他变成了绘香的亲密男友。一直以来我最依赖的利亚斯学长也不要我了，从此以后我又要变成孤零零的一个人了吗？

泪水在眼眶中打转，我咬紧牙关，并不想在人来人往的学院小广场上哭泣，我失魂落魄地转身提着书包往教学楼后面的小花园走去。

Vol.2

“喂，春日彩！”

刚走到小花园入口就听到有人喊我的名字，我抬头一看，松元葵正坐在樱花树下悠闲地朝我挥手。

“葵，你怎么会在这里？你不去上课吗？”我走到他身边，放下书包，跟他一起坐在树下仰头赏樱。

葵不耐烦地哼了一声：“还不是阿飞那个白痴！一天到晚缠着我，刚才居然还跑到我们教室找我，我快烦死了！你就不能帮我想个办法把他赶走吗？”

哦？原来是被阿飞学长缠上了，难怪葵会出现在平时很少人经过的小花园里。不过看样子阿飞学长应该是真的很喜欢葵吧？要不然他才不会天天缠着葵呢，要知道阿飞学长在学院内也拥有超高人气。

见我一直没反应，葵转头看了我一眼：“那你呢？你又怎么会在这里？”

我怔了怔，把头靠在膝盖上，故作轻松地回答：“我觉得有点闷，所以出来透透气。”

“透气？”葵的语气上扬，像是质疑。正当我以为他会继续追问下去时，他却把双手交叠枕在脑后，靠在树干上闭上眼睛，不再说话了。

花园里很安静，阳光从花与叶的缝隙间细碎地洒下来，在地上映出斑驳的影子。风从我们耳边吹过，整个世界安静地仿佛只剩下我们两人。

我想起在驱魔师考试之前，也是在这样美好的气氛下，利亚斯每天放学时都会在学院门口等我，那时的他笑容温柔，细心叮嘱我要好好保护自己。可是现在，明明只是过去半个月，利亚斯学长他的心却已经不在我身上，也不会像从前那样关心我，他以后都只会关心维护绘香了吧？

想到这里，眼泪终于忍不住落下来。

一方飘着香气的手帕突然盖在我头上，我摘了手帕抬头往上看，正好对视上松元葵的黑色眼眸。

他故意移开视线，漫不经心地说：“没事哭什么？本来就够丑了，还哭得这么难看，快拿手帕把眼泪擦干净啦。”

我吸了吸鼻子，一边鼓起腮帮子瞪着他，一边用手帕在脸上胡乱地擦了几下。

可恶的家伙，又骂我丑！

我气呼呼地扬起脸：“对啊，我就是长相路人甲，我就是不如绘香漂亮，所以利亚斯学长也不愿意理我了，现在连你也要嘲笑我吗？”

他破天荒没有反驳我，只是挑了挑眉看着我。

见他一副看戏模样，我更加生气地扭开头不去看他，心里却懊恼起来。

哼！都是松元葵这个家伙，如果没有他，学长也不会误会我了！

我不停用手帕擦掉眼泪鼻涕，忽然听到松元葵轻咳了一声，我马上想起这家伙有严重洁癖，他肯定是在心疼手帕被我弄脏。我吸了吸鼻子，转过头说：“你不要担心，我一定会洗干净后再还给你。”

真是的，我春日彩才不是那种邋遢的女生呢！

葵看了看手帕，又看了看我带泪痕的脸，他赶紧摆了摆手：“不用了，手帕你留着吧，送给你了。”

“我才不会贪小便宜，这条手帕我一定会还给你的！”

葵无奈地看了一眼被我揉成一团的手帕，忍了又忍，最后还是无奈地撇了撇嘴：“随便你啦。”

见他一脸服输的模样，我这才挑了挑眉。哼，那么多妖魔我都应付得了，难道还应付不了你这个人类吗？

我把手帕收起来塞进书包的侧袋中，可是低头情绪松懈的一瞬，我不由又想起利亚斯。

学长他现在在做什么呢？是不是和绘香在一起，两人坐在环境舒适的西点屋里，边吃着美味的甜点，边开心地聊天，利亚斯的笑容一定很温柔，可是他的温柔再也不属于我。

想到这些，我低声叹了口气。

葵安静地坐在旁边，双手环胸靠在树干上，墨黑色眼睛望着蔚蓝的天空，也不知道正在想什么。

“春日彩。”他忽然开口叫我的名字。

“干吗？”

“忘掉利亚斯吧，他不是你应该喜欢的人。”葵转过头来看了我一眼，“你们根本就不可能在一起。”

我沉默了一下，原本已经止住的眼泪忍不住又掉下来：“葵，你也觉得我配不上学长？难道我真的这么不讨人喜欢吗？”那种细密的心痛感觉又从胸口传来，“我只是想静静待在学长身边也不可以吗？我真的永远只能是一个人吗？”

见到我哭，葵慌张地坐起来：“喂！你……你别哭啊！我不是这个意思。”

我抽泣着问：“不是这个意思，那你是什么意思？”

呜呜，我就知道这个家伙不会这么好心，刚刚他借手帕给我时，我还以为他是个好人呢，没想到他也跟其他人一样认为我不配站在利亚斯身边。

看我这模样，葵连忙从书包拿出一包纸巾，抽出一张递给我：“笨蛋彩，你不要曲解我的意思，我只是替你感到不值得，像利亚斯那样一下子就变心的人，根本就不值得你这样努力地去喜欢他……”

葵的话还没说完，我忽然拍掉他递来的纸巾，我站起来有些生气地说：“不许你说学长的坏话！他才不是这样的人！”

葵愣了一下，神色复杂地看着我：“春日彩，我这都是为你好，你居然还冲我发脾气？算了，你这个无药可救的笨蛋！”

又骂我笨！这家伙是存心找我吵架吧！

我从地上站起来，双手叉腰生气地朝他大吼：“松元葵，你不要太自以为是！谁要你帮我了？我的事情不用你管！”

我的心情本来就很糟糕，他竟然还当着我的面说利亚斯的坏话，真的是太过分了！就算学长不喜欢我，不理我了，我也绝对不允许别人说他的坏话！

“你……你这个白痴！好啊！你不让我管，我还懒得理你！”葵气得脸色发青，站起身后同样大声地朝我吼道，“春日彩，总有一天你会后悔的！”说完他提起书包，头也不回地走了。

说实话，葵生气的样子真的很吓人，跟他平时的样子完全判若两人。不过我现在正在气头上，我才不管他呢。

哼！居然敢说我最敬爱的学长的坏话，我讨厌死松元葵这个妖孽男了！

我决定了，以后早上我都不叫他起床，让他天天迟到被老师罚！

想到他被老师惩罚的模样，我不禁心里暗爽偷笑起来。不过……

“啊！糟糕！我怎么忘记现在还是上课时间……”低头看了一眼手表，居然已经十点半了。

现在去教室，老师肯定会气得教训我的，呜呜，光想一想就觉得好丢脸啊！

真是的，为什么自从遇到松元葵以后，我的生活就变得一团糟，没有一天是平静的？

我一边在心里怨怪松元葵肯定是我命中注定的克星，一边提着书包往校医室走。

现在肯定不能去教室了，想来想去这种时候，也只有修能救我，让他这个校医帮我开一张病假条，这样老师应该就不会让我罚站了吧。

嘻嘻，每次遇到麻烦时找修准没错！

Vol.3

上午翘课的事情因为有修帮忙，我总算逃过一劫不用被老师罚站。可下午刚走到教室门口，松元葵正从里面走出来，与我擦肩而过时他居然故意撇开头跟我装陌生！

上午在小花园里的事情，我没跟他计较，他倒对我生气摆脸色？有没搞错啊！我可是他的救命恩人啊！

不过谁怕谁！玩冷战是吧？

擦肩而过的一瞬间，我朝他重重地“哼”了一声。我春日彩也是有脾气的，别以为我是一颗软柿子，谁都可以欺负我！

于是冷战开始了……

下午放学时，我还在收拾书包，松元葵一声不吭自顾自走了；回到寝室，我刚进屋看见松元葵拿着睡衣，无视我径直走入浴室；第二天早上，我匆匆忙忙起床要进浴室洗漱，发现浴室已经被松元葵占用，敲了半天门居然不理我，结果害我迟到半小时被老师罚站；中午在学院餐厅吃饭，松元葵看见我坐在窗边，他故意绕到另一边和其他同学一起吃饭，完全把我当隐形人……

就这样，在我们的冷战中一个星期很快过去了。

今天下午因为有体育课，全班同学都换上运动服到操场集合。我动作慢了点，在洗手间换好运动服回教室一看，其他人早就走光了，我只好怏怏地一个人下楼。

去操场的路上，我经过教学楼后的小花园，看见不远处那几棵樱花树时，不由想起一周前我和松元葵在樱花树下吵架的场景。

我皱了皱眉，忍不住小声嘟囔：“明明就是那家伙的错，他不主动认错就算了，居然还跟我冷战这么久！哼，在松元葵向我道歉之前，我才不会主动跟他说话呢！”我抹了抹鼻子，继续往前走。

“哟，你们快看，这不是以前很骄傲不屑理人的春日彩吗？今天怎么像条垂头丧气的败犬？看来利亚斯学长不理她，对她的打击真的很大呢！”远远的，传来几声嘲讽的笑声。

我抬头望去，只见绘香和她的好几个跟班正朝我走来。我在心里暗叫一声糟糕，想掉头避开她们可是已经晚了。

她们快步走到我面前，将我围在中间。

“你看见我，不打算跟我打声招呼吗？”绘香挑眉问。

我不打算惹麻烦，深吸一口气，脸上勉强撑起笑容：“这么巧在这里碰到你们，下午好啊。我要赶着去操场呢，下次见啦。”我故作轻松地朝她挥挥手，往旁边挪了一步想赶紧溜走。

但绘香是特意来找我麻烦的，哪会让我这么轻松离开？她朝她的跟班们使了一个眼色，那几个人很快重新将我围住。

我暗暗捏紧拳头，以前如果绘香欺负我，利亚斯学长肯定会赶过来救我，可是现在他已经是绘香的男朋友，又怎么可能会站在我这边帮我挡开绘香的挑衅？

看着绘香脸上不怀好意的冷笑，我有些害怕，也有些难过，毕竟我现在身上没有灵石保护，而学长他应该不会再来救我了吧？

“春日彩，之前你不是仗着有利亚斯保护很嚣张吗？”绘香走上前居高临下看着我，漂亮的脸上挂着讽刺的笑容，“我都说了你对他而言只不过是一个低贱的帮佣而已，利亚斯肯定不会喜欢你的，他之前只是把你当做小丑在耍你，你看我说得没错吧？哈哈。”

绘香话音刚落，跟在她旁边的人全都夸张地笑起来：“就是就是，也不看看自己是什么身份，还妄想飞上枝头变凤凰，笑死人了！”

他们的话如一根根毒针刺进我的心脏，那种细密的疼痛让我紧紧咬住嘴唇，我沉默地低下头。因为现在我说什么都没有用，只会换来更多的嘲笑。如今绘香她才是陪在利亚斯身边最亲密的人，而我……学长他已经很讨厌我了，我不想再跟绘香作对，这样只会让他更讨厌我吧。

如果欺负我，可以让绘香高兴，可以让学长高兴的话，那就让她欺负好了。反正有修在，就算身体受伤也会很快就被医治好的，只是会有一点疼，但皮肉伤的疼痛永远不能跟此刻的心痛相比较。

“你不是很会装可怜，为什么现在不装了？哦，我记起来了，现在就算你装可怜，利亚斯也不会来救你。哈哈，你还真是可悲啊！”绘香用手掐住我的下巴，她尖锐的指甲把我的脸戳得好痛。

我难过地咬紧牙关，小声辩解：“我没有……”

我从来都没有装可怜，学长他也不是因为可怜我才关心我的。

绘香用力地推了我一下，我没有设防，一下子被她推倒在身后的草地上。

手臂被地上的几颗石子擦伤，我痛得皱了皱眉。泪水在眼眶里打转，我强忍着不让它们掉下来。

这种时刻我真的好想利亚斯，明明已经知道他不会再出现，不会再帮我，可是我还是会在心里期盼着他的出现。

“喂，你们几个丑女人，那么多人欺负她一个，你们不觉得丢脸吗？”一道熟悉的声音突然从我身后传来，我还没反应过来，一双手已经将我从草地上扶起来。

我有些吃惊地转过头，目光扫过暗紫色的发尾时，我的心头忽然闪过一丝惊喜，我低声喊出他的名字：“葵……”

“你笨蛋啊？”葵低头狠狠瞪了我一眼，“被他们欺负也不会还手，春日彩你出门不带大脑吗？呆！”他指着我的鼻子大声骂。

奇怪的是虽然被葵骂笨蛋，但这一刻我的心情却突然变得很安稳，看见他出现，我心里居然隐约有些开心。

见有人出来保护我，绘香的脸色顿时变得很难看：“喂，你谁啊？我警告你少在这里多管闲事，小心我要你好看！”

想到绘香以前对我用过的卑劣手段，我下意识想挣脱葵的手，我不想让他因为我惹上麻烦，却不想松元葵反而更紧地握住我的手，根本没有放开的打算。

他轻蔑地看着绘香和她的跟班们："丑女，别以为叫了几个跟班就可以嚣张，你这样欺负同学，就算闹到学生会去，你也占不了上风！不信我们就试试，我倒是很想看看这月光学院的校规是不是你家定的。"

"你！"绘香恨恨地瞪住葵，被他气得说不出话来。

葵完全没把绘香放在眼里，他撩了撩那头柔美的暗紫色半长发："长得丑不是你们的错，但总是跑出来污染别人的眼球也未免太让人倒胃口了，我看见你们连食欲都消减不少，你们还是赶紧趁太阳落山前各回各家，大白天在外面乱晃，简直影响市容市貌，月光学院的档次都被你们拉低不少。"

葵出色的外貌占尽先天优势，就连骄横的绘香站在葵面前，都情不自禁低下头。

绘香有些不甘心，但葵的强势和毒舌让她无力回击，她只能转而愤恨地瞪住我："春日彩，今天只是给你个教训，让你好好认清你自己的身份！下次别再让我看见你缠着利亚斯！"说完她跟她的那些跟班们一起掉头离开。

绘香一走，我立刻松了一口气。

"春日彩，你是笨蛋还是白痴？竟然被这种人欺负，你有没有脑子啊？"

虽然葵在骂我，可是我却一点也不生气，心里反而有股温暖油然而生，我抬头对他笑了笑："葵，谢谢你。"

我的道谢让葵怔了一下，或许他没想到在臭骂我之后，我还会谢谢他吧？

看见他怔住的神情，我不由心中腹诽：真是的，我又不是像他一样不讲理的人！

毫无预兆，葵忽然拉起我的手往前走，我愣了愣问："你要带我去哪里？"

"餐厅啊！你这个笨蛋这几天到底有没有好好吃饭？原本已经长得不好看了，现在又瘦到腮帮子凹陷进去，你想让我晚上做噩梦啊？

"有吗？"我摸摸自己的脸颊，这几天因为利亚斯的事情伤心又加上跟葵冷战，我一直食欲不振，精神也差了许多。

“你出门都不照镜子的吗？还说要保护我，如果想害我的那些人来了，凭你现在这副憔悴的模样，能保护得了我吗？”

我摸了摸鼻子，无言以对，只好乖乖地跟着葵往前走。

没想到葵居然直接把我带出月光学院，我们打车来到市中心的一家餐厅。

Vol.4

“喂，等等啦！这家餐厅看上去很贵呢，我们换一家吃东西啦！”

“啰唆！今天我请客啦。”

“你哪有钱请客？”

“我……哎呀，不就是阿飞那个笨蛋，他缠着我硬要把他的副卡塞给我，说是他的东西就是我的东西，让我随便买东西，不要客气。好啦，反正钱的事情你不用担心，快进去吧。”说完，松元葵拉住我的手硬把我拖进去。

走进餐厅后，我傻傻地坐在临窗的雅座上，看着葵点了一大堆食物，因为现在还没到中午用餐时间，餐厅里客人稀少，服务员很快送餐上桌。

一道道制作精良的餐点被送上来，头盘、例汤、开胃小食、主餐、饮品、餐后点心……

我低着头一直吃一直吃，但桌上的餐点只增不减，服务员居然又开始第二轮送餐。我终于忍不住抬头问：“你到底点了多少东西啊？点这么多我们两个人吃得完吗？”

葵挑了挑眉：“谁说是两人份食物？这是你一个人的分量！”

啊？一人份！

我放下手中的刀叉，目瞪口呆地看着满满一桌的食物，这时服务员仍在继续送餐……我嘴角抽搐，脑内突然有一种葵是不是在借机报复我的想法。

这么多东西吃下去，我会撑死的吧！

看到我脸上僵硬的表情，葵忽然笑起来，他阴柔俊秀的脸蛋在灯光的映照下透出一种难以言语的诱惑力，一双墨色眼眸含笑，像是子夜中沾了露水的萤石，美得惊心动魄。

我望着他的脸蛋，渐渐出神。

葵伸手将刀叉重新塞到我手中："继续吃啊，看你这几天精神萎靡的样子，一定都没好好吃饭。再这样下去，不用那个绘香欺负你，你就直接在路上晕倒了。"

我哪有那么弱！

我瞪了葵一眼，他却笑嘻嘻地勾了勾唇角。

我握紧刀叉，继续埋头吃啊吃。也许是填饱肚子，我的心情慢慢明朗起来，脸上也逐渐有了笑容。

这几天一直跟葵冷战着，我以为他生气不再理我了，却没想到他竟细心地留意着我的一举一动，连我没怎么吃东西都注意到了，他……是一个好人吧？虽然表面上总是故意用言语打击我的自信心，私底下却悄悄关心着我。

葵把一碟蜜汁鸡翅推到我面前："多吃点，瘦不拉几难看死了，难怪没有男生追求你。"

我嘴里叼着鸡翅，目光却陡然一滞。我其实一点也不在乎有没有其他男生喜欢我追求我，因为这么多年来我的眼中和心里只有利亚斯学长一人，可是现在他已经有绘香，他不会再像从前一样关心紧张我了。

葵似乎感觉到我的情绪低落，他伸手拍了拍我的头："快点把这些东西吃完，待会我们还要去看电影呢。"

"看电影？"

葵斜睨了我一眼："你不是一直嚷着想去看那部3D动画片吗？我已经订好票，还有一个小时就开始了，你再不快点吃我们可就赶不上那个场次啦！"

一会儿后，我们吃完饭直接步行走到附近的环球影院看电影，我们买了爆米花和汽水，边看电影边捧腹大笑了两小时，电影散场从里面走出来时，外面的天空已经擦黑。

马路两旁的路灯一盏盏亮起来，葵抬头看了看夜空，忽然伸手牵住我的手："走吧，我们回家。"

在橘黄色的灯光下，葵的脸突然变得很明亮，脸上温柔笑容，就像教堂壁画上温柔守护众人的天使般让人忍不住想要靠近他。

我动了动手指，也握住葵的手，他的手指比利亚斯的略微修长一些，关节上有几个茧，应该是长久练习吉他留下的印记吧？

感受着手心传来的温暖，我就这样静静地和葵一起牵着走在路上。我们一路漫步回学院，半空刮起一阵阵凉风，葵抬头望着天空："天色有点奇怪，看样子快下雨了。"

听他这么说，我也抬头看了眼夜空："真的呢，你看那边有一片很大的雨云正往这边飘过来。我们抄近路快点走吧，说不定还能赶在下雨前回到宿舍。"

"嗯，快点走！现在酸雨这么严重，我可不要淋雨，会伤害我娇嫩的皮肤的！"

"哈哈！"见他一脸担心的模样，我忍不住打趣他，"葵，虽然你失忆了，但这臭美的习惯怎么一点都没遗忘啊？"

葵不满地瞟了我一眼："快点走啦！等会儿下雨就麻烦了。"葵拉着我的手加快步伐往前走。

"喂，你又不认识小路在哪里！往这边啦！"我拉着他走进一条小巷中。

小巷两边沿路围着两堵矮墙，仅有巷口一盏路灯照明，越往里面走光线越暗。

周围安静得只有我和葵两人的脚步声，这样过于静谧的环境令我警觉起来。

刚才还在远处的雨云，被大风刮得逐渐飘近，天上的月亮被乌云遮住，地面上的光线越发昏暗，凉风从小巷中穿行而过，四周陡然阴冷起来。

葵似乎也感觉到什么，他压低声音说："小彩，我感觉不太好，我们……要不要还是返回走大路？"

“现在吗？”

我的话音刚落，周围忽然响起凄厉的风声。驱魔师的训练让我立即敏锐地感应附近有什么魔物正向我们迅速靠近！

越来越近！

“小心！”我拉住葵的手往旁边一闪，只听身后一阵巨响，一道利爪寒光闪过，刚才我们站的地方地面竟然碎裂，被不明力量凿开一个大洞。

“天啊！是什么东西？”葵瞪大眼睛看着地面上那个洞。

我体内现在没有夜魅流萤，本身的灵力不足，让我在面对魔物突袭时变得慌张不安，但理智提醒我越是危险的时候，就越是要保持冷静。

我警惕地环顾四周，脑中忽然闪现出那天在小巷里攻击葵的黑影，当时黑影就是用灵力幻化出的利爪攻击葵！

我的天！不会这么惨吧？难道那个魔力强大的影族又出现了吗？他为什么一直追着葵不放？还是像利亚斯学长所说的这个影族觊觎葵体内的夜魅流萤？

糟糕！如果影族真的是冲我的灵石来，我和葵两人根本没有反击之力！

就在我思考的瞬间，影族的黑影已经来到我们面前。戴着诡异银色面具的黑衣人站在乌风中，他手上用灵力幻化的利爪闪现着令人毛骨悚然的寒光！

看到这一幕，我不由得害怕起来。

现在我体内没有灵石加持，根本没有办法对抗这个影族，而葵只是普通人类，更加不可能对付可怕的魔物。

面对这样强大的敌人，我做了一件很没骨气的事，我握紧葵的手拼命往前跑：“快跑啊！”

呜呜，灵族长老还有学长，请原谅我今天给驱魔师丢脸了……

现在的我实在没办法对付强大的影族啊！要是我的夜魅流萤仍在体内，我一定会竭尽全力收复魔物！可现在……

我拉着葵全力狂奔，奇怪的是身后的影族并不急着追上我们，只是在后面不紧不慢地跟着，看他的模样是吃定我和葵根本不是他的对手。

这家伙，实在是太可恶了！要不是我不能控制灵石，我就……

等等！我不能控制灵石是因为灵石不在我的体内，但是葵可以啊！现在灵石就在他的身体里，只要我教他运气驱动灵石的方法，他不就可以运用灵石击退影族了吗？

春日彩，你真是太聪明了！

想到这里，我突然停下脚步。

“喂，你不要命了？快跑啊！那家伙就在我们后面！”葵紧张地拽着我的手臂要我跟他继续跑。

“葵，你听我说，我想到办法了。我的灵石就在你的身体里，现在你静下心冥想你的胸口有一团光球，然后你聚精会神仔细感受把这团光芒转移聚集到掌心，当你觉得快要控制不住手心的光球时，就把那团白光击向后面那个坏蛋！”

葵瞪大眼睛看着我：“春日彩，你有没搞错？现在要我来学你们驱魔师的法术？”

“试一试又不会怎么样，不试我们就死定了！到时你死了，你的面霜、面膜、沐浴香波可就全都用不上了哦！”

没想到听到我这么一说，葵马上开始闭眼冥想在手中聚集灵气，只是一小会儿，一个像是乒乓球般大的光球就出现在他的手中。

我对葵喊道：“就是现在！丢出去！”

“啊？怎么丢？”

“就像这样！”我捉住葵的手臂向上举起，往后拉伸而后用力向前抛，一瞬间葵手中积聚灵石能量的光球砸向追在我们身后的影族。

那个家伙也许是太小看我们，居然没躲，冷不防竟然被光球砸中左肩，他的肩膀上顿时被光球烧出一个洞，伤口处滋滋往外冒白烟。他吃痛捂住伤口，恶狠狠地抬头看我们。

看到那影族中招，我和葵开心地伸手击掌：“哈哈！成功了！”

我扬起下巴得意地看着不远处的黑影。哼，影族有什么了不起？我和葵联手，一样可以轻松击退他！如果利亚斯学长知道这件事，他会不会为我骄傲呢？

正当我和葵沉浸在击中影族的喜悦中时，一阵阴冷的笑声在这条幽长小巷中回荡。

“呵呵，看来是我太小看你们，为了表达我对伟大驱魔师的敬意，今天就让你们好好见识一下我的实力吧！”那个影族发出低哑刺耳的冷笑声，他慢慢放下手臂，我仔细一看他肩膀上的伤口竟然瞬间痊愈了！

太可怕了！这个影族究竟有多深的魔力？他的实力似乎是我们完全无法想象，也毫无能力抵抗的！

看到那个影族瞬间冲过来，葵双手举在胸前，手心迅速凝聚起一团比刚才更大的光球，他毫不迟疑地将光球击向影族。

来不及看清楚光球是否击中那个影族，葵抛出光球后立刻拉着我飞快地往小巷的出口跑。

可是刚跑几步，影族的身影突然拦在我们面前。

“想跑？你们似乎太小看我的实力了，雕虫小技就想打败我？”影族抬起手臂，手心幻化出闪着寒光的白刃，正要向我们劈下来，就在这时——

“轰隆隆”天边响起一声巨雷，随之一道耀眼的白光如闪电般划破漆黑的夜空。白光闪现的同时，面前的影族突然飞快向后倒退几步，摆出警惕防御的姿势。

我抬眸望着那道白光，好奇怪？又是这道白光，记得上一次我差点命丧狐妖爪下时，也是这道白光及时出现救了我，难道是谁在暗中保护我？

不等我想明白，葵已经拉起我的手：“还发呆？我们快趁现在跑啊！”他拉着我飞快地往小巷另一头跑去。

Vol.5

我们不知道跑了多久，当我们精疲力竭再也跑不动停下来时，发现四周十分陌生，看上去像是一座废弃的工厂。

我暂时顾不了这么多，双手撑在膝盖上大口大口地喘着气："葵，刚才那道白光是什么啊？"

"你都不清楚，我又怎么可能知道？"葵也累得不行，完全不顾形象整个人靠在石灰墙上喘着气。

好不容易缓过气，我抬头打量了一下四周，之前似乎从未来过这一带，周围看起来很荒废。我有些害怕，忍不住挪动脚步靠近葵："葵，你知不知道我们现在在哪里啊？"

葵转了转眼珠打量四周，然后他耸耸肩："不知道啊，刚才乱跑一通，我也不知道这是哪里。"说完他靠着墙闭上眼睛，"累死了，先让我休息一会儿，我们等下再找路回去。"

葵疲惫的神色让我陡然想起一件事，葵刚才大量运用灵力，他只是一个普通人类，却使用灵石的力量，他此时一定是体力消耗过度，难怪刚才逃跑时我几次看见葵咬紧牙关硬撑向前奔跑的模样。

想到这里，我不由觉得很沮丧，在执行驱魔任务时我帮不了利亚斯学长，现在又拖累葵，我还真是一个很没有用的笨蛋。

像是感觉到我的低落，葵缓缓睁开眼睛，他抬手摸了摸我的头："别担心，我没事，而且……像这种紧张激烈的打架场面，我还从来没尝试过，这也算是一种很特殊的经历吧。"

明知道葵是在安慰我，可我还是觉得很难过，我低着头说："葵，对不起……都是我想出馊点子，让你操纵灵石，你现在一定觉得身体很累很辛苦吧。"

"傻瓜。"葵忽然用手轻轻弹了一下我的额头，"那种情况下，如果我们不配合，两人都会遇到危险，所以你用不着对我道歉，因为救你也是在救我自己啊。"

"葵……"我抬起头看着他。

这时忽然响起一阵雷鸣，轰隆隆的巨响仿佛近在头顶，吓得我大叫一声捂住了耳朵。

看到我这模样，葵无奈地伸手将我抱进怀里："你啊，又怕黑，又怕打雷，我真的很怀疑你真的有本事救我吗？"

虽然我很想反驳，可是天空响起一声又一声雷鸣，我在葵怀中吓得瑟瑟发抖，他却收拢双臂，将我抱得更紧。

"不怕不怕，我在你身边，小彩乖不害怕。"葵的声音仿佛有令人安心的魔力，我在他低沉的安慰声中，身体逐渐放松下来。

几阵雷声过后，倾盆大雨忽然降下，雨水打在工厂的石棉瓦屋顶上啪啪作响，落下溅起地上的灰尘，脚下的土地开始变得泥泞。

我和葵站在窄窄的屋檐下，只好缩起肩膀尽量往里面挤，可是这屋檐实在太窄了，我们两个只有紧紧抱着对方才能勉强不被雨水淋湿。

我依偎在葵的怀抱里，他的心跳声近在耳边。我突然想起之前那个停电的晚上，那时葵也是这样紧紧地抱着我，从他胸口传来的心跳声让我觉得很安心，就像现在一样……

啊！我在想什么？我居然开始依恋葵的怀抱，喜欢上他安稳的心跳声？

我用力地甩了甩脑袋，我喜欢的人是利亚斯学长才对啊！我怎么可以对葵……心动？

我悄悄从葵怀中抬起头，葵此时正抬眸望着眼前的滂沱大雨，并没有注意到我在看他。我抿了抿唇角，葵下巴的线条真好看！好想伸手摸一摸他俊秀的脸颊，看上去真的好诱人哪！

等等！我在胡思乱想什么？

发现自己又一次沉迷于葵魅惑的外表，我下意识想要离开他的怀抱，没想到我只是微微一动，葵立刻把我搂得更紧了："笨蛋，别乱动，头发都湿了！"说完他收紧手臂带着我往里靠了靠，"不要动，淋湿了感冒怎么办？"

本来想与葵拉开一些距离，没想到被他抱得更紧了，我的心情忽然变得很别扭，想找些话题来打破这份安静的尴尬：“葵。”

“嗯？”

“你……之前不是一直在和我冷战吗？为什么今天绘香欺负我时，你会帮我？我以为你很讨厌我。”

葵有些不耐烦地扫了我一眼，似乎很不喜欢我这个问题：“帮就帮了，有什么好问的？倒是你很奇怪，平时跟我斗嘴时不是很厉害吗？怎么一遇见那几个丑女，就不敢反抗了？”

我垂下眼睫：“那是因为……绘香她是利亚斯喜欢的人，如果我伤害绘香，利亚斯会心疼的吧？他已经在疏远我了，我不想再让他更讨厌我。”

如果是原来我被绘香欺负，利亚斯一定会很生气，还会帮我赶走绘香。可是现在他应该不会再站在我这边，因为如今他的眼中只有绘香一人，我对他而言已经变成不重要的路人甲。

“春日彩，你还真是个白痴。为了那种人，你就任别人欺负吗？你真是太傻了。”

“什么叫那种人？他可是我的利亚斯学长，从我有记忆起他就一直陪伴在我身边照顾我，保护我。他对于我而言，是比亲人更重要的存在，只要每天能看见利亚斯，我就会觉得很幸福。”

听完我的话后，葵的声音陡然低沉下来：“是吗？是他一直保护着你吗？”

“是啊，以前不管我发生什么事情，利亚斯都会第一时间出现在我身边……”想起往日一幕幕画面，我突然停下不说话了。

学长他现在已经不会再出现在我身边，再也没有人会拍拍我的脑袋叫我“迷糊小彩”了。

眼泪突然控制不住掉下来，我抬手想擦去脸上的泪水，葵却突然抓住我的手。

“笨蛋。”他低喃一声，忽然低下头，毫无预兆吻住我的嘴唇。

我被葵突然的举动吓到，瞪大眼睛本能地伸手想要推开他，可是葵立即握住我的另一只手，将我紧紧纳入怀中，低头加深了这个吻。

我茫然失措，双手被他控制住无法反抗，只能任由他吻着我的唇，从开始的霸道到后来的温柔……

夜空的雨越下越大，我听见噼噼啪啪的雨声落在地面上，大雨从天连接到地，仿佛一道巨大雨帘，将我们与外面的世界隔离。

在这片窄窄的屋檐下，葵依旧拥抱着我，细细亲吻我的唇。

不知道为什么，这一刻我仿佛从葵轻柔的吻中感觉到了一种令人放松的甜蜜，慢慢地我不再抵触他的吻，我闭上眼睛将自己交给他，任由他这样亲吻着我，胸中因为利亚斯的离开而滋生的疼痛，好像在这甜蜜的吻中被慢慢治愈，一种温暖幸福的感觉包围了我。

我忽然很希望这场雨不要停，一直一直降下，让我和葵能在这小小的安静的空间中多待一会儿。

神啊，您能听见我心中的祷告吗？

第五章

摇摆的心声

Vol.1

“轰隆隆！”又一声响雷震彻大地。

我吓得浑身颤抖，葵收紧手臂将我抱紧。

“你们在干什么？”愤怒的低吼声伴着雷声传来。

听到这个声音，我心中一惊，陡然睁开眼，近距离对视上葵的眼睛，我忽然在他眼神中发觉一丝意味不明的笑意。

葵慢慢松开我，一双含笑的眼眸仍凝视我的双眼。

他坦然的神色让我产生困惑，为什么？为什么葵要吻我？这个吻仅仅是因为想要安慰我？还是……

葵像是什么事也没发生一样继续将手搭在我的肩上，勾了勾唇角，转眸望向正前方。

我转身顺着葵的目光看过去，这一瞬我顿时全身冰冷，嘴唇颤抖地喊出一个名字：“利……利亚斯学长？”

利亚斯怎么会出现在这里？难道他已经看到刚才葵抱着我，吻我的那一幕？

仿佛一盆冰水从头顶浇下来，我全身冰寒隐隐颤抖。利亚斯他会更讨厌我吧？他一定会觉得我是一个很随便的女生。这一次无论我如何解释，利亚斯一定不会再理会我了。

我张了张口，但发现自己连辩解的话都说不出来。因为利亚斯看到的是事实，我的确跟葵接吻了。

在利亚斯的注视下，我羞愧地低下头："学长，我……"

葵却紧握我的手，仿佛要将力量从手心传递给我，他挡在我面前对利亚斯说："我们刚才接吻了，就像你看到的那样，我们已经……"

我紧张地阻止葵继续往下说："葵，你不要再乱说了！我……"

不知道为什么，利亚斯学长现在的表情很可怕，看到他这模样，我脑子里很乱，完全不知道该如何面对他。

大雨一直落下，利亚斯就这样站在滂沱的雨水中，任由大雨将他全身淋湿。

隔着密集的雨帘，利亚斯一动不动紧紧盯住我，仿佛要将我看透。他的眼神那样压抑带着一丝悲伤，我立在原地十指逐渐捏紧，那种钻心的疼痛感觉又从胸口蔓延开来，在眼泪漫上眼眶前我用力挣脱葵的手，冲进大雨中跑到利亚斯面前："学长，雨很大你这样会生病，先到屋檐下避避雨！你……"

"春日彩！"不知什么时候葵跑到我的身后，他忽然大声叫我的名字，语气中充满愤怒。

我没有回头，仍望着利亚斯。他也看着我，眼神里似乎充满心痛。雨水将我们全身上下浇得湿透，我的眼泪顺着雨水滑下脸颊。

我凝视着他边哭边问："学长，你为什么会在这里？"

他不是和绘香在一起？为什么会独自一人出现在这里，出现在我面前？

"有没有受伤？"良久后，利亚斯说的第一句话，让我感到惊诧。我不知道他为什么会这么问，只是疑惑地看着他。

见到我没有回答，利亚斯眼中透着一丝紧张："小彩，你受伤了？伤在哪里了？"他忽然上前一步握住我的手臂，要检查我身上哪里受伤。

他下意识的动作让我浑身一惊，与此同时我这才醒悟过来："那道救我的白光难道是……学长，一直是你在暗处帮助我？上次我遇险时也是你对不对？"

可是为什么？利亚斯不是已经选择了绘香，这段日子他一直不愿意看见我，他为什么会在危险时刻又冲出来救我？

"小彩……"利亚斯轻呼着我的名字，他的眼神中充满苦痛与挣扎。

“为什么？学长你为什么要出手救我？”我倔强地抬起头问他，眼泪混在雨水中不断往下滑落。

利亚斯学长轻轻叹了一口气：“下午我看你和松元葵从学院后门走出去，我怕你发生意外，就一直跟在你们身后。刚才看到影族出现攻击你们，我才出手阻止他。等我击退影族后，发现你们已经跑远了，之后我循着灵石的气息一路找到这里。”

利亚斯学长竟然因为担心我发生意外，今天一直暗中跟踪保护我？

“难怪。”一直站在我身后的葵忽然冷哼一声，他走到我身后，动作极为自然地揽住我的腰，葵挑衅地睨了利亚斯一眼：“怪不得今天我和小彩约会时，一直觉得有人鬼鬼祟祟跟在我们身后，原来是我们月光学院名声显赫的学生会长利亚斯啊。”

“我和小彩说话，还轮不到你这个外人插嘴。”利亚斯目光一沉，伸手握住我的一只手要将我拉出葵的怀抱，“放开她！”

“你凭什么命令我？”葵不甘示弱，更加用力地揽住我的腰。

“我是她的师兄！我命令你放开我师妹！”利亚斯眼神冷冽。

“好痛……你们快放手啦！”我的身体被他们一左一右拉扯着，我吃痛忍不住低呼起来，可两人正在争执中，居然把我忽略了！

“你是小彩的师兄？那正好，我今天就在这里把话说清楚！利亚斯你听清楚，我松元葵，喜欢上了春日彩，你的小师妹！”

什么？

我浑身一震，思维仿佛被雷劈中一样，呆呆地看着葵：“葵，你刚才说什么？你开玩笑的吧？”

葵生气地瞪了我一眼：“春日彩，我没有开玩笑，我喜欢上你了！虽然你长相普通反应迟钝脑袋又笨，可是我就是喜欢你！因为喜欢你，所以我才吻你！”

什么啊？这……这是告白吗？

我目瞪口呆地盯住葵的脸，而他一直凝视着利亚斯，似乎正在观察他的反应。

利亚斯深吸一口气，与葵怒目相对："松元葵，别忘记你只是一个普通人类。"

"那又怎样？"葵紧了紧搂在我腰间的手。

"小彩，我送你回去！"利亚斯拉住我的一只手。

"春日彩，不许跟他走！你忘记这个人之前是怎么对待你的？"

"我……"我望向利亚斯的目光犹豫了一下。

仿佛是感觉到我的迟疑，葵突然大声说："春日彩，我刚才说的话是认真的！我是真的喜欢你！"

认识葵这么久，这是我第一次看到葵这么认真的表情，平时他总是一脸不耐烦，或是沉浸在自我陶醉中，而今晚的他……他的一双黑瞳深深地凝视着我，仿佛这铺天盖地的大雨都无法影响他，此时此刻他的眼里只有我。

莫名地我想起那天下午葵在樱花树下安慰我，笑着将手帕递给我；又想起他在绘香欺负我时毫不犹豫站出来保护我；还有在冷战时他依旧担心我，特意带我去餐厅为我点上一大桌子餐点硬逼着我吃完……

葵关心人时的表现方式还真是很特别，被他这样霸道地关心着，虽然我嘴上总是不依不饶反抗着，但不知为何我心里却觉得暖暖的，情不自禁想要更加接近他，想要了解他真实的想法，我偶尔也会担心万一葵恢复记忆，他是否会立刻离我而去。

这些想法我只在四下无人时，一个人偷偷地思忖。

我正在走神，忽地感觉利亚斯握紧我右手的力量又加重几分，我转头看向他，利亚斯面色沉肃，毫无表情，他那双冰蓝色眼眸深处仿佛正在酝酿一场风暴。

我望着他，忽然很想知道利亚斯现在的想法。葵向我表白了，利亚斯会怎么想？还是说，利亚斯现在喜欢的人是绘香，所以他根本不在乎有人对我告白？

我一直望着利亚斯，期望他能有所反应，就算只有一个表情也好。利亚斯学长，求求你，求求你开口反对吧！

这样的话我又可以像从前一样跟在你身边，因为你的一个微笑而幸福，因为你的一声“迷糊小彩”而甜蜜很久。

学长，拜托你开口吧！

雨势渐渐变小，黑夜中利亚斯一直凝视着我的脸，紧抿着嘴唇，在他平静的面容下仿佛涌动着难以形容的复杂情绪。他深深地看着我，从他眼神里流露出的苦痛与挣扎，是我从来不曾见过的。

利亚斯的沉默，让我胸口钝痛着。心痛的感觉蔓延全身，我慢慢低下头，不再去看他，对他的答案也不再抱有幻想。

突然觉得面前的利亚斯变得好陌生，曾经那个温柔照顾我，为我解决一切麻烦的学长，好像已经离我越来越远，远到……无论我怎么追赶也不可能追不上他的脚步。

压抑不住心底那阵阵钝痛，我猛地甩开了利亚斯学长和葵的手，头也不回地向前跑去。

“小彩！”

“春日彩！”身后传来利亚斯学长和葵的喊声，可我现在真的不想看到他们。我无法面对他们，无法面对我所厌恶的真相！

我在雨中奔跑着，冰冷的雨水打在身上，我却没有任何反应，因为此刻我已心灰意冷，利亚斯沉默的表情一直停留在我脑中，他不发一言，不反对也不赞同，只是这样深深地望着我……

看来我真的已经彻底失去学长了，这一次连心底最后一丝侥幸也一并失去。利亚斯学长真的已经不再关心我了。

Vol.2

不知道在雨中走了多久，我双腿麻木，脑袋也变得昏昏沉沉。当回到宿舍打开门时，屋里一片漆黑，葵还没有回来。

淋了雨加上走了这么多路，刚走进屋打开灯我便浑身无力瘫坐在沙发上。身体明明已经很累，脑袋却仍不停运转，刚才在雨中的一幕幕画面，如电影般在我脑海里不断重复。

我有些烦躁地从沙发上爬起来，拿了干净的换洗衣服走进浴室。打开花洒，热水哗哗地从头顶喷洒下来，我站在温热的水流中，心情总算平定下一些。

洗完澡我换上睡衣，便爬上床躺下了。明明今天已经很累了，可是倒在床上后，我却没有一点睡意。

我翻了个身打开床边的小夜灯，柔和的橙色灯光照亮床头一小片地方。我头晕乎乎地趴在床上，摸着自己的嘴唇，不由得想起葵的吻，带着点霸道却又很温柔。

葵他真的喜欢我吗？可是他平时不是很讨厌我吗？

我翻身平躺在床上，睁着眼睛望着天花板发呆。

如果葵真的讨厌我，就不会在我伤心时安慰我，也不会在绘香欺负我时站出来救我；如果葵真的讨厌我，就不会注意到我最近情绪低迷食欲不振，更加不会知道我想看哪部电影还提前买好票……那么，他是真的喜欢我吗？

我侧过身把手枕在脑袋下，另一边葵的床铺上仍整整齐齐，葵去哪里了？为什么还没有回来？

我叹了一口气，心里忽然空落落的。

“唉……葵没有回来，不知道学长有没有回家呢？”我躺在床上又想起了利亚斯。

刚才葵表白后学长一直沉默地看着我，他是在等待我的答案吗？我从未看见过他那样的表情，他眼神里掺杂太多情绪，令我捉摸不透。

他会有那样的表情，是因为不喜欢有人向我表白吗？他希望我拒绝葵吗？但一切都仅是我的猜测，利亚斯什么都没有说。

莫名地，我脑海中忽然浮现出那天利亚斯站在学院小广场上等待绘香，他神色温柔牵着绘香的手，亲自将她送进车的后座。也只有像绘香那样家世背景外貌都很出色的人，才是真正适合学长的女生吧？

想到这里，我的鼻尖微微泛酸。

葵仍没有回来，我转头望向门的方向。屋子里静悄悄的，只有墙上的挂钟走动的声响。

我面朝门的方向，好像是为了等待葵回家。慢慢地，慢慢地，眼皮越来越沉，我迷迷糊糊地睡了过去。

睡梦中，我感到身体很热，周围的空气变得稀薄，呼吸好像越来越困难。我潜意识中想要睁开眼醒来，挣扎了几次，意识却陷入混乱的梦魇中……

梦中我被一群魔物追逐，梦中的我灵力全无，眼看魔物追上我，一个个张牙舞爪的妖灵张开血盆大口要把我吃掉，利亚斯站在高楼顶上冷漠地俯视着我，他身边站着绘香，一脸得意地笑着……

“救我……利亚斯不要走……不要……救我利亚斯……”

“春日彩，醒醒！你是在做梦，快醒醒！”

迷迷糊糊中好像有人在大声喊我的名字，因为这声音梦境中的利亚斯学长忽然绝情地离我远去，我绝望地呐喊：“不要……不要丢下我一个人！不要！”我哭出声来。

忽而我感觉有人将我圈进一个温暖的怀抱里：“我不会丢下你一个人，永远不会！小彩，你醒醒，别再哭了，你只是在做梦。”

我下意识蜷缩身体，更加贴近这个温暖的怀抱，那个声音低沉而温柔，他一边安慰一边用手轻轻抚摸我的背。

“乖，不怕，我会一直陪在你身边。”他耐心地轻声哄着我。

我在他的怀抱中感到一种前所未有的安全感，我伸手依赖地抱住他的腰，像小动物一样在他怀中蹭了蹭，好温暖啊。

我稍稍清醒了一点，勉强睁开眼睛，可是睁开眼的一刹那我觉得双眼酸涩难忍，头也好痛，张了张口这次发觉自己的喉咙异常干涸，我用尽全力挤出三个字：“我口渴。”

“你终于醒了？刚才吓到我了。”葵低下头，他漂亮的脸蛋近在眼前。

这么说……刚才抱着我一直耐心哄我的人是葵！

“等一下，我去倒水。”葵轻轻地让我躺回床上，站起来倒了水又走回来，一只手扶起我，另一只手握着水杯喂我喝水，“别急，慢慢喝。”

“我喉咙好干，头也很痛……”

“傻瓜，那是因为你在发烧。刚才还做梦一直说胡话，我怎么叫你都不醒。”葵心担心地看着我，“淋了雨怎么不泡个热水澡就睡？还有头发也没吹干，你这样不感冒才怪，真是不会照顾自己的笨蛋。”

“难怪我觉得头好疼，原来发烧了。”

喝完水，葵要站起来去放水杯。不知为何我忽然觉得很害怕，我伸手扯住他的衣角：“葵……”

本来还想说些什么，却是觉得全身发冷打起寒战。

“你怎么了？”见我样子不对，葵立刻弯下腰靠近床沿，用额头贴住我的额头，他的呼吸近在咫尺，“你的额头好烫，你好像越烧越厉害了！”

“我好冷……”我的脑袋晕晕乎乎。

他转身把他床上的被子枕头全都抱过来盖在我的身上：“还冷不冷？”

“还是……很冷……”我裹在一堆被子中瑟瑟发抖。

葵忽然坐到我的床上，他伸手抱住我，将我圈入他怀中：“这样有没有好一点？”

我把头靠在他的胸口，仿佛回到梦中那个温暖又安全的怀抱……

我点点头：“谢谢你，葵。”

“傻瓜。”

“现在几点了？”

葵抬头看了一眼挂钟：“凌晨四点了。”

“啊！已经凌晨了？我回来的时候你不在，你什么时候回来的啊？”

“凌晨一点。”

“葵……你在生我气吗？”

“为什么这么问？”

“我刚才一个人跑掉……”

“嗯，生气。”他停顿了一下，“不是因为你丢下我跑掉，而是……”

“嗯……”我哼了一声，觉得越来越困，还没听完葵的话，再一次陷入梦乡。

这次闭上眼，我不知睡了多久，意识混沌中我能感觉到葵陪在我身边，他轻轻地呼唤我的名字，但高烧耗尽我的体力，我想睁开眼睛醒来，但身体上的巨大疲惫感却将我拖入更沉的昏睡中。

迷迷糊糊中，我好像听到什么声音，那个声音一直低喊：“小彩……小彩……”声音仿佛近在耳边，带着焦急和担心的语气一遍一遍轻唤我的名字。

这个声音很熟悉，是在我梦中出现过无数次的利亚斯的声音。我用尽全力勉强撑起眼皮，眼睛睁开了一条缝，混沌的光影中我好像看到了利亚斯学长朦胧的身影。

看来我一定是烧糊涂了，利亚斯怎么会来看我呢？他已经跟绘香在一起，也许永远都不会再关心我。

这样想着我不由沮丧起来，胸口仿佛堵上了一团浸湿泪水的棉絮，苦涩的感受伴随我每一次呼吸，让我的眼泪止不住掉下来。

明知道是幻觉，我仍忍不住开口：“利亚斯学长……你真的不再理我了？”

他沉默地站在我的床沿边，发出低声的叹息。

我深深吸了一口气，想伸手握住利亚斯的手，最后一次感受他熟悉的体温：“学长……”

如果这是梦，我情愿自己不要醒来，因为只有在梦中我才能毫无牵绊地伸手握住学长的手，感受他温暖的体温……

“迷糊小彩，我要拿你怎么办？”站在我床前的利亚斯忽然开口。

咦？我应该是在做梦啊？难道是梦中我下意识，希望利亚斯用这样深情的表情对我说话？

他走近一步，弯下腰伸手轻轻地贴在我的额头上，我下意识地闭上眼往那手掌蹭了蹭。

可是不等我多留恋他的体温，利亚斯很快收回手臂，转身走开了。

学长他要走了吗？不要啊，不要丢下我一个人！我不想离开他！

就在我着急时，我模模糊糊听到浴室里传来水声，一会儿后，利亚斯又回到我身边，他抬起手将一块冰毛巾敷在我额头上，冰敷后我感觉整个人舒服了一些。

原来刚才利亚斯是为我准备冰敷的毛巾去了，我抬眸看着站在我床沿边的他，原本不安失落的心情变得踏实起来。

“小彩，不要再接近松元葵，他并不适合你，再这样下去你会受伤的。”利亚斯眼神忧伤地望着我。

他的话让我神色一怔。为什么利亚斯会这样说？葵不适合我？他是在担心我，还是在吃醋？

不对，我的利亚斯学长一定不会对我说这些话！

我肯定是烧糊涂了，我现在一定是在做梦！学长怎么可能会出现在我的宿舍里，还对我说这些话？

现在一定是梦！睡吧，快睡吧，睡醒后烧就会退了，那时梦也该醒了……

这样想着我慢慢闭上眼睛，再次沉沉地睡了过去。

Vol.3

接下去的两天，我一直在发烧，虽然不像第一天夜里那样高烧，但持续的低烧让我整个人精神萎靡，浑身无力，只能躺在床上。修提着医药箱来看过我两次，为我打了退烧针观察了我半天，才留下退烧药离去。

或许是因为发烧的原因，我的精神很差，一直躺在床上睡觉，只是我睡得并不沉，总是时睡时醒，意识迷糊间我能感觉到葵一直守在我身边，他扶起我喂水给我喝，更换敷在我额头上的退烧冰枕，为我盖被子，轻手轻脚为我擦汗……

终于，我退烧了。

清晨我睁开眼睛，看见葵趴在我的床边，阳光从窗外斜射进来，柔和的光晕映照在他的侧脸上，他的睡颜像天使般乖巧，我忍不住挪动身体，悄悄靠近他的脸蛋。

“葵……”我轻轻地叫他一声，他仍在沉睡并没有回应。

我偷偷笑了笑，更加靠近他。睡着的松元葵好可爱，不像醒着时总是摆出一副嘲笑表情对着我，我情不自禁伸出一根手指，轻轻戳了戳他的脸蛋。

“皮肤真好，看来一日三次面膜还是很有功效的。”我啧啧嘴，动了动手指刚想继续触碰他的脸颊，葵突然醒了。

他睁开眼，第一时间发现我在他眼前，他眼中惺忪的睡意顿时烟消云散，他立刻坐起来紧张地问：“你醒了？怎么样头还疼吗？身体还难受吗？你渴不渴，要不要喝水？”

葵噼里啪啦说了一连串问题，问得我一愣一愣，我刚大病一场反应还很迟钝，傻愣愣地看着他，半晌才摇摇头：“我不渴啊。葵，这几天都是你在照顾我吗？谢谢你。”

那天我在他表白的时候，不仅没有回应他还自顾自跑掉了，葵他不但没有生我的气，反而在我发高烧时一直悉心陪伴在我身边照顾我。

“你真的想感谢我，就快点好起来，我和你住同一个宿舍，现在房间里全部是你的病原体。”

“对不起啦……”我揉了揉鼻子。

“傻瓜，我又没在怪你。”葵嘟囔了一句，又抬起头问，“你肚子饿不饿？

这几天一直病着，也没吃什么东西。”

我歪了歪脑袋，反应慢半拍：“你一说好像真的有点饿。”

“反应慢得跟树獭一样。”他嘴上虽然在抱怨，可是我分明在他眼底看到一闪即逝的笑意，“你再躺一会儿，我帮你去买点吃的。”

见他有起身的意思，我忽然着急地说：“你要出门吗？”

“我不出门谁去买早点啊？”

“可是……”我转了转眼珠，瞥见窗边的写字台上放着一个塑料袋，里面装着食物，我指了指那边问，“那个塑料袋里面是什么啊？”

葵扭头望向写字台，吐出一个字：“粥。”

“我可以喝粥啊，那样你就不用再出门买了。”

“那碗粥是昨天买的，隔夜的不新鲜。”

“昨天？”我忽而一愣。

难道在我昏睡的这几天里，葵每天都出去买粥回来，只为等我醒来时有东西吃？他平时不是最怕麻烦的吗？居然为了我特意做这些事。

望着写字台上的白色纸袋，不知道为什么我的鼻子开始发酸，眼泪差一点就要掉下来：“葵，谢谢你为我做的一切，谢谢。”

“喂，你可别哭哦，要不然不知道的人还以为我欺负你！”葵一边嘀咕，一边站起来。

“葵，我想喝那碗粥，能帮我拿过来吗？”我指了指写字台的方向。

“你真的要喝吗？可是是昨晚买的，现在肯定凉掉了。”

“没事的，凉掉了我也喝，因为这碗粥是葵买的。”

“好……好吧。”葵忽然脸颊红了红，转身走到写字台边从纸袋里拿出碗装的粥和汤勺，再走回到我身边。

他把汤勺递给我：“自己吃，别指望我喂你啊。”

“哦。”我可怜兮兮地瘪了瘪嘴。

“哎呀，算了。”他忽然伸手从我手中抽走汤勺，他捧着粥碗坐在床沿边，

“真麻烦，还要麻烦我亲自喂你喝粥。”他的语调听起来有点不耐烦，但动作却很温柔。

看葵舀了一勺粥后，我乖乖地张开了嘴，可是葵却是把汤勺放到他嘴中，“咕咚”一声吞下这一勺粥，他啧啧嘴说：“嗯，没坏掉，味道还不错。”而后他才又舀了一勺粥，送到我嘴边，“张嘴！”

面对这样细心的葵，我的心里充满温暖，连这几天大病过后的疲劳感，也仿佛在这一刻烟消云散。

葵耐心地一口一口喂我，而我也乖乖地把粥都喝完。把空碗放到一旁，葵咕哝了一句：“难得你有这么乖的时候。”

“什么嘛，平时我都很乖的！”我小声地抗议着，却忘了葵的耳朵很灵。

他伸手敲了一下我的头：“淋雨淋到发高烧还麻烦我辛苦照顾她的家伙，没资格说这句话！”

呜呜，脑袋上挨的一下有点疼，葵是大坏蛋！我用哀怨的眼神控诉他欺负病人的行为。

就在我心中暗骂葵的时候，他却从衣柜里取出一套干净的睡衣递给我：“换一身睡衣再休息，这两天发烧肯定出了很多汗。我先去浴室，你换好了叫我。”说完，他便起身走进浴室。

捧着干净的睡衣，看着葵关上浴室的门，他的细心让我心中有点小小感动。

葵……他是真的关心我吧？所以才会这样细心地照顾我，甚至连像换睡衣的小细节也替我考虑周全。

我坐在床上换好衣服，才轻声说：“葵，我换好了。”

浴室的门这才轻轻打开，葵从里面走出来，脸蛋却有些红红的。

他走到我床边，脚步一滞像是又想起什么，转身走到沙发前的茶几上取了一包药，又倒了一杯水，这才再次走回来：“先吃了药再睡。”

“修来看过我对吗？”这几天我病得迷迷糊糊，有些分不清哪些是真实哪些是梦境。

“修来过，他替你打了退烧针，这些药就是他留下的。”

“哦，是这样啊……”我有些失望，修来过，利亚斯却没有来，看来他真的完全不在乎我。我从葵手中接过药和水，乖乖地吃了药，又躺回床上。

葵伸手为我盖好被子：“再睡一会儿。”

我乖乖地点了点头。

“如果难受就说出来，别一个人忍耐，笨蛋彩！”说完，葵又不客气地伸手在我额头上弹了一下。

我捂着脑袋，挣扎着坐起来：“喂。我是病人啊，你怎么可以欺负病人？”

“欺负的就是你！看你下次还敢不敢乱来！”葵笑着扶着我躺好，“好了，别闹了，好好躺着。”

什么嘛！明明就是你欺负我，居然还理直气壮让我别闹了？大坏蛋！恶人葵！

我不服气地瞪着他，葵却叹了一口气，低声问：“春日彩，你真的很喜欢利亚斯吗？他没有来看你，让你很失望？”

我怔了一下，表情僵住。

如果是原来的我，肯定会毫不犹豫地点头，可是现在当我看着葵略带忧伤的表情时，突然发现自己开不了口，我有些不忍心，我甚至会想我的答案是否会让他伤心？

我犹豫不决地低下头，不知道该怎样回答这样的问题。我的确很希望利亚斯来看望我，我希望得到他的关心，可是葵……

“喂，我只是随便问问，我并没有期待你的答案哦。”葵的声音忽然响起来。

我抬起头看着他，他神色不自然地故意撇开头不看我，又说：“好了好了，我们不说这些，你刚吃了药现在好好睡一觉吧。”

“葵……”我窝在被子里弱弱地请求说，“你可以再唱首歌给我听吗？”

葵看着我，难得地没有发脾气，只是笑了笑，然后便坐在床沿边轻轻地吟唱起来……

我闭上眼听着葵的歌声，乘着他美妙动听的歌声，恍惚间我像是来到了蔚蓝的大海边，金色的阳光，细腻的沙滩，远处海鸥在天空飞过……

就在我快要进入梦乡时，我依稀听到葵轻声的叹息："春日彩，如果我说我是真的喜欢你，你的心里可以为我保留一点点位置吗？"

不知道为什么，听到葵的低声叹息，我竟跟着他一起忧伤起来。

葵他是在伤心吗？

我很想睁开眼睛问他，可是睡意却像海浪般席卷而来。我感觉到葵伸手为我掖好被角。

听着他轻手轻脚离开房间的动静，我的心忽然变得很宁静。这样的葵……真的让我有一种依恋的感觉。

葵，谢谢你。

假面与流言

Vol.1

又在宿舍里躺了几天，我才慢慢恢复体力。

我在学院里人缘本来就不好，这几天除了修抽空来看我，就只有葵一直守在我身边，但他早晨要去上课，所以整个白天我只能一个人待在宿舍里无聊地对着天花板发呆。

为什么养病期间这么无聊，我却没有起床看电视或玩电脑打发时间呢？

那当然是因为葵那个坏人威胁我，如果被他发现我没有乖乖躺在床上休息，他就会好好教训我。比如把宿舍里的网线剪断，电视线拔掉，还有继续帮我延长病假，逼迫我在没有网络没有电视信号的房间里养病……我哭！

这家伙精准捕捉我的弱点，拿网络和电视威胁我。哼，要不是我的夜魅流萤现在在他体内，谁教训谁还不一定呢！葵这个坏人！

还说喜欢我，跟我告白呢，哪有人这样对待喜欢的人？更何况我还是病人呢！

“葵是个大笨蛋！”我郁闷地躺在床上朝天花板大喊一声撒气。

“春日彩，你骂谁呢？”就在这时宿舍门被打开，葵臭着一张脸拎着晚餐走进来。

不会吧！这么巧？我忍了一天就骂了一句，这样也被他凑巧听到了？

呜呜，我怎么这么倒霉啊？

葵瞟了我一眼，径直走过来，我自知做错事情把头蒙到了被子里：“没有，我什么都没有说，你幻听了！”

葵不会真的生我气吧？我刚才只是在床上躺着太郁闷了，才想大吼几声出出气，我又不是故意骂他的，谁让他每天都威胁我要剪断宿舍网线啊！

不过这几天葵为了照顾我，总是去离学院半小时车程的粥店给我买清淡食物，晚上因为担心我又发烧也不敢睡太沉，一直注重保养的葵这几天为了我连黑眼圈都浮出来了。他这样照顾我还要被我骂，换作我不生气才怪。况且他威胁我不准我下床玩电脑也是为我着想，希望我快点把病养好。这样想着我忽然内疚起来，

就在我躲进被窝里反省时，被子忽地被拉开了一角，葵站在床边俯视着我：“喂，起来吃饭了。”

我眨眨眼睛看着葵，只见他板着脸，脸上明白写着几个大字“大爷我很不高兴”！

呜呜，我刚才真的不是故意骂你的！

看见我一副小心翼翼观察他的模样，葵忽然笑起来：“好了，别再做那副可怜巴巴土拨鼠的表情，看起来更笨了！快起来吃饭吧。”

葵笑了，我悬着的心也总算放下来，我从床上坐起来：“还不都是因为你凶我，明知道自己眼睛大还拼命瞪大眼睛看我，哪有这样对待病人的。”

我从葵手中接过纸袋，在里面翻了翻，惊喜地抬头：“今天你买了菠萝粥！哈哈，我最喜欢吃酸酸甜甜的菠萝粥了！”打开粥碗，我迫不及待喝了一口，“真好喝！”

吃到美味的食物，我立刻忘记之前的不快，抬头冲葵笑了笑。

“很好喝吗？那我也要尝一口。”说完葵握住我的手，把汤勺送到了他的嘴里，“嗯，味道确实不错。”他眼眉弯弯，浅浅一笑却美得惊心动魄。

我一时愣住了。他、他怎么可以这样？这是我的勺子！而且我刚才还吃过了，这样不是代表我们间接接吻……

我脸蛋红了红，低下头说："笨蛋葵，我感冒还没好呢，你拿我的勺子喝粥万一被我传染怎么办？"

"没关系，听说感冒这种病传给别人自己就好了。"他无所谓地耸了耸肩，忽地低头用额头抵住了我的额头，"像你这种不会照顾自己的小笨蛋，还是早点好起来吧，这几天照顾你我都没时间睡美容觉了。"

就在这时，门外传来敲门声。

"我去开门。"葵走过去打开门，声音陡然低八度冷冰冰地问，"怎么是你们？"

"小葵！我好久没看见你了！这几天去你教室都没找到你，你最近在忙什么啊？"一个激动的声音冒出来，紧接着我看见顶着一头浅金色短发的阿飞学长冲了进来。

"你走开啦！喂，离我远点，不要碰我！"葵突然像只刺猬一样向后倒退几步，凶巴巴地瞪住阿飞。

"小葵，我没有恶意，只是想跟你做朋友……"阿飞可怜巴巴地站在离松元葵几步远的地方不敢再接近他。

"阿飞，别闹了。"又一道身影伴着熟悉的低喝声从门外走进来，我眼神一亮，刚想开口叫他的名字，但紧接着我看见他的身边跟着一个红褐色长卷发的女孩。

那两个并肩而立，看上去天生一对的正是利亚斯学长和校花绘香。

我愣了愣，突然看到利亚斯让我有点慌乱不知所措："学长，你怎么来了？"

利亚斯还没开口，阿飞已经跑到我面前："嗨！小彩，听说你病了，我们来看看你！见到我们很开心吧！”

“嗨，阿飞学长。”我有气无力地朝他挥挥手，算是打过招呼了。看来一定是修把我生病的消息告诉给他们，不过利亚斯能想到我特意跑来宿舍看我，我已经觉得很高兴了。

可是接下来，阿飞学长跟我打完招呼立刻跑回葵的身边，殷勤地说：“小葵，这几天一定都是你在照顾小彩，你肯定很辛苦吧？看你都瘦了，你也要注意身体啊，你……”

阿飞站在松元葵身边喋喋不休献殷勤，看到这一幕我默默地撇开头，嘴角无语地抽搐着。

“你好烦哦，走开啦！”葵可没有我好脾气，对待阿飞学长更是不客气，他狠狠瞪了阿飞一眼后，立刻倒退几步跟他保持距离，“我不是说过我很讨厌你吗？你听不懂国语还是智力障碍啊！”

难得看见葵气到发狂的模样，我忍不住掩着嘴笑起来，他们打打闹闹的样子好有趣啊。

就在我开心地看着葵和阿飞斗嘴吵架的时候，利亚斯朝我走过来。抬眸对视他的双眼时，我脸上的笑容顿时僵住。

“病好些了吗？”利亚斯开口问，语气却平淡如水。

“我……我好多了。”我忽然慌张起来，说话也开始结巴。

“咦？春日彩，原来你平时就住在这种宿舍里？还真是够寒酸的！”绘香从后面走上来，伸手挽住了利亚斯的手臂，利亚斯并没有拒绝，只是低眸看了她一眼。

我心中一紧：“绘香，你也来了？”

“是啊，利亚斯说你病了要来看你。正好我还从来没住过学院的女生宿舍，就提出跟他一起过来看望你。”她扫了眼屋内摆设，不屑地哼了声，“不过这宿舍还真小啊。你平时怎么受得了？我家浴室都比这房间大。”绘香一脸不屑地打量着我的宿舍，那只手却一直紧紧地挽着利亚斯，仿佛在向我炫耀她才是唯一有资格站在利亚斯身边的人。

利亚斯对此并没有提出任何异议，他仍淡淡地望着我，仿佛根本没有听见绘香说的话。

我低头咬了咬嘴唇。

看到利亚斯的目光一直停留在我身上，绘香终于忍不住开口，她撒娇地摇晃了一下利亚斯的手臂：“利亚斯，今天晚上的舞会你来接我吗？对了，那里有点远，你要早点来接我哦。”

利亚斯和绘香晚上要去参加舞会吗？学长还要亲自去接她？我脑海里莫名又想到了那天在学院小广场，漫天樱花飘舞，利亚斯站在车旁牵着绘香的手，送她坐进他的私人房车中。

我脸上的表情瞬间凝结住。而绘香看到我这失魂落魄的模样笑得更得意了，她甚至整个人半依偎在学长怀里，娇声娇气地抬眸问：“利亚斯，你说晚上我穿什么颜色的礼服好呢？要不我选冰蓝色吧，因为利亚斯的眼眸也是冰蓝色，这是我最喜欢的颜色。对了，生日时我妈咪送了我一条钻石项链，到时我就用那个搭配礼服吧。”

华丽的礼服，名贵的钻石项链，这些昂贵又华丽的东西从绘香的口里轻轻松松说出来，我才第一次真切地感觉到自己离利亚斯的世界有多遥远。

我和利亚斯完全就是两个世界的人，只是从前利亚斯为了迁就我，才一直不提起需要参加这些隆重的场合，因为我没有华服也没有美丽的首饰，我只是平凡渺小甚至很不起眼的一个普通女生。

而绘香不同，她与利亚斯门当户对，两家的父辈又是多年好友，她和利亚斯才是真正天造地设应该牵手走完一生的人吧。

自卑的心理让我无法直视站在眼前的利亚斯和绘香，我的头埋得更低了。

就在这时，葵走过来坐在床沿边，动作极为自然地伸手揽住我的腰："你身体刚好，一直这样坐着累不累？对了，粥还是温的，你再喝几口吧。"说完，他拿起放在床头柜上的菠萝粥。

面对葵突如其来的温柔，我有些惊讶，有些不知所措："葵……"

"还是没力气吗？"葵执起勺子要亲自喂我，"来，张嘴，啊。"

"葵。"我朝他使了个眼色。笨蛋葵，你在干什么啦？利亚斯他们还在屋里，你老是做这种亲密举动，他们肯定会发现端倪的！

葵却对我笑了笑："乖，多吃点东西病才会好得快。"

葵意外温柔的声线令房间里每一个人都面露惊讶神色，阿飞学长瞪大眼睛，一脸吃惊地看着我和葵："你、你们……葵，你和小彩……"

葵完全不受影响，目光直视我，仿佛在他眼中只看得见我，其他人全部是空气，他轻哄着将一勺粥送到我的嘴边："小彩乖，吃吧，啊。"

"葵……我已经很饱了……"我慌乱无措地稍稍撇开脸，眼角余光却瞄见利亚斯的脸。利亚斯站在床角边，他双手隐忍般紧握住，冰蓝色的眼底浮现一层薄怒，死死盯住葵。

我这才突然明白了葵的想法，他是故意在利亚斯和绘香面前跟我表现得很亲密……他是想帮我！

因为绘香的炫耀让我伤心，所以葵才想用这种方法来报复利亚斯学长，可是欺负我的是绘香并不是利亚斯，他是无辜的，利亚斯……并没有欺负我啊！

我将头偏向一边，压低声音对葵说："葵，我没事的，你放心我会处理好自己的事情。"

"你有能力处理就不会被绘香这种人一直欺负！"葵没好气地瞪了我一眼。

"利亚斯他们都在，这些事等他们走后再说啦！"我扯了扯他的手臂，又朝他使了个眼色。

葵像是完全没看懂我的暗示，干脆放下粥碗，坐在床上双手亲昵地圈住我的身体。

“快放手啦，你没看见利亚斯他们都在看？”我皱着眉压低声音要他停止动作，葵却仍没有任何要松开我的意思，我被惹急了，口不择言压低声音警告他，“松元葵，这是我的事情，我自己可以处理，不需要你擅自插手多管闲事！你快松开我啦！”

话刚说出口我立刻后悔了，我似乎把话说得太重伤害到了葵。我感觉到葵圈住我的手臂僵住，他深吸一口气，突然松开我站起来，他表情受伤，一双黑眸紧紧盯住我：“春日彩，你就这么喜欢利亚斯吗？即使他现在有女朋友了，你还是喜欢他吗？”

我惊诧地看着葵，不明白他为什么突然这样生气，更不明白他为什么要当着大家的面揭露我的心事。

我脑袋发懵，本能地为自己辩解：“不是的，我没……”

葵没有再理会我的解释，他似乎真的因为我刚才那句无心之语受伤了，他推开挡在床边的阿飞，径直走向大门。

“砰！”一声响亮的摔门声，葵他生气离去了。

葵一走，房间里顿时变得很安静。阿飞和绘香面色震惊，呆立在原地，而利亚斯却紧盯着那扇被狠狠关上的门，他的目光悠远深长，令人无法揣摩他的心思。

我坐在床上心乱如麻，我知道葵生气了，却没想到他会因为生气而抛下我独自离开。这几天我也常会惹他生气，但他顶多就是骂我两句，从来不会把我一个人丢下！

看来我的话真的彻底伤了他的心，不知道为什么一想到葵可能会不再理我，我忽然觉得心里空落落的，胸口有些发闷很难受。

我情绪低落地低下头，利亚斯却慢慢走过来：“小彩，你还好吗？”

我摇摇头，又想起之前在半梦半醒时似乎见到过利亚斯来看我，便问：“利亚斯，你前几天是不是来宿舍看过我？”见利亚斯故意转过头避开我的目光，我的情绪又低落几分，喃喃自语，“也许我真的只是在做梦，梦见你来看我而已……”

“我其实是……”利亚斯刚想开口回答，站在他身边的绘香却忽然强硬地搂住利亚斯的胳膊，撒娇地想让利亚斯跟她一起走。

见到这一幕，我只好说：“学长，对不起，我有些头晕，可以请你们先回去吗？我想休息了。”利亚斯的身边已经有绘香，他来没来过又有什么意义呢？葵也因为我的话生气离开，这就像一场命中注定，到最后只剩下我孤独一个人。

耳边传来利亚斯的叹息声，然后我听到他们离开房间的声音

我默默地躺下缩到被子里，身体蜷缩起来，用手臂抱住自己，葵刚才生气绝望离去的背影不断浮现在脑海里。不知道为什么，想着他离去时的背影，我的心竟然会这样难过。

葵，你回来吧！我以后再也不惹你生气了，不要不理我啊……葵！

Vol.2

迷迷糊糊中我又睡着了，再次醒来时已经是第二天。

我睁开眼，动了动手指，发现自己已经恢复体力，便从床上坐起身。我扭头往旁边的床看，葵的床上没有人，被子和枕头叠得很整齐，就像昨晚没有人在床上睡过一样。

难道昨天葵根本就没有回来？

想到这种可能性，我的心情更加低落了。爬下床走进浴室简单洗漱后，我换了衣服，拿了书包出门。

虽然之前葵已经替我向班主任请了一个星期病假，可是我实在不想再一个人待在安静的宿舍里。

刚从宿舍楼走下去，几个低年级女生迎面走来，她们对我指指点点：“你们看，那个就是春日彩！”

“啊？原来她长成这样，真是丑人多作怪！”

“嗯！本来长得不好看，竟然还喜欢女生！换成我是松元葵，我也会拒绝她！被这种女生缠上，太恶心了吧！”

啊？她们这些话是什么意思？喜欢女生？松元葵拒绝我？什么跟什么啊？

我一脸迷茫地朝她们看，那几个女生发觉我在看她们，掉头走开了。

带着疑问，我继续往前走，一路上又碰到好几次跟刚才类似的事情。怎么回事？我才几天没回来上课，学院里到底发生什么事情，为什么会传播这些奇奇怪怪的流言蜚语？

我越听越迷茫，刚走进教室，我发现同班的同学们都用嫌恶的眼神看着我，就连我的同桌也故意跟我保持距离。

到底发生什么事情？虽然之前大家一直不太理我，可是从来没有像今天这样明显地讨厌过我。

我带着一肚子疑问在自己的座位上坐下，刚把书包塞进抽屉，忽然听见坐在前面的几个女生围成一圈，她们窃窃私语，时不时还扭过头瞟我一眼。

我实在忍不住了，站起来走到她们身边：“请问你们是在讨论关于我的事情吗？”

我的出现似乎吓了她们一跳，其中带头讨论的女生皱了皱眉，厌恶地看着我：“春日彩，你怎么还有脸来教室上课？换成是我，早就退学了！”

“我好好的为什么要退学？”我迷茫地眨眨眼睛。

我刚开口马上有人毫不客气地打断我：“我们都已经知道了，你居然喜欢女生，还好肖葵同学拒绝你了，不然也太恶心了吧！”那个女生说完还翻了个白眼。

等等！

喜欢女生？

葵拒绝我？

我怔了怔，疑惑地问：“你们是不是搞错什么事情了？”

那几个女生并没有继续跟我说话，她们白了我一眼后，扭头不再理我。

我一头雾水地回到座位上，但教室里的讨论声依旧没有停歇，我间或会听到那些关于我和葵的奇奇怪怪的字眼。

我扭头朝后看了一眼，葵并不在座位上，他今天没来上课吗？葵不在寝室又没来教室，他究竟会去哪里？

我掏出手机想打电话给葵，这才发现我根本没有他的手机号码。耳边那些乱七八糟的流言蜚语仍在继续，我忽然有些烦躁，站起身向教室门外走去。

从教学楼走下来，我抬起双臂伸了个懒腰，这才觉得一直积压在胸口的郁闷感减轻了一些。刚觉得轻松一点，我转了转眼珠，忽然想起一个人。

我一拍脑袋：“对哦，我可以去找修！这个月光学院里还有谁比他更八卦？我想知道今天早上大家在传播什么奇怪流言，只要问他不就一清二楚了？”一想到修，我立马打起精神，高高兴兴地往校医室走去。

哼！敢欺负我春日彩，老虎不发威，你们真当我是病猫了吗？等我把那个制造流言的家伙揪出来后，我非得好好教训他一顿不可！

绕过学院图书馆，后面一栋小别墅建筑物就是月光学院的校医室。

我熟门熟路地推开校医室的门，径直走到二楼，果然不出我所料，修正戴着墨镜在他办公室的露台上晒日光浴。他躺在藤艺沙滩椅上，手边放着一杯鲜榨果汁，见我推门进来也不惊奇，只是悠闲地抬手跟我“嗨”了一声。

“修，你快起来啦！”我走到他面前伸手要把他拉起来，“都这种时候你还有心情享受日光浴？”

“看你这副心急的模样，是不是发生什么有趣事情了？”

“有趣才怪！”我又伸手扯了扯他的手臂，见他求饶，我才松手，“修，你别告诉我你不知道现在整个学院的人都在传关于我和葵的奇怪流言！”

修从沙滩椅上坐起来，对我笑了笑：“哟，真难得啊，我们家最乖的小彩也会发脾气了？看来，你最近精神压力很大啊！要不要让我这位知性优雅的大哥哥来开导你啊？”

他嬉皮笑脸的模样把我惹毛了，我毫不怜惜地揪住他引以为傲的柔软秀发说：“修，我在跟你说正经事！快点告诉我这几天我没来上课学院里到底发生什么事情，为什么会有那种奇怪的流言？我一定要把那个制造流言的家伙逮住，我要好好教训他一顿！气死我啦！”一想到这件事居然把葵也牵进来，我就更生气了。

啊啊！真是太过分了！

见我真的动怒了，修那双漂亮眼眸滴溜溜转了转，抬手拍了拍我揪住他秀发的那只手：“你先把手放下来，我们到那边去慢慢说。”他指了指墙边的那张沙发长椅。

“你最好快点把整件事全都告诉我，要不然……”我又朝他挥了挥拳头。

“啧啧，小彩你还真野蛮。”他抿嘴一笑，补了句，“不过我就是喜欢你的野蛮。”

“受虐狂！”我白了他一眼，走到沙发前坐下。

修踩着标准的猫步，走到小冰柜前取了一罐维生素饮料，又走到我身边把饮料递给我，这才坐下："你起得太晚当然不知道这件事，今天一早有人在教学楼前的布告栏上贴了一张大海报，内容很劲爆哦……"

"都什么时候了，快点说，别卖关子！"我瞪了他一眼。

"好啦，我说。其实也没什么，就是那张海报上写了几句话，说小彩你喜欢女生，还向松元葵告白，不过呢，你被葵毫不留情拒绝了。海报上就写了这些，我觉得是那些人太大惊小怪了，八卦这种事情还真是无聊呢。"

听完海报内容，我的脸色一阵青一阵白，修伸手拍了拍我的背："放心啦，那张海报已经被我偷偷撕掉了，我很够义气吧！"他撩了撩头发又说，"虽然没有证据，但是我猜想贴这张海报的人，应该最近跟你有过接触，而且还很讨厌你，所以才会暗地里做出这样低级的事情故意抹黑你。"

最近跟我有接触，还很讨厌我的人……难道是绘香！

莫名地，当这几个关键词语组合在一起后，我脑海里突然冒出绘香那张高傲不可一世的脸！

"看你的表情，你已经想到最有可疑的那个人了？"修眯细眼睛问我。

"绘香！肯定是她！昨天她跟着利亚斯到我宿舍来看我，想来想去只有她，她这么讨厌我，还故意跑来装作好心探病的样子！这些乱七八糟的谣言一定是她找人到处散播的！"我咬牙切齿，"我现在就去找她当面对质！真是太可恶了！"

她现在一定很开心吧？得到了利亚斯学长的心，还用卑劣手段让我被大家嘲笑？最不可原谅的是，她竟然还把无辜的葵给牵扯进来。

简直是不可原谅！

我生气地起身要去找绘香理论，修却一把拉住了我："小彩，我给你一个建议，你要不要听？"

我正在气头上，扭头语速飞快地问：“快说，说完我就去找她算账！真是气死我了！”

“你先冷静一点，坐下来听我把话说完，再去找绘香算账也不急啊。”修拉着我的手臂，让我坐下来这才开口，“小彩，现在你去追究计较这件事是谁做的有任何意义吗？既然有人有心在布告栏张贴海报故意抹黑你，就算你现在找到那个人，我想她也不会帮你澄清的。更何况，你不觉得对方就是想看见你被惹怒后失去理智的丑态吗？难道你想顺了那个人的心愿，再继续被她嘲笑？”

修的话犹如一针镇静剂，让我的满腔愤怒瞬间冷静下来。

他说的没错，事情已经发生了，就算我认准这件事是绘香找人做的而跑去找她对质，绘香一定不会承认，而其他人一定会以为我是因为嫉妒绘香和利亚斯学长在一起，才故意找绘香麻烦。

可是我不去找她理论，难道就要让绘香继续得意下去吗？而且这些流言不仅伤害到我，就连葵也受到牵连。

他的明星身份现在还不能被揭穿，现在他对外的身份是女生，如果有些好事之徒因为这件事故意去骚扰葵，那他肯定会很生气吧？

一想到因为我而受到连累的葵，我不禁内疚起来。刚才在教室里没有看见葵的身影，不知道他是否已经听到这些奇怪的谣言，如果听闻了他应该会气到发狂吧……

修忽然抬手轻轻弹了一下我的额头：“笨蛋小彩，像八卦谣言这种东西呢，估计大家第二天就忘了，现在你要烦恼的似乎不应该是这些垃圾信息。”他忽然挪了挪身体，低头靠近我，一脸正经地问，“唉，老实跟我讲，现在你的心里究竟选择了谁？”

“啊？”修这话让我顿时愣住。

难道……修他都知道了？他知道我喜欢利亚斯学长，也知道葵向我告白的事情了？

我没有直接回答，只是抬眸小心翼翼地看着他。

修也没有继续追问，他勾了勾唇角："小彩，我希望你能遵循自己的心意去选择，也许过去根本不值得你留恋。"

修模棱两可的话语，让我陷入沉思。他话中的意思究竟是什么？难道他是想让我忘记利亚斯，打起精神重新展开生活？

就在这时，修的手机响起来，他朝我做了一个手势便走到露台上去接电话。我抬头看了眼墙上的壁钟。哇！不知不觉我在修的办公室里居然已经待了这么久，我要赶紧回教室上课了！

我跟修打了声招呼，便匆匆下楼跑出校医室。

Vol.3

我一路跑回教学楼，走到教室门口时正好是第二节下课，任课老师刚走，同学们在教室里嘻嘻哈哈闹作一团。

当我踏入教室时，教室又瞬间变得安静起来。我微微一怔，立刻记起来，大家正因为流言的事情排挤我，我只好低着头不动声色往前走。

刚走到座位前，我看见座位后方围着一圈人，嬉笑声不断从那边传出来。

我好奇地踮起脚望过去，发现葵正坐在窗边的座位上和几个同学开心地聊着天。和煦的阳光从窗外照进来，明亮的光晕映照在他周身让他看起来仿佛圣洁天使一般，也难怪班上的同学会不自觉被他吸引。

这样浑身充满明星气质的人，哪怕不站在舞台上，他的魅力也无人能抵挡吧？

看见葵面带微笑坐在那群女生中间，有几个女生无意间触碰到葵的手臂或肩膀时，我胸口闷闷的，觉得很不开心。

这种不快的感觉，让我死死盯住葵，似乎是想用强烈的目光引起他的注意。

就在我盯着葵看时，葵也抬起头，目光好似不经意般淡淡地从我身上扫过，像是没看见我般继续开心地与同学聊天。

葵那种冷淡不屑的目光是我从未见过的，冰冷得像是冬天的海水般，让我陡然心寒。

葵……他还在生气吧？

我收回目光，沮丧地低下头，刚想在位子上坐下来，忽然听到那堆人里有人声音夸张地说："葵，你应该已经听说那个传闻，你不会真的遇到这么恐怖的事情了吧？学院怎么会安排你跟春日彩住在同一间宿舍，你好可怜哦！"

葵沉默了一会儿，忽然冷哼一声："你们认为那种可笑的传言能信吗？"他的话音一落地，周围安静下来，围在他身边的同学开始面面相觑，因为谁也不能从葵的神色中猜测出他此时内心的真实想法。

"哈哈，我也觉得那个传言很好笑，那张海报连一张偷拍的佐证照片都没有，摆明是胡编乱造！"围在葵身边的一个男生开口，说完还尴尬地笑了两声。

葵抿了抿唇角，像是很满意那个人的推测。接着围在他周围的同学开始纷纷附和，气氛又恢复到刚才的轻松欢快。

我站在自己的座位上，暗自松了口气。

呼，幸好这些不实谣言没有对葵产生不良影响。他的真实身份可是偶像艺人，他今后恢复记忆回到舞台，万一被不安好心的狗仔挖出他曾在月光学院读书时爆出的丑闻，可能会让他的艺人形象受到影响。

看葵好好地坐在教室里，我忽然安心了一些，理了理衣服坐下来。

上课铃声响起，教室里安静下来，那些围在葵身边的人这才各自回到自己的座位。我坐着听了一会儿课，头又开始晕晕乎乎，只好趴在桌上，还好老师知道我生病的事情并没有为难我。

就这样一节课过去了。

刚下课，那群女生又围到葵的课桌前，像之前一样跟他嘻嘻哈哈说笑。

很快地，一天时间过去了。可是在这一整天里，葵根本没有理我，甚至懒得看我一眼。我知道他还在生气，所以也不敢主动过去跟他说话。

好不容易熬到放学，我收拾完书包，慢慢挪到葵的座位旁想跟他一起回宿舍，却看见几个同学跑过来约葵晚上出去吃饭然后一起去看电影，葵这家伙居然毫不迟疑立刻答应。

我一个人孤零零站在原地，看着葵被同学们环绕着，而他正神采飞扬地跟大家说着什么。或许，这才是真正的葵吧？那个站在聚光灯下光芒四射，被万人追逐崇拜的偶像巨星——松元葵。

葵的笑声消失在教室门外，同学们一个一个离开，最后教室里只剩下我一个人。

四周悄无人声，安静得仿佛只能听到我自己的呼吸声。

我面朝教室门的方向，呆呆地望着葵身影消失的地方，心里有个声音不断在说：春日彩，你醒醒吧！总有一天葵会回到他那个五光十色的舞台，继续接受粉丝们热捧，而你在取回“夜魁流萤”之后，与葵也再没有交集！不要再继续深陷，葵的人生和你是截然不同的，你们的相遇只是一次意外事件，时间一到注定要各自回归原本的人生轨道！

我明明知道这是事实，可是一想到这个结果，我还是忍不住感到难过。

走廊外夕阳已经落幕，天色一点点暗下去。我最后叹了一口气，背着书包走出教室。

一个人回到宿舍里，没有胃口吃饭，也没有心情玩电脑，不知道为什么我竟然开始不习惯这个房间里没有葵的存在。他不在，我好像做什么都没办法静下心来，再加上感冒刚好体力并没有完全恢复，我冲了个热水澡后早早睡下了。

半夜睡得迷迷糊糊时，我好像听到开门声，应该是葵回来了。

可第二天早上我醒来时，却没有看见葵的人影，昨晚他半夜才回来，早晨却早起先离开了。

他是在故意避开我吧？是因为讨厌我吗？

我坐在床上，望着这空荡荡的房间，心里有股酸涩翻滚。

一直以来我以为自己早就习惯一个人住，没想到现在待在这样安静的宿舍里，我竟然感到有些害怕。哪怕是吵架，哪怕是被骂，我也想有葵陪着我。至少，那样我就不再是孤零零一个人了。

葵的刻意躲避，让我终于明白原来我是这么害怕孤独的一个人。

Vol.4

就这样一个星期过去了。

这几天葵一直避开我，没有跟我说过一句话，早上很早离开宿舍，白天在学校时他总被女生们包围着说笑聊天，到了晚上他又很迟才回来。

这家伙是故意跟我闹冷战吗？

可恶！他每天都跟那帮女生跑出去逛街、吃饭、看电影，把我一个人晾在寝室里面壁思过……

这种郁闷的生活，我真是受够啦！

松元葵你这个说话不算数的大坏蛋！还说会一直陪在我身边，我看你是一直陪在那群女生身边谈笑风生吧！你这个博爱的家伙，我诅咒你被太阳晒黑皮肤！

你去玩吧，去玩吧！尽情玩吧！最好你一直玩到满月那天，等我拿回我的夜魅流萤，我就把你赶出宿舍，然后我们就再也不用见面！你这个大白痴！

虽然心中这样愤愤地想着，可是我一点也没觉得开心，冷静下来后只觉得更加孤独。

唉，算了，既然他不肯主动找我聊天，那这一次就换我主动去找他吧，我想了想决定趁周末时找他好好聊聊，希望能解开我们之间的心结。

可是到了周末，葵又答应了同学的邀约，一大早跟着他们一起出去玩了。

看着他匆匆沐浴换衣服后开心出门的模样，这一次我真的暴走了！

我气呼呼地换了一身平时极少穿的连衣裙，搭配一双坡跟凉鞋，背着包大步走出宿舍。

哼！只有你会出去逛街吗？我也会！而且我要玩得比你更晚再回来！

我赌气出了门，在校门外直接打车来到市中心最繁华的商业街。

可是刚下车，我站在人流密集的大街上时，却大脑放空变得茫然无措起来。平时我很“宅”，除了晚上和利亚斯学长一起驱魔时才会到外面来，其他时间我总是待在宿舍里玩电脑或睡觉。

“好多人啊！”我缩了缩脑袋，站在人群中感觉有点不习惯。

周末的商业街十分热闹，商铺林立，行人如织，商厦前的广场上搭起商品促销舞台，劲歌热舞正在上演，一大群人围着看热闹。我被勾起好奇心也走过去围观，一边看表演一边随着音乐摇摆，心情终于好了一点。

看完表演，我买了一个甜筒冰激凌，又看见马路对面很热闹便随着人流走过去。

站在十字路口等红绿灯时，我无意间抬头突然看见马路对面，葵和班上几个漂亮女生正从路对面的一家餐厅里走出来。

怎么会这么巧？这样也能遇上！

葵不知道说了什么话，那几个女生笑得花枝乱颤，还把手搭在葵的肩膀上，还有一个女生更夸张，居然整个人贴在他身上！

什么嘛！虽然葵确实长得很漂亮，皮肤比女生还要白，身材比女生还要好，腿也比女生还要直……可是他是一个男生啊！

我站在红绿灯下咬牙切齿，死死盯住马路对面。

这家伙！别人不知道把他当做女生，但他明明知道自己是男的，还和女生靠这么近，行为真是一点都不检点，太可恶啦！

一股火气直冲大脑，我忘记理智，冲马路对面大喊："去死吧！你这个死人妖，笨蛋葵！"

看到红灯变绿，我气呼呼地转身就要离开，这样花心的葵，我再也不要理他了！

可是就在我转身的刹那，我感觉到了一股强烈的魔性气息。

不好，附近有魔物出现！

我本能地转头，却猛然看到一辆小货车居然冲我的方向疾驶而来，我感觉到这股魔性气息就是从这车上散发出来的，这车上一定有魔物！

周围的行人尖叫着躲避，我躲闪不及眼看这辆车快撞我，情急之下我想念咒避开，可我的"夜魁流萤"还在葵的体内，咒文完全无效！

汽车几乎已经要迎面撞上来，我吓得本能闭上眼睛大叫："葵！"

就在这时，一股疾风突然袭来，紧接着我的手臂被人拉住一扯，下一秒我跌入了一个熟悉的怀抱。

小货车从我们身前贴面而过，我们被那股疾风带倒，身体腾空后重重摔到地上。

汽车呼啸而过，那股魔性气息也跟着消失了。

我喘着粗气浑身冷汗，等缓过劲睁开眼时，才发现刚才救我的人竟然是葵！

我被葵紧紧抱在怀中，因此毫发无损，而保护我的葵却……

"葵！你要不要紧？你醒醒啊！你哪里受伤了？"

葵仍保持倒地时紧紧抱住我的姿势，他脸色煞白双眼紧闭，对我的声音毫无反应。没有任何反应。

周围的行人也围过来，有人跑过来问我们的状况，有人已经掏出手机拨打120，之前跟葵在一起的那几个女生则是吓得魂不附体，站在一旁不停地哭。

现在根本不是害怕或者哭的时候！

“葵，你不要吓我！你睁开眼睛啊，葵！”我心急如焚，泪水在眼眶里打转，但是我不敢乱动，怕他刚才倒地时伤到脊椎，如果我这时乱动一定会加重他的伤势。

葵他明明这么爱惜他自己的身体，平时有一点点小小擦伤他都会鬼吼鬼叫半天，可是今天却为了保护我把自己伤得这么严重！他是一个歌手，万一伤到脊椎以后都不能上台表演该怎么办？

“葵……你快醒来！”我伸手摸了摸他的脸颊。他是因为害怕我受伤，所以才会这样紧紧抱住我吗？就算陷入昏迷了，也不愿意松开双手？

围观的群众中有人说：“天啊！那个人躺在地上的伤者一动不动，该不会已经死了吧？刚才那辆车开得也太快了，司机疯了吗？”

“是啊，说不定真的死了！”

听到他们的议论声，我陡然胸口一紧，刚才我们被汽车带倒，腾空后重重摔在地上，这样的冲击力对于葵这样一个普通人类而言无疑是致命的！他该不会身受重伤快要死掉了吧？

一想到葵可能会死，我再也忍不住，眼泪像是失控般簌簌落下，我惊慌失措地大喊：“葵，我求求你……求求你不要死！”

可是不管我怎么哭喊，葵那双漂亮的眼睛始终没有睁开来。

看到这样的葵，我只觉得胸口像是有什么东西快裂开来般，那种痛远远超过我以前所经历过的任何痛苦。

我像一个孩子般怯懦害怕地大哭起来："葵，求求你醒过来，我不要你死，我不要你变成这样子！"

我喜欢那个总是炫耀出色外貌的葵，我喜欢那个总是细心照顾我的葵，我喜欢那个总是骂我却在关键时刻保护我的葵，我不要他这样虚弱地倒在地上。

葵，我求求你，快睁开眼睛！

也许是我的大哭声太吵，葵的眉毛轻轻地动了动，眼睛慢慢地睁开来，他气息虚弱地说："吵死了……"

"葵，你终于睁开眼睛了！太好了！太好了！呜呜……"看到他睁开眼，我却哭得更厉害了。

葵勉强抬起手似乎想要帮我擦眼泪，我赶紧握住他的手："葵，你感觉怎么样？是不是很疼？"

看着葵煞白的脸，我突然觉得我问了一句废话，被车那样撞了肯定会很疼，他现在醒过来说不定是传说中的回光返照。

我不要！我不要葵死！

我紧紧握住葵的手："葵，已经有人叫救护车了！我求求你，一定要坚持下去！绝对不可以放弃！绝对不可以死掉！"

或许是疼得太厉害了，葵动了动嘴唇，却什么话也没说出来，他那双漂亮的眼睛慢慢地，慢慢地失去焦距，目光缥缈起来。

看到葵越来越虚弱的模样，我心疼得不断哭："葵，我求求你不要死！只要你不死，我什么要求都答应你！以后也绝对不跟你吵架，我保证什么事都让着你，以后再也不跟你顶嘴了！求求你不要死！"

"春日……彩……"

看到葵的嘴唇动了动，我赶紧把耳朵凑过去："葵，你想说什么？"

"如果……我要你以后照顾我……都听我的话呢？"

我已经完全失去理智，只是拼命点头："我答应你，我全部都答应你！只要你不死，我就照顾你一辈子，我什么都听你的！你一定要坚持下去！"

远处传来了救护车的声音，我握着葵的手大声地说："葵，救护车已经来了，你坚持住！"

救护车终于赶到，围在我们周围的群众立刻散开让出一条道，医护人员小跑过来，先把我拉开，正准备把葵抬上担架时，反转发生了！

"哎哟，快拿开，我不要戴护颈啦！丑死了！"葵突然推开帮他固定脖颈的护士，一甩头发，动作潇洒地从地上站起来。

围观的群众发出一片惊讶声，我站在一旁目瞪口呆。

怎么回事？葵刚才不是伤势严重快死掉了吗？他怎么突然像个没事人一样自己从地上站起来？

见我呆住了，葵好心地走到我面前，伸手在我眼前晃了晃，对我展开一抹妖孽似的微笑："既然你都答应了我的要求，那我就大发慈悲不死了！走吧，宝贝，我们回家啦！"

不顾四周群众的吃惊表情，葵伸手亲密地牵住我的手，想要带我走。

我脑袋发懵，怔怔地跟着他往前走了好几步，忽然听见后面的救护人员大喊一声："这个伤员要去哪里？"

我竖起双耳，陡然反应过来，我居然被葵耍了！

是的，我忘了一件很重要的事情，那就是——夜魅流萤！

我的灵石还在葵的体内，也就是说他现在根本不是一个普通人类，他身上有灵石保护，那种程度的撞击根本伤不了葵！他……他居然装死骗我！

啊啊！这个浑蛋，怎么可以这样对我？

我瞪大眼睛，顿时怒火中烧，我一把甩开葵的手，不顾形象冲他大吼："松元葵，你这个浑蛋去死吧！"说完，我一脚狠狠地朝葵的屁股踹了过去。

“啊！”葵痛叫一声，倒在地上。

看到他倒在地上不动弹了，我生气地站在一边说：“别装了，汽车都撞不死你，我那一脚会比汽车还要厉害吗？”

葵满脸痛苦地侧过身来，对着还没离开的救护人员喊道：“救护车！救我！”

看到他这副痛到表情扭曲的模样，我不由得又怔住了。不会吧？我刚才只是踹了一脚他的屁股，他居然痛得爬不起来？这也太夸张了吧？

那些围观群众的目光又朝这边看过来，与此同时救护人员抬着担架跑到葵身边，小心翼翼把他抬上担架。

看到葵被救护人员抬上急救车的身影，我不禁摸了摸鼻子，朝他做了个鬼脸：“活该！看你以后还敢骗我！”

这下知道我春日彩的厉害了吧，看你下次还敢不敢欺负我！

不过……在觉得解气的同时，我也在心里暗自庆幸。

还好夜魅流萤在葵的体内，还好他并没有被车撞伤，还好……葵他并没有真的不再理我！

葵已经被抬上救护车，跟车的护士朝我招招手，要我上车陪葵一起去医院。

我低头微微一笑，飞快地跑过去跳上急救车。

就是赖上你

Vol.1

“什么？臀部肌肉组织挫伤？”我站在医院诊室里，瞪大双眼，拔高音量惊呼。

医生表情淡定，第八遍肯定地回答我：“是的。这位病人伤到尾椎软组织，需要卧床静养半个月。”

我的眼睛瞪得更大了，我艰难地消化着这个离谱的诊断结果。我明明只是踹了一脚葵的屁股，怎么会这么严重？

葵在护士的搀扶下慢慢从帘子后面走出来，还好他今天穿的是休闲装，又只有我跟车陪他到医院，所以其他同学并没有发现葵是男生，而医生和护士也不知道葵在我们学院是男扮女装的事情。

“春日彩，你怎么还站在这里？你没有帮我去拿药吗？”他看了眼身边不断盯着他脸蛋发花痴的小护士，不满地皱起眉头，“喂，你还不过来扶我？我都是因为你才会受伤的！”

“啊？”

见我愣在原地，松元葵挑了挑眉毛：“春日彩，你之前答应我什么来着？”

“我……”我一张嘴，马上想起几个小时前坐在马路边，抱着昏迷不醒的葵号啕大哭，还许诺说只要他醒来，我以后绝对不跟他吵架，保证什么事都让着他，他说的话我全都会乖乖听从……

我理直气壮瞪住他："你还敢提？刚才要不是你装死骗我，我怎么可能会一时糊涂承诺这些乱七八糟的事情？"

"小彩……你要丢下我吗？刚才我不顾一切救你，我是因为你才受伤，你要对我负责啊！"

我眼皮一跳，更加凶狠地盯住他。

"唉，为什么受伤的总是我。我现在受伤不能动了，你不管我，我也没办法……"葵伤心地将头撇向一边，"你走吧，我一个人可以回去，你不用管我了……唉，我真的好可怜啊。"

这……这家伙现在是在演苦情戏吗？

我左右瞄了一眼，发现诊室里的医生和护士正用鄙视的目光看着我。

呃，我才是受害者啊！这家伙在装可怜，难道其他人都没发现吗？

"呜呜……护士小姐，我觉得伤处好痛，我看我是没办法走路了。"松元葵居然装出一副柔弱样，向那个小护士撒娇。

普通人根本没办法抵御他的魅力，那个小护士立刻自告奋勇："如果你的朋友不愿意送你回去，就让我送你吧！我现在就去跟护士长请假！"

"喂！等等！"我立马急了，"不用这么麻烦，我……我送他回去好了。"一口闷气吞进肚里，我走过去狠狠剜了眼葵，从小护士手里抢过他的胳膊，扶住他往外走。

"小彩，不好意思啊，真是麻烦你了呀。"葵居然得了便宜还卖乖。

"算我倒霉！你这个大骗子！"我气呼呼地搀扶着他，一步一步往医院门外走去。

晚上回到宿舍已经是晚上，我们打包了外卖在房间里吃完晚饭，我帮葵洗漱干净后才入睡。

到了第二天……

清晨，我正睡得香甜，冷不丁被一个东西砸在背上。我受到惊吓顿时从床上坐起来：“谁？”我心脏怦怦直跳，唯恐是魔物趁我熟睡时偷袭。

“懒猪快起床！我要洗澡！春日彩，起床啦！”葵趴在他的床上呱呱大叫。

我郁闷地扭头看他：“昨天晚上我不是用温水帮你擦过身了吗？一大清早你又没出汗，洗什么澡啊？”

“废话！你昨天吃过饭，难道今天就不用吃了吗？啊啊！我要洗澡！”看到葵抓起另一个枕头丢过来，我本能地侧身躲避开。

“松元葵，你不要太过分哦！”

“我要洗澡！”看见他快要发狂的样子，我陡然想起来这家伙有严重洁癖，洗澡对于他而言比一日三餐更重要。

可是我现在真的好困啊！昨天晚上回来后，替葵洗头擦身体，吹干头发，又帮他洗脸，还帮他敷了面膜，做完这些事情后都已经半夜了，看他趴在床上睡着了，我才爬进浴室开始洗澡。

我抬头看了眼墙上的挂钟，才七点啊！我才睡了五个小时！

啊啊……不行了，我要再睡一会儿。

见我又要躺下去继续睡，葵趴在床上大叫起来：“春日彩，你欺负我！你生病的时候都是我在照顾你，现在我只是想洗澡，我要洗澡啦！呜呜……”他开始耍无赖。

呃……这家伙又开始装可怜了。

唉，算我怕了他！我生病的时候，葵的确很努力地照顾我，现在就当报恩吧，再说昨天我确实答应要好好照顾他。

抱着这样的想法，我无奈地爬下床，踩着我的粉红色小兔拖鞋走到他床边：“你这个样子要怎么洗澡？”

“你扶我进浴室，其余的我自己想办法啦！”

“浴室里很滑，你再摔倒怎么办？医生说你臀部肌肉组织挫伤，要在床上躺半个月，万一再滑倒……不行不行，我看你还是乖乖躺在床上，等伤养好了再洗澡。”

“我受伤还不是因为你那一脚踹得狠？”

“那是你骗我，我抬腿才踹你的！”一想到他装死害得我大哭不止，我就莫名地来气，双手叉腰说，“决定了！你不许下床洗澡，如果你再滑倒我就麻烦了，你给我躺在床上，我现在去浴室接盆温水过来帮你擦身。”

说完，不容他反驳，我朝浴室走去。几分钟后，我端着一盆水回来。把面盆搁在床头柜上，我指着他说：“喂，你不脱衣服我怎么帮你擦身？”

葵的脸蛋突然红了红：“你……你是女孩子吗？居然大白天理直气壮叫男生脱衣服。”

“你……”他这么一说，我才反应过来，不禁脸蛋通红，支吾了半天才说，“你到底要不要擦身啦？”

“当然要！你又不让我去洗澡，我不洗澡会难受死！”

“那你还这么多废话。”我撇撇嘴角，小声说，“还不快把衣服脱掉。”

“我是病人啊。”他抬起一只胳膊，“你帮我脱啦。”

他无辜地看着我眨了眨眼睛，我嘴角抽搐了几下，最后还是妥协了。我弯腰扶他起来，让他侧着身体坐在床上，而后才帮他脱下睡衣。

把毛巾浸湿绞干，我开始帮他擦身。昨天晚上因为太累了，我迷迷糊糊帮他擦身倒忘记尴尬这件事，但现在是白天，光线充足，葵赤裸着上半身坐在床上。他的皮肤细腻光滑，仿佛一块上等美玉，身材精瘦，腹部平坦结实甚至还能看见线条分明的肌肉……

啊啊！好害羞！我怎么可以有意无意去瞄他的小腹呢？

“看够了吗？”葵魅惑的声音轻轻飘入我耳中。

我失神般摇了摇头：“没有！”

这么好的身材当然要多欣赏一会儿！

“好看吗？”

我连忙点头，这样的帅哥，当然好看。

“春日彩！”

葵的一声大喝终于让我清醒过来。我猛地抬头，对视上他带着戏谑意味的目光，我窘迫地慌忙低头，我刚才都干了什么蠢事？

回想我刚才说的话，我的脸蛋羞得通红，赶紧绷直身体站起来：“葵，那个……你可不可以自己擦身啊？你的手没受伤还是可以动的，我、我……”

“不行。”他慢悠悠摇了摇头，眼底的笑意更浓了。

我偷瞄了他一眼，却发现他一直笑着盯着我看。我捂着快要燃起来的脸说：“我去换盆水，你、你先躺下去休息吧。”说完我捧着水盆逃也似的跑进浴室。

我把浴室门一关，水盆搁在一边，背靠着浴室的门，心脏依旧跳得很快。我不禁懊恼地抬手敲了下自己的额头：“春日彩，你笨蛋哦！你怎么可以这样？虽然葵长得很好看，可是你也不能这样一直盯着一个男生发呆啊！你也太丢人了吧？”

呜呜，一想到葵发现我刚才入迷般盯着他的身体一直看，他这下肯定要笑我了，真是太丢脸了！

就在我站在浴室里懊恼不已时，浴室里又传来了葵的声音：“春日彩，我肚子饿了，你快去买早点！”

这家伙居然开始使唤我！

我攥起拳头，前一秒的窘迫情绪顿时烟消云散，这一秒我只想冲出去再在他屁股上踹上一脚！

但如果他继续受伤，最后倒霉的人还是我吧？一想到在他养伤的半个月里，我每天都要伺候他洗头、擦身、洗脸、做面膜，还有跑出去帮他买一日三餐，我不禁捶胸顿足。啊！我怎么这么倒霉！

门外再次传来葵的大叫声："春日彩，你换盆水都这么慢，你属乌龟的啊！我快饿死了，快点出去买早饭！"

"吵死了，知道了！"我推门走出浴室，走到沙发前拿了钱包和手机，顺便瞪了他一眼，恨恨地出门买早餐去了。

半小时后，我拎着早点站在宿舍门口，空出一只手在衣服口袋里摸啊摸："咦？我的钥匙呢？不会出门时忘记拿了吧？"我自言自语又找了一会儿还是没找到，抬起手刚想敲门，一拉门把，门居然没关！

啊！我这个糊涂蛋，出去居然没关门？

"嗯，放心吧……具体事情等我回来后再解释……好，我明白……"葵的声音断断续续传出来，我站在门口不由得觉得有些奇怪，宿舍里只有他一个人在，他这是在跟谁说话？

我拎着早点走进去，他这才发现我回来了，神色中闪过一丝惊慌。我挑了挑眉，他的表情这么古怪，难道有什么事情瞒着我？

"葵，我刚才在宿舍门口听到你的声音，你是在打电话吗？打给谁啊？"他不是失忆了吗，能给谁打电话？

他表情不自然地扯了扯唇角："哦？你听到了。"

不知为何，我的脑海里忽然浮现出昨天和他在一起行为举止很亲密的那些女生："是打给昨天那些女生吗？"

葵怔了一下，马上笑起来："哈哈！小彩，看你的表情像是在吃醋哦。"

我没好气地瞪了他一眼："谁有空吃你的醋啊！自恋狂！"

“真的吗？我和那些女生在一起玩，你一点都不介意？”

“我干吗介意那种事情！”我哼了一声，心里却怄得要死。

葵趴在床上忽然对我招招手：“过来。”

“干吗啦？”

“你先过来嘛。”我皱了皱眉，赌气走过去。没想到葵却抬起手摸了摸我的头发，“放心啦，我对那些女生一点兴趣都没有，跟她们在一起只是为了气你而已，谁让你之前一点都不在乎我。”

葵略带醋意的话语，让我微微一愣，心情如雨后天晴般变得明朗起来。

可是他并没有回答我刚才的问题，我不甘心地又问：“既然不是打给那些女生，那你打给谁啊？对了，你什么时候买的手机？我怎么不知道。”自从把他从小巷里捡回来后，我并没有在他身上发现钱包、证件或手机，他身无分文怎么买手机？难道……他已经记起什么事情了？

“噢……手机是……”他不自然地转了转眼珠，立刻岔开话题，“你问这么多干吗？早点买来了吗？你出去那么久，我快饿死了。

“对哦！我刚才买了云吞面，再不吃面就要糊掉了。”我一拍脑袋，赶紧从那堆早点里翻出用打包盒装的老汤云吞面，又拿了勺子才递到他手边。

他却摆出一副大爷样，扬起脸说：“你喂我。”

我忍了忍，想起之前我生病时他也是亲手喂我吃东西，只好妥协。我搬来一张凳子坐在他床边，开始一口一口伺候他吃早餐。

Vol.2

一眨眼，半个月过去了。这段时间葵受伤需要人照顾，我每天白天忙着上课，下午放学又要急匆匆跑回来照料他。起初我抱怨连连恨不得再踹他几脚解气，但日子久了我也就习惯了。

因为太忙，我竟然忘记我已经有大半个月时间没有跟利亚斯见面。

直到今天下午放学时……

我刚走出教室门，只见一群女生围在走廊上，我抬眸望向走廊末端，利亚斯身姿挺拔，眉目清冷站在那里。

我不敢确定他正在等谁，也许是在等绘香。抱着一丝侥幸，我心里纠结地走过去，我边走边听见那些堵在走廊上的女生用不屑的语气议论我。

我无视她们，径直走到利亚斯面前。

“利亚斯学长，好久不见。”我努力让自己笑得自然。

利亚斯凝视着我，眼神里却透着星点的无奈情绪：“今天是月末，你还记得是什么日子吗？”

他明明是用很清冷的语气问我，我却鼻尖一酸，差点哭出来。

都已经过去这么多天，利亚斯没有给我打过一个电话，就算擦身而过也不去看我，今天再次听到他清冷的声音，我却感到恍如隔世。

我待了很久才回过神，声音极轻地回答：“记得。”

“晚上我来接你去老宅，你在老地方等我，别忘记。”

老宅？对哦，今天是月末最后一天，每个月的月末利亚斯都会接我去御灵族老宅，我一定是最近忙着照顾葵，居然把这件事情忘记了。

学长的话果然没错，我还真是一个不折不扣的迷糊蛋！

看到我的表情，利亚斯立刻明白我一定忘了这件事。他有些无奈叹了口气，忽然伸手摸了摸我的头：“你呀，真是个小迷糊！”

利亚斯的手心微暖，贴在我的发顶上轻轻抚摸。我抬起头看着他，幸福来得突如其来，我吸了吸鼻子说：“学长，对不起。”

“小傻瓜。”利亚斯笑起来，我心底的冰山仿佛因为他的微微一笑而顷刻雪融。

他看着我，好像读懂了我的心事，又轻轻地拍了拍我的头："好了，你先回宿舍换身衣服，一会儿我去接你。"

"嗯。"我重重地点了下脑袋。

告别利亚斯，我一路小跑回宿舍。

推开门，葵正趴在沙发上看动画片。

这家伙是有多幼稚？居然每天准点守候在电视机前，看《名侦探柯南》！

我无语地走到他身边："喂，你先别看啦，我有事要跟你商量。"

"你挡住我了！"他挥了挥手，要我走开点。

"松元葵！你少看一会儿动画片会死啊！我有话跟你说啦！"

"你说啊，我在听。"他目光紧盯电视机，毫不把我放进眼里。

我一口气提上来，走到电视机前"啪嗒"关掉它。

"喂！我刚要看谁是凶手！"葵大叫一声，气呼呼抬头却看见我板着脸，他鼓了鼓腮帮子悻悻地说，"算了，反正电视也被你关掉了，你有什么事情现在说吧。"

"我……"这下换我语塞，支支吾吾了半天才说，"我晚上要去利亚斯家的老宅，要在那边住一晚，今天晚上你自己早点睡。"

"啊？你让我一个人待在宿舍里？"

"就今晚而已。"

"我不要！你去那个老宅，那我怎么办？我是病人啊！"松元葵突然强烈反对。

"要不我拜托宿舍管理员照顾你一个晚上，好吗？今天真的是特殊情况，我必须去老宅报到啦。"

“我才不要陌生人来照顾我！”葵赌气地撇过头去，“而且你想过没有，我现在不能动，万一那个影族又跑来偷袭我怎么办？我打不过他，又没有办法逃走，到时候……哼哼，别忘了，你的灵石还在我的身体里哦！”

听葵这么一说，我浑身一个激灵，陡然发现事情的严重性！

“对哦！我怎么把那个一直觊觎灵石的影族给忘记了？”

“是啊，你如果一定要把我一个人丢在宿舍里，万一我被影族抓走，你的灵石就没有啦！”葵转过头得意地瞟了我一眼，“所以你到哪里都必须带着我！哈哈，笨蛋！”

“你……”我狠狠地瞪了他一眼，这家伙居然又骂我笨蛋！

可是他说的也有道理，万一葵遇到影族偷袭，我的灵石肯定不保。

我苦恼地抓了抓头发，看来只能这样做了！我掏出手机，拨通利亚斯的号码。响了几声后，手机被接通了。我把大致情况跟利亚斯说了一下，提出可不可以带松元葵一起去老宅，利亚斯沉默了好一会儿“嗯”了一声，之后就挂断了。

呼，幸好利亚斯同意让我把葵带去老宅。

我拍拍胸口，舒了口气。

事情得到圆满解决，我扭头对葵说：“晚上你和我一起去御灵族的老宅吧。”

葵趴在沙发上，脸上没有什么表情，看不出是高兴还是生气，他点了点头，算是答应了。

半小时后，我扶着葵下楼往学院后门走。远远地，我看见利亚斯那辆白色房车静静地停在路边。

我们慢慢走过去，司机达叔下车为我打开车门，但意外的是后座上并没有利亚斯的身影。

“学长呢？”我抬眸问达叔。

“少爷正在老宅等待彩小姐。”

“啊……学长没有来接我。”我有些失落地喃喃自语，这些话偏偏被耳尖的葵听见。

“利亚斯没来接你，你很失望啊？”

我没好气地看了他一眼：“多管闲事！八婆！”

“春日彩！”葵咬牙切齿。

达叔见我和葵两人站在车门前大眼瞪小眼，眼看要吵起来，达叔声音缓慢说：“彩小姐，时间差不多了，我们要不要先出发？有事在车上慢慢说。”

“对哦，我差点忘记时间了。”我对达叔点点头，硬把葵塞进后座后自己再坐进去。

“你干吗啦？我自己会坐进去！”葵抗议着。

“谁让你慢吞吞的。”我扬了扬眉，对达叔说，“达叔，我们出发吧！”

“好的，彩小姐。”达叔恭敬地回答，脚踩油门，车子平稳地驶上马路。

Vol.3

一会儿后。

我们抵达位于市郊的御灵族老宅，车子开进一座依山傍水的庄园，向前行进很久后终于抵达老宅中心。

车子在别墅前刚停稳，利亚斯家的用人们便上前为我们开门，见我搀扶着葵，他们想上前帮忙，却被葵很不客气地拒绝了。

“我不喜欢陌生人碰我。”葵皱了皱眉。

“喂，他们也是好心，你说话就不会客气一点吗？”我忍不住提醒他。

“难道你听不出我已经很委婉了吗？”

我白了他一眼：“难伺候的家伙。”

我每个月月末都会来老宅一趟，所以对这里很熟悉，跟用人们也相处融洽。他们将我迎进客厅后，便端来我最喜欢喝的青柠柚子茶。

“谢谢。”我道谢后刚接过来，还没喝上一口，坐在我旁边的葵忽然开口，“我也要喝。”

“好的，请您稍等。”用人刚想去帮葵倒茶，却被葵拒绝。

“不用了，我喝她这杯就可以。”说完，他完全没理会我是否同意，伸手从我手中抢了茶杯，放到自己嘴边喝了一口，抿唇说，“味道一般嘛。”

“喂！这是我的茶！”

“好啦，还给你。”他笑嘻嘻地把茶杯递给我。

就在这时，利亚斯从内堂走出来。

“少爷。”两边的用人们向他问好，管家跟在利亚斯身边提醒晚餐已经准备完毕，可以随时开始用餐。

利亚斯点了点头，抬眸看向我，他的目光扫过坐在我身边的葵：“先去用餐吧。”

感受到利亚斯对我的冷淡态度，我心中不禁酸酸的：“学长……”

“我们先去吃饭啦。”葵伸手扯了扯我的手臂。

葵的这个动作立刻引起利亚斯的不悦，只见利亚斯目光一沉，也不等我转身向饭厅走去。

我怨念地转头瞪了葵一眼：“都是你啦！”

“我做错什么了吗？”葵表情轻松地摊了摊手，“还不扶我去饭厅？现在都已经七点了，我肚子很饿啊。”他动作优雅地伸出一只手，好像我是皇后身边的小跟班。

“如果你是童话故事里的人，那你一定是……”

我还没说完，葵接下话茬，一脸臭屁地说：“那我一定是温柔、善良、高贵、美丽的白雪王子。”说完，他甩了甩头发。

我受不了他的王子病，翻了个白眼，腹诽道：如果他是童话人物，那一定就是最最恶毒的白雪公主她后妈！

见到我愤愤的表情，葵忽然弯了弯唇角：“唉，嫉妒果然是一种毒。”

“谁嫉妒你了。”

“嫉妒使人丑恶，这里谁长得比较丑，当然就是那个嫉妒别的人啦。”

“喂！松元葵！”算了，斗嘴斗不过他，我还是不说话了，免得还没吃饭就已经被他气饱了。我看了他一眼，“走啦，我们去吃饭。”

他伸出手，我搀扶着他一点点挪动到饭厅。

安静地吃完晚饭后，在餐桌上一直保持沉默的利亚斯终于开口：“小彩，吃完饭我有事找你聊。”

“好。”我顺从地点点头。

“你们要聊什么？”葵突然抬头问。

利亚斯面无表情回答葵：“我要和小彩聊一些关于我们御灵族的事情，你是外人不方便在场。我会请用人带你去客房休息，你可以放心在我们御灵族的领地，没有魔物敢闯进来，你的安全不会有任何问题。”

“最好是没问题啦。”葵有些不满地看了我一眼，“好吧，反正我也有点累想回房休息了。”

听到葵这么说，利亚斯轻轻一招手，马上有一位用人走过来，扶着葵走出饭厅。

等葵离开后，利亚斯才站起来：“小彩，跟我一起去后花园走走吧。现在花园里的安娜托利亚玫瑰已经开了，我记得你最喜欢这种花。”

柔和的灯光下，利亚斯走到我面前轻轻地对我伸出手，这种场景我在梦中见过许多回，这一次梦终于实现了，可是为什么我却没有一点真实的感觉呢？

我怔怔地伸出手，利亚斯牵住我的手，带我走出饭厅穿过迂回的长廊，漫步到夜色迷离的后花园。

看到满园盛开的白色玫瑰，闻着幽淡的花香，我的心仿佛被一种幸福的感觉填满，我笑着抬头：“学长，谢谢你带我来看这样美的花。”

这个后花园里原来种的都是高贵的贝拉米玫瑰，可是因为我的个人喜好，利亚斯差遣花匠将这片花园里的花，全部改种为安娜托利亚玫瑰。

学长他真的是很疼我。

利亚斯牵着我手，带我在花园的长椅上坐下。

他望着我说：“小彩，最近你一直都忙着照顾松元葵，我和你很久没有这样安静地坐着聊天了。”他的目光幽深，在月光下带着一些莫名忧伤。

我有些不知所措，只好低头说：“学长，葵受伤的事情你都已经知道了？”

“嗯，我已经让御灵族族人调查了车祸事件，确认现场有魔物留下的妖灵气息，那次应该不是意外，很有可能是之前一直偷袭你们的影族所为。不过幸好你当时没发生更严重的意外。要不然我……”他忽然顿了顿，深深地看着我，“小彩，我不希望你受到任何伤害，不论是魔物侵害或是人类造成。”

啊？人类造成？

我疑惑地望着他，学长今晚说的话我怎么有点听不懂？但他忧伤的眼神，又令我有些惴惴不安。

莫名地，我想起了之前发高烧时做的噩梦，我梦见学长到宿舍看我，当时他站在我的床边也是用这样忧伤的眼神看着我……

“小彩，你还相信我吗？”利亚斯突然开口问。

他的问题让我有点迷茫，但下一秒我毫不犹豫用力地点了点头。不管发生什么事，我都会无条件相信利亚斯，无论他是否喜欢我，我都会相信他，这一点绝对不会改变！

利亚斯看到我这模样，轻轻地笑了笑，伸手摸了摸我的头发："小彩你还真是……唉，我们先聊正事吧。"

正事，什么正事？难道是关于御灵族的事吗？想到这里，我立马端正坐好，准备认真聆听利亚斯接下来将要说的话。

稍稍犹豫了一下后，利亚斯才开口："小彩，我希望你以后不要跟松元葵走得太近。他……并不适合你，也许有一天他会伤害到你。而且……或许有些事，他并没有完全对你坦诚，我很担心你最后会因他而受伤。"

我怔了一下，没想到学长对我说的又是这件事。真奇怪，发烧时我好像梦见利亚斯也对我说过同样的话。可是葵为什么会伤害到我，他有什么事没对我坦诚呢？

我转了转眼珠，忽然想起今早我在宿舍门口听到葵在打电话，对话内容还很奇怪，当我问他是打给谁时，他却故意岔开话题没有回答。

见我沉默不语，利亚斯继续说："小彩，你认真想一想就会发现这个松元葵身上有很多疑点。比如你遗失夜魅流萤的那天晚上，他为什么会这么凑巧出现在那条巷子中？你的夜魅流萤又为什么会偏偏进入了他的体内？"

"那天晚上……"利亚斯的推测，令我陷入沉思。

"小彩，虽然平时你比较迷糊，可是你并不笨，这些事你只要稍稍想一想就会想明白的。"利亚斯低头靠近我说。

这么说来，葵的出现的确有点太离奇。太多的巧合凑在一起，让人不得不对他出现的目的产生质疑，比如会怀疑……他的出现是否是因为他想夺走我的夜魅流萤？

耳边利亚斯仍低声对我说着一些什么，我的脑袋却变得昏昏沉沉，对四周的感应力也慢慢地变弱甚至消失，我全身放松下来仿佛进入了一个虚空的空间，迷迷糊糊间我好像感觉到利亚斯慢慢向我靠近，他的手搂上了我的腰，脸蛋一点点贴近我眼前，嘴唇也慢慢……

“你们在干什么？”一声怒喝骤然传来。

我陡然从迷蒙中惊醒，我惊诧地回过神，睁开眼却看到利亚斯的脸近在我眼前，他的嘴唇快要贴上我的唇。慌乱之中，我连忙推开利亚斯，转过头去却看见葵站在小花园入口。

不等我反应过来，葵已经生气地冲过来，握住我的手臂一把将我从利亚斯怀里拉开：“你这个女生怎么这么随便？是头猪都可以吻你吗？”

葵这样生气激动的样子，我从来没有看见过。葵在别人面前一贯保持优雅自持的形象，虽然平时他也经常发火，可是从来没有像现在一样暴怒，这样的葵让我感觉到有点害怕和一丝离奇的……内疚？

奇怪，我为什么要对他内疚啊？

“松元葵，这里是御灵族的领地，我的忍耐是有限度的。”利亚斯满脸阴沉地从长椅上站起来。

我回头看了利亚斯一眼，顿时感觉到情况不妙。刚才葵骂利亚斯什么来着？猪？我看就算是利亚斯这样性格沉稳的人也会生气吧？

想到这里，我赶紧拉着葵往后退：“学长，你刚才说的事，我会好好考虑！那个……我有点累了，先回去休息了！晚安！”说完，我拉着葵飞快地跑出小花园。

当我们跑回客房，我上气不接下气地关上房门，跑到沙发上瘫坐下时，我忽然发现似乎有什么事情不太对劲。

葵也累得倒在沙发上：“好累啊……真是的，你没事拉着我跑这么快干吗？

你想累死我啊？”

等等……他刚才说什么？跑？

我顿时反应过来，从沙发上坐起来，一双眼睛盯住他。我刚才跑得那么快，他居然也可以跟得上，也就是说——他的伤已经好了，那么这几天他一直都在装病骗我？

我咬了咬牙，声音陡然低八度：“葵，你可以跟我解释一下，你不是受伤连走路都需要别人搀扶吗？刚才你跑得这么快，难道是有奇迹发生了吗？”

感觉到我的怒气，葵“呵呵”干笑两声，迅速站起身冲到门口：“时间很晚了，那个问题我们改天再聊。小彩，早点睡觉，晚安啦！”说完，他退出我的房间，“砰”一声关上房门，也因此逃过了我狠狠砸过去的抱枕。

我狠狠地瞪住门板，学长就没说错，葵就是一个大坏蛋，一天到晚骗我的大骗子！

说不定……他真的有很多事情瞒着我！

我气呼呼地又将一个抱枕砸向房门，这才稍稍解气地站起身走进浴室，洗澡睡觉。

第八章

老宅的秘密

Vol.1

半小时后，我洗完澡穿着浴袍，用毛巾包着湿发从浴室里走出来。

走到矮柜前，我掏出吹风机，解开毛巾开始吹头发。

电吹风夹着热风的呼呼声在耳边低鸣，不知怎么地我想起利亚斯刚才在小花园里跟我说的话，他带着磁性的低沉嗓音在我耳边一遍遍回响。

利亚斯为什么要不断告诫让我不要靠近葵，但葵的出现的确存在疑点，他出现的时机实在太过于凑巧，令人不得不怀疑他是否有其他动机故意靠近我。还有刚才在小花园里，学长他……

头发半干，我关掉电吹风，起身走到茶几边为自己倒了一杯凉水。

仰头咕咚灌下几口，凉水滑过喉咙的冰凉感觉，令我的头脑清醒不少。

想起在后花园的情景，我不禁疑惑地皱起眉头。

当时我是怎么了？当利亚斯的声音传入我耳中时，我整个人忽然晕晕乎乎，我能感觉到利亚斯一点点靠近我，他搂住我的腰，脸蛋慢慢贴近我，嘴唇也渐渐地贴上来……

利亚斯是要吻我吗？可是当时那阵离奇的晕眩感又是什么？为什么利亚斯一靠近我，我整个人就像被抽走全身力气，连同感官触觉也变得迟钝起来。如果最后不是葵的那一声怒喝打断一切，利亚斯会不会已经吻住我的唇？

一想到学长可能会吻我，我的脸颊忽然开始热起来，我把玻璃杯贴在脸蛋上降温，嘴里咕哝说：“春日彩，你在想什么呢？干吗要幻想那种还没有发生的场景……不过……不知道利亚斯的吻会不会很温柔呢？”

我爬上床关掉台灯躺下，房间陷入一片漆黑，唯有窗幔外的浅淡月光从缝隙中倾洒在地板上。

周围光线昏暗，我从刚才的甜蜜中沉静下来。

冷静后我才想起来利亚斯他不是喜欢绘香吗？如果学长喜欢的是绘香，又为什么要吻我呢？

如果……

如果利亚斯学长喜欢的是我，那他为什么又要和绘香在一起呢？

一想到绘香表情骄横盯住我看的样子，我的心情立马跌到了谷底。如果被绘香知道利亚斯在后花园里抱着我，脸蛋贴近几乎要吻到我，不知道她会不会忌恨我，用最恶毒的话语诅咒我？到那时利亚斯还会站在我身边维护我吗？

又或者，刚才是我误会了，利亚斯他并没有要吻我，他只是想让我听清楚他说的话。可伴随他的声音出现的那种蛊惑般奇怪的感觉又是什么呢？

我躺在床上辗转反侧，我知道有些魔族拥有魅惑人心的法术，可是这里是御灵族的老宅，周围布下重重结界，任何魔物都没有可能闯进这里。

既然不是魔物的妖法，那么今晚我和利亚斯在一起时感受到的奇怪的蛊惑力，究竟是怎么回事？

想到这里，我睡意全无，躺在床上翻来覆去，再也睡不着，脑海里一直重复闪现着利亚斯飘忽的声音和他后来古怪的举动……

“哎呀……还是睡不着！”我挠了挠头发，从床上坐起来，像是发泄般大喊，“春日彩，你这个笨蛋，不要老是想这些有的没的！”喊过之后，我的大脑还是一片混乱。发现这一点后，我有些沮丧地起了床。

算了，反正也睡不着，干脆出去散步吧！说不定在老宅里闲逛一圈，换换心情就能睡着了。

想到后花园里那片白色的安娜托利亚玫瑰，我纷乱的心情不由得好起来。

披上一件外套，我走出房间，正准备下楼时，却看见在走廊的另一头，有朦胧的灯光从利亚斯书房的门缝里透射出来。

窄窄的一条光束，成功勾起我旺盛的好奇心。这么晚了，学长还没有睡觉，他待在书房里做什么呢？

心中这样想着，我轻轻地走向了书房。

刚踮起脚尖悄悄走到书房门口，一个熟悉的声音从里面传出来：“利亚斯，你到底是怎么想的？”

我竖起耳朵仔细听，立刻辨认出这个声音的主人是修。

咦？修怎么在这里？修是御灵族的家臣，平日专门负责照看御灵族接班人也就是利亚斯的健康，他一直用校医的身份作掩护驻守在月光学院中，而且为了不暴露身份，平时他很少回到御灵族老宅，今天这是怎么了？修突然出现在这里，莫非御灵族发生了什么严重的事情？

我心头一紧，不由觉得修的出现有些蹊跷，我贴着墙壁借着门缝偷看书房里的情况。

偌大的书房里仅点着一盏落地灯，暖黄色光晕照亮一小片地方。利亚斯冷静地坐在书桌前，而修则坐在书桌对面的沙发里，他手中端着一盏骨瓷茶杯，偶尔轻抿一口。

面对修的提问，利亚斯只是低头沉默。

修叹了一口气，放下手中的茶杯：“今晚是每月一次为灵雪进行灵力喂养的日子，那么请问这一次，一切……还顺利吗？”

修看似平淡的一句话，成功地让一直面无表情的利亚斯，微微皱了一下眉头。

我站在书房门外，也同样微微蹙眉。

灵雪是谁？

为什么我明明以前从来没有听过这个名字，可是当这个名字灌入我耳中时，我却有一种莫名的亲切感，就好像……我以前跟她很熟悉，很亲密一样。

还有，修说的灵力喂养是什么意思？我怎么从来没有听说过这个名词？

见利亚斯依旧低头不语，修终于沉不住气，站起来走到他面前："利亚斯，你一直沉默，难道这次灵力喂养没有成功？"

利亚斯微微点了点头。

修顿时紧张地瞪大眼睛："利亚斯，你要知道她现在身体里已经没有夜魅流萤保护，如果再没有你的灵力进行喂养的话，她恐怕撑不过下个月！"

"我明白不能再拖延，在她体内灵力耗尽之前，我会在月圆之夜帮她取回夜魅流萤，无论我会为此付出什么代价。只要为了……灵雪。"

说出灵雪这两个字时，利亚斯神色一滞，出现了片刻晃神。

他沉默了许久，开口说："现在我已经不适合再继续给小彩喂养灵力了。"

"小彩？"我听到修冷笑一声，"我亲爱的御灵族少主，你不会真的以为灵雪已经完全变成春日彩了吧？"

修的话是什么意思？灵雪变成我？

这……这是怎么回事？灵雪和我有关系吗？

"还是说，少主您需要我再次提醒你，小彩的真实身份？"修的声音在安静的书房里显得格外刺耳。我可以从他的语气中听出，此刻修正在生气。

可是现在我没有心情去管修为什么会生气，我更关心的是修和利亚斯他们似乎有事瞒着我，而这件事情似乎关系到被我遗忘的……十二岁以前的经历。

十二岁那年的某一天，我一觉睡醒睁开眼发现自己躺在老宅里，床边围着几个陌生人，我不记得他们的名字，同样也不记得自己是谁。

第一个跟我讲话的人就是利亚斯，他对我说他是我的师兄，我的身份是以驱魔为己任的御灵族族人，父母在与妖魔交战时身亡，我一直住在这座老宅中。

前一晚我在外面遇到魔物偷袭受伤，幸好利亚斯及时出现将我救下，并带回老宅才保住性命。而我不记得之前的事情，是因为那晚受伤太严重。

我脑海里回忆着利亚斯对我身世的解释，我不记得十二岁以前的事情，但这几年我与利亚斯相处的点点滴滴却是不容置疑的。

他是最疼爱我的学长，也是我在御灵族的唯一依靠。

“修，闭嘴！”利亚斯隐忍般握紧拳头，声音中却有一丝无奈与……无助？怎么可能？能力超群的利亚斯怎么可能有无助这种懦弱的情绪？

修没有理会利亚斯的命令，只是冷笑着坐回到沙发里：“利亚斯，夫人在怀你时曾被魔族攻击动了胎气，不足月便生下你。因此你自幼体弱多病，夫人为了巩固你在御灵族的少主地位，才会使用禁忌法术召唤出灵人，也就是当年的灵雪，每个月以她身体内的灵力作为药引，助长你的灵力。说到这里，你还真该好好感谢灵雪。”

召唤灵人这种法术我曾无意中听御灵族祭司提到过，这是一种需要牺牲自我灵力，甚至一半性命才能使用的禁忌之术，召唤出的灵人本身具有很强的治愈性灵力，但并不是实体，也就是说灵人并非人类，也没有魂魄。

可是修他们说的灵雪是灵人？那她跟我有什么关系？我可是人类啊！

“修，够了！”利亚斯学长突然重重地拍了一下桌面，连站在门外的我也被他的举动吓了一跳。

很少生气的利亚斯这一次真的被修激怒了！

修终于忍耐不住，站起来说：“利亚斯，你应该知道躲避是没有办法真正解决问题的！我知道你一直抗拒回忆，因为你害怕再回忆你十五岁生日那天的事情。”

“够了，不要再说了！”利亚斯面色铁青。

“利亚斯，你清醒一点，再下去恐怕连小彩都会有危险！”

“我不会让她出事的，我不会让灵雪再离开我！”利亚斯如困兽般喃喃自语。

“你十五岁生日那天，无意中撞见你母亲在秘密房间里强行取用灵雪的灵力，你看到跟你一起长大的灵雪被取走灵力后倒在地上面无血色，身体逐渐虚透时，惊愕和愧疚感让你丧失理智，不顾一切阻止你母亲继续取用灵雪的灵力。”

在修的陈述中，利亚斯逐渐低下头。

但修并没有打算放过他，他继续说："早就对一起长大的灵雪产生情愫的你，在得知自己的母亲竟然用灵雪的灵力做药引供养自己，你当时一定很痛苦吧？为了救灵雪，你生平第一次反抗夫人，发疯似的不顾夫人阻拦找到身为御灵族药师的我，要我想尽办法救活灵雪。最后我取了你体内一根肋骨和一半的灵力，用御灵族的禁术，这才让灵雪重生，让原本是灵人的她变成了真实存在的人类。不过，重生后的灵雪也失去了所有的记忆，这一点是你并没有想到的吧？因为歉疚，你觉得无法再像以前一样面对灵雪，这才隐瞒了你们两人的过去，以师兄的身份守护在灵雪，也就是现在的小彩身边！"

真相被揭露的刹那，我惊得差点叫起来，我捂住嘴巴拼命地倒吸冷气。

利亚斯站在书桌边，身体颓然地倒在椅子上："灵雪没死……灵雪她一直都在我身边，她现在是小彩！"

"你也知道她是小彩而不是灵雪？没错，小彩是你的师妹，你每个月必须让她回到老宅借机用你的灵力喂养她，延续她的生命……"

后面的话，我实在听不下去，我只觉得手脚冰凉，大脑一片空白，我……难道就是他们口中的灵雪吗？我是利亚斯学长用他的一根肋骨和一半的灵力而获得重生的灵雪吗？

不对，我应该是春日彩才对啊！

下意识地，我想要逃离这里，却发现手脚根本不听自己的指挥了。我向后踉跄了一步，却发现一直没有看门口的修，在此时向我投来释然的目光。

修他……其实早就发现我了？那么刚才那些话，他是故意说给我听的吗？他这么做有什么目的？

我浑浑噩噩地回到自己房间，没有开灯，走到床沿边坐在地板上。我蜷起身体，用手臂抱住自己。

我居然根本不是人类，原来我只是一个灵人，依靠利亚斯的一根肋骨和他一半的灵力而重生的一个灵人！

这个残酷的事实，像一道晴天霹雳将我的理智一分为二。

现在我终于知道为什么我没有十二岁以前的记忆了，同时也知道所有事情的真相，利亚斯为我付出了那么多，甚至不惜用自己的一根肋骨与御灵族族人最宝贵的灵力来救活我，并赋予我人类的生命，如果没有利亚斯，就没有现在的春日彩。

可是……我脑海中却始终徘徊着修刚才说的那些话。

我的存在是为了作为利亚斯的药引，而利亚斯却对我产生情愫，最后竟然忤逆他的母亲，付出沉重代价让我重生。

我记得几年前，我一觉梦醒睁开眼睛发觉自己失忆的那一刻开始，利亚斯就如同兄长般始终陪伴在我身旁。他疼爱我关心我，给予我全部的关注……可是这一切全都源于我的前身是他所爱着的灵雪。

而现在，我知道我自己没有灵雪的记忆，我也不是原本的灵雪。

他真正关心的人并不是我，而是在我重生前那个与他青梅竹马一起长大的灵雪！

想到这些我的心开始一阵阵绞痛，原来在利亚斯眼中看到的并不是我春日彩，而是另一个人，我的前身——灵雪。

这种类似于被至亲蒙骗背叛的感受，让我的心里充满了无法言喻的沮丧及挫败，此时此刻我只想躲进自己的壳里，一个人默默疗伤。

我收紧双臂，身体颤抖地抱紧自己，仿佛只有全身蜷缩在一起，才能让我冰冷的身体产生一丝安全感。

窗外的夜是这样浓郁，掩藏了一切，只给我留下痛楚与伤疤。

Vol.2

在老宅夜宿的一晚，我彻夜未眠。第二天，我借口头疼，拒绝了与利亚斯一起吃早餐的机会，提前让司机达叔送我和葵回到月光学院。

刚打开宿舍门，我换了拖鞋后便精神萎靡地走到自己床边，和衣躺下。

葵跑到我面前，盯着我的脸蛋看了一会儿，忽然掩唇一笑："哇！我们宿舍里有国宝啊。"

"走开啦，我很累，你别烦我。"我转过头，不去理他。

"啧啧，这么严重的熊猫眼，你昨晚不睡觉跑去偷窥你那个宝贝学长啦？"葵笑着调侃。

"神经，我才没你那么无聊。"

"你今天的脾气怎么比平常更坏啊？"葵仍旧不死心，干脆坐在我的床沿边，他用手指戳了戳我的背，"喂，你今天早上为什么走得这么急，连早餐都没吃，你不饿吗？"

"你饿了？"我早该想到这家伙怎么会这么好心关心我，原来是他自己肚子饿了，"茶几上还有之前买的零食，你先吃那个垫肚子吧。"

"我不要。"

"松元葵，我现在心情很差，没工夫搭理你。你如果不愿意吃那些零食，就饿着肚子吧。"

"你为什么不开心？"葵没有站起来找东西吃，而是继续追问。

"因为我昨天晚上睡不着，行不行？好了，你别再问了，我现在很想睡觉休息！麻烦你，别再打扰我！"

"哦。"葵低声应了一句，而后便站起来走出宿舍。

我躺在床上并没有真正睡着，心事太重，压得我喘不过气。

我闭着眼，意识进入浅睡眠，迷迷糊糊中我听到宿舍门被轻轻打开，熟悉的脚步声走到沙发前，接着是电视机播放《名侦探柯南》的声音，但电视音量似乎被人刻意调轻。

就这样，我又在床上躺了一会儿。

睁开眼时，竟然已经是黄昏时分。

"咦？居然已经是傍晚了？"我揉了揉眼睛，从床上坐起来。

“我看你这辈子别想做熊猫，你这么能睡，八成投胎前是头小懒猪吧。”嘲笑声从沙发上传来。

我转头一看，果然，葵正躺在沙发上，脖颈后面垫着两只彩色抱枕，优哉地看动画片。

我无语地翻了翻眼皮，懒得跟他斗嘴。睡了一整天什么东西都没吃，我现在肚子好饿啊。

“肚子饿了吧？”葵懒洋洋的声音响起。

“关你什么事？”我一边回答，一边下床找我的拖鞋，但饿了一天头晕乎乎的，连看东西都出现重影。

“还嘴硬，看你那副饿得晕头转向的样子，饿了就快过来吧。”

“贼，你能有什么东西给我吃啊？”我找到拖鞋穿上，脚步虚浮地走过去，刚走到茶几边不由低呼了一声，眼神立即发出亮光，“哇！是瑶柱海鲜饭！还有墨鱼贡丸汤、清炒西兰花、珍珠奶茶！”

我几乎是扑到茶几前，直接坐在地板上开始吃东西。

“啧啧，吃相真难看。”葵嫌弃地撇了撇嘴，但还是好心提醒，“你慢点吃啦，吃这么快会噎到的。”

他的话音刚落，我连吞了三口饭和一颗贡丸后，果然噎到了！

我痛苦地瞪大眼睛，用手拍打胸口。

“让你慢点吃，噎住了吧。”这时候葵居然还有心情说风凉话！

我边拍胸口，边瞪了他一眼。

“都已经噎住了，还眼神这么凶狠地瞪我。唉，真是好人没好报，早知道我下午时就该把这些东西吃完，不给你留晚餐。”葵嘴上虽然这么说，但手上却拿起那杯珍珠奶茶递给我，“喝一点顺顺气。”

我接过来，狂灌两口，终于把堵在食管里的饭和贡丸吞下肚子。我拍拍胸口：“呼，差点以为要被噎死了！”

“都让你慢慢吃了。”葵咕哝了一句，躺回沙发里。

我晃了晃手中的珍珠奶茶："谢谢啦。"

"这还差不多。"他勾唇一笑，边看电视边跟我闲聊起来，"彩，我跟你住在同一个宿舍里差不多也有一个多月了，可是你一直没有向我清楚解释过你，还有你那个了不起的学长利亚斯的身份。我记得我刚住进来时，那家伙说过一句话，他说'就算人类和人类之间也有差别，比如我跟他'。"

葵从来没有认真追问过关于我和利亚斯的身份，而我也一直忘记跟他解释，只是在我们遭遇影族攻击时，匆忙教授他使用灵石反击的方法。所以就算我不提，他应该也早就感觉到我和利亚斯并不是普通人类。

我眨了眨眼睛，决定趁今天把事情跟他解释清楚，因为我信任他。

我捧着珍珠奶茶，走到沙发边坐下，吸了一口奶茶慢慢开始向他讲述我的身份，当然我自动跳过了昨天知道的真相，也就是我的本体其实是灵人灵雪这件事。

葵的眼睛一直盯着电视屏幕，表情却淡淡的，我知道他在认真聆听我所说的每一句话。

听到关键处，他提问："哦？这么说那个总是看起来一副自命不凡模样的利亚斯，竟然就是你们御灵族的少主，将来的御灵族族长？"

"是的。利亚斯的父亲是现任族长，但我们御灵族的族规是灵力至强者，才有资格成为下一任族长，而利亚斯是我们御灵族第一驱魔高手。"

"这么听起来，他似乎有点本事。"葵语停顿了一下，若有所思地继续说，"怪不得你会迷恋他。"

葵的话令我神情一滞。

"葵，你以后不要再提我喜欢利亚斯这件事情了。"我深吸一口气，"我现在郑重告诉你，我不喜欢他，今后我不可能再喜欢他！"

葵挑了挑眉毛，神情诧异："难道你发现我比他更有魅力，所以不喜欢他，转而迷恋我？"

"我没有在跟你开玩笑，你正经一点！"我瞪了他一眼。

“原因。”他摊摊手说，“你突然说你不喜欢利亚斯，总有原因吧。我记得在昨天之前，你还迷恋他迷恋得要死。”

“我说没有就没有！你不要再一直追问了！”不知道为什么，葵一直提起利亚斯的名字，让我脑海里不断回忆起昨天在书房门外看到听到的一切，我莫名地冲葵发起火来。

“突然发脾气，有内幕哦。”葵嬉皮笑脸地看着我。

看见他轻松的表情，我更加火大：“反正我的事情不要你管！我吃饱了，要去洗澡！”我冲葵一顿乱吼后，掉头走到衣橱前拿了换洗衣服便向浴室走去。

身后，葵一声不吭安静地待在沙发上。

我有种敏锐的直觉，葵现在一定凝视着我的背影，目光中带着困惑的神色。

Vol.3

双休日在不安的气氛中过去了。

今天又到了星期一。

我这几天睡眠一直很差，早上不到六点就醒来了。洗漱后，吃了早餐和葵一起出门，刚走到学院小广场那里，我突然看见利亚斯和阿飞迎面向我们走来。

葵八卦地推了推我的手臂：“喂，你不打招呼啊？是你的利亚斯学长呢。”

我白了他一眼：“那你先跟阿飞学长打招呼啊。”

一听到阿飞的名字，葵的脸色一下变白。他嘴角抽搐了一下，扭头要走，没想到眼尖的阿飞已经欢快地喊着葵的名字，朝这边热情地飞奔过来。

“小彩，葵，你们今天很早啊。”阿飞神采飞扬地站在我们面前打招呼，眼睛却一直盯着葵看。

葵皱了皱眉，嫌恶地撇开头去。

我怕阿飞学长尴尬，便开口跟他问好：“阿飞学长，早上好。”

“小彩，你好。”阿飞嘻嘻一笑，无视葵嫌恶的目光，开心地凑到葵身边。

利亚斯慢慢走到我面前，他刚要张口跟我说话，我却飞快地拉起葵的手，故作夸张地低呼一声："啊！已经这个点了！葵，我们赶紧去教室吧，今天是我们当值日生！"

葵疑惑地看了我一眼，刚想开口反驳，却瞥见阿飞正凑近他，葵只好勉强配合我："对哦，那我们快点走吧。"

"利亚斯学长，阿飞学长，那我们就先走了。"我扯了扯嘴角挤出一点笑容，跟他们挥了挥手，拉着葵飞快地向教学楼飞奔。

刚跑到楼层转角时，葵呼呼喘着气，拉着我停下脚步。我们靠在墙壁上休息。

"你为什么故意避开他？发生什么事情了，我发觉你从老宅回来后就不太对劲。"葵低眸扫了我一眼，看似漫不经心地问。

"我哪有避开谁？"

"本来就长得不漂亮，说谎会变丑哦。"

"我……"我语塞了一下。这家伙还真会捉别人短处，明知道我很在乎外貌太普通这件事。

不知道为什么提到外貌时，我忽然想起灵雪这个名字，如果我的前身灵雪跟我长得一模一样，她是否也长着跟我一样平凡的外貌，那么当利亚斯看见跟灵雪长得同一张面容的我时，利亚斯的心情会是怎样？

想到这里，我的眼神黯淡下去，心情仿佛深陷入冰洋。

"喂，你怎么了？干吗突然这种表情？我可没有欺负你哦。"葵用肩膀轻轻碰了我一下，"你看起来很不开心，到底发生什么事情？难道真的是因为那个利亚斯？"

我鼻尖酸酸的，声音哽咽："不是……你不要再问了，我没事。"

"没事才怪，你的声音听起来都快哭了。"葵伸手刚想触碰我的手，我突然一把拍开他的手。

我抬头冲他大声嚷："我都说了不要你管！你真的很爱多管闲事，我没事，我很好！我真的……很好。”我一边大喊，一边眼泪却簌簌落下来。

松元葵一时呆住了，他怔愣地看着我，动了动嘴唇却没有再往下说。

泪水模糊了视线，我转身要走，转过头的一瞬间葵拉住我的手。

“笨蛋，早就该哭出来，忍着多辛苦。”他手臂一用力，将我带入怀中。

葵将我抱入怀里的一刹那，我泪如雨下，仿佛这才将这几天积压在心底的郁结统统宣泄出来，此时此刻葵结实的胸膛好像是可以为我遮风挡雨的避风港，在他怀里我可以毫无顾忌地大哭，直到将那些纠结苦痛的情绪全部宣泄，直到我的眼泪哭干，直到……

“哇！”楼梯口一声怪叫，有两个其他班的同学刚上楼，看见这一幕发出一声惊呼。

“看什么看？”葵凶巴巴地瞪了她们一眼，那两个女生被葵的气势吓倒，缩起脖子赶紧走掉。

我伸手把眼泪抹掉，抬头看葵：“喂，你不要对她们这么凶，她们很无辜啊。”

“笨蛋，你先管好自己啦。”他伸手在口袋里掏了几下，抽出一块带着馨香的手帕，轻轻地帮我擦干脸上的泪痕，“啧啧，你看你多丑，还挂着鼻涕。”

“松元葵！”这家伙这时候还调侃我。

“好啦，我帮你擦干净。乖哦，不要动，小猪擦干净就漂亮了。”他耐心地哄着我。

我不满地嘟起嘴巴，你才是小猪！你全家都是小猪！埋怨他的同时，我的心却暖暖的，因为有葵在身边，他用他的方式守护着我，他用他别样的关心安慰着我破碎的心。

我吸了吸鼻子：“葵，你除了嘴巴恶毒了点，太自恋了点，洁癖太严重了点，其实……你是一个好人。”

葵微微一愣，眼神遂而变得深情：“那这样的我，你喜欢吗？”

我怔住了，看着他动情的脸蛋，一时间连呼吸都忘记。

“哈哈，我开玩笑的啦，被我骗到了吧。”葵忽然夸张地笑起来，我却从他的眼中看见有一丝落寞一闪而逝。

葵，他对我真的是用心了吧。

可是我似乎无法回应他的感情，我不是人类，甚至不是御灵族人，我只是一个依靠利亚斯的一根肋骨和一半灵力而重生的灵人。

我低垂下眼睫，悲伤的情绪再次在我眼底翻滚。

知道真相后的我，似乎失去了爱人的能力。我不能喜欢你了，利亚斯；我也无法接受你的告白，葵。

对不起。

Vol.4

就这样，又过去几天。

这几天我的情绪一直很低落，偶然在学院里遇见利亚斯，也刻意转身离开。葵将一切看在眼底，但他不再问我原因，也许是担心他开口问，又会让我伤心落泪。

就这样我在沉默着，葵也变得沉默。

我在教室里发呆，葵就推开那些女生的邀约陪我坐在教室里发呆；我在宿舍里看电视，葵就陪我坐在沙发上一起默默地看；我在学院餐厅里吃饭，葵就安静地在我身边一起吃。

他就这样静悄悄地用他的方式守护着我。

“喂，你怎么又在发呆？”午饭时，我不想去闹哄哄的学院餐厅吃饭，葵看出我的心思，最怕麻烦的他亲自下楼买了三明治简餐，在教室里跟我一起吃午餐。

葵抬起手轻轻敲了下我的额头，我愣了愣才反应过来，迟钝地抬眸看他。教室里只剩下我和他，好安静啊。

葵把一份鲔鱼三明治推到我面前："附近新开的面包店，听说这个三明治是招牌主推，你试试看好不好吃。"

"哦，谢谢。"我接过来咬了一口，食而无味，但面对葵的一片心意我强打起精神微笑说，"很好吃。"

"骗人。"葵不满地扁扁嘴巴。

"是真的，这个很好吃。谢谢你，葵。中午太阳这么厉害，你还特意跑出去帮我买午餐，谢谢你。"

"你也知道我最讨厌被日光晒到，而我特意跑出去买这些东西的原因是什么你一定也明白，为什么要让自己不快乐？我认识的春日彩根本不是你现在这个样子，她很快乐，她不喜欢就会大声骂，她不开心就会大声哭，她会跟我吵架，还会发脾气打我。"

我咕哝了一句："原来你跟修一样是受虐狂，喜欢我打你啊？"

"春日彩！"

看见葵发狂的模样，我终于笑了："好啦好啦，你是好人，我不嘲笑你了。"我举了举手上拿着的三明治，"谢啦，这个真的很好吃。"

"这还差不多。"葵挑了挑眉毛。

就在这时，他放在课桌上的手机忽然震动起来。

"你电话响了。"

"我知道。"葵瞟了眼来电显示，拿着手机站起来，"我到外面接个电话，你先吃。这些都是我冒着大太阳买回来的，你必须多吃一点，听到没有？"

"知道了，葵真婆妈。"我抿唇一笑，看着葵走到教室外。我边吃三明治边喃喃自语，"神神秘秘的，还故意跑到走廊上接电话，不会又是哪个漂亮女生约他出去玩吧？"

不到一分钟，葵从外面走进来。

我刚想趁机调侃他，却看见他的脸色很差。好奇怪，葵只是出去接了一个电话，忽然就变成黑面了。难道是因为那个电话……到底是谁打给他的，让他变得不开心？

“葵，你怎么了？”

“呵呵，我很好啊。”葵故作愉悦，大步走过来坐下，他指了指那堆食物，“你怎么才吃这么一点，快吃快吃，冷掉味道会变差。”

我知道他在故意转移话题，他脸上的表情分明是强颜欢笑。可是葵为什么要这样做？难道他有事情瞒着我？

我犹豫了一下，还是忍不住问：“葵，刚才是谁给你打电话啊？”

“哦，打错的，说是什么房屋中介。我哪有什么房子啊，我连自己是谁都记不起来了……我又怎么可能记得那些事情。”葵脸上的神色越来越不自然。

看着他的表情，我可以确定一点，葵他一定有事隐瞒我。难道是……他已经记起自己的身份……葵他要离开我了吗？

我晃了晃脑袋，命令自己不许再胡思乱想。

“这个也很好吃。”葵把另一种口味的三明治递给我。

我接过来，笑了笑，埋头继续吃。

就这样我们陷入沉默，我没有再继续追问，因为我害怕知道真相，我害怕这一次连葵都要离开我。

下午。

上一节课我不小心睡着了，醒来时发现教室里居然一个人都没有，连葵也不在座位上。我迷迷糊糊揉了揉眼睛，意识清醒一些后这才想起来。

“啊！我怎么忘记下一节是体育课？”我一拍脑袋，赶紧去更衣室换好运动服，而后向操场跑去。

室外天气晴朗，我边跑边想：或许运动一下，我的心情会好一点。

刚来到操场边，我老远看见一群同学围在塑胶跑道的另一端。人群中有人大喊：“利亚斯和松元葵打架！”

另外有几个没有挤进去的人，站在人群外围惊呼：“啊？男生打女生？”

我赶紧跑过去，这才发觉看热闹的人居然里里外外围了三四圈。人群中不断有人在提到利亚斯和葵的名字。

不会吧？利亚斯和葵怎么会打起来？

我心里着急拼命挤进去到人群最前面，眼前的情景顿时把我吓了一跳。

利亚斯和葵面对面站着，两人眼神冰冷犀利，互相对峙僵立。

不会吧？他们不会真的想打架吧？这里可是学院操场，如果他们打起来肯定会闹大的，一个是月光学院的学生会会长，另一个是男扮女装的摇滚歌手。

我的上帝啊，光脑内想象他们打起来后的结果，我就头痛无比。

就在我怔住时，葵突然握起拳头挥向利亚斯……一拳正中，但同时利亚斯也一拳击中葵的左脸颊。

围观同学一阵惊呼。

“住手！”我大喝一声，冲到两人中间张开手臂阻止他们。

两只拳头一前一后在我身边停下来，他们异口同声：“小彩？”

见两人都停止动作，我这才松了口气，生气地瞪着他们：“你们为什么要打架啊？”

我刚提出问题，那些看热闹的同学居然附和我的话，一起点头并用期待的目光，等待他们回答。

利亚斯冷眼扫视周围，那些同学感受到他冰冷的目光，这才一个个收起好奇心各自散开去上课。

人群散开后，我才扭头怒视葵，双手叉腰质问他：“葵，你到底在干吗？为什么要跟学长打架？”

“喂，你这女人怎么偏心啊？打架的事情明明我和他都有份，为什么你只骂我？”葵脸上挂彩，不满地撇撇嘴。

“松元葵，收起你刚才说的话。什么叫这女人？”利亚斯冷着脸，上前一步。

眼看他们又要吵起来，我忍无可忍，大吼一声：“你们两个都给我闭嘴！”

说完我一手一个，拉着他们往校医室走去。

我拉着两个人，一脚踹开校医室的门："修！"

"哟，是谁惹了我们家小彩啊？怎么发这么大脾气？"修从二楼走下来，一眼瞥见我身边两个脸上带伤的家伙，"咦？两个人脸上都有伤，打架啦？"

我没好气地把他们推到修面前："修，替他们检查一下，看看受伤没有？"说完，我气鼓鼓地坐到一边的椅子上不再理他们。

他们是脑袋短路了吗？竟然当众打架！

葵这个笨蛋！他可是超级大明星，他是要靠那张漂亮脸蛋上镜的，万一脸上受伤留下疤痕，他以后要怎么办？

还有利亚斯，葵一时冲动也就算了，利亚斯可是一直冷静自持的学生会会长，他怎么也会跟着葵胡闹？

我越想越气，恨不得再捶他们几拳才解气！

看到我生气坐在一边，两个人难得行为一致沉默了。修让他们坐在病床上，为他们检查身体、上药。

忙了一会儿后，修收拾好医用品，走过来对我说："好了，两个人都只是轻微皮外伤。我已经帮他们处理好伤口，过几天就会痊愈，连疤都不会留哦。"

我扫了他们一眼，总算是松了一口气。我气呼呼地转头看他们，疑惑地问："你们两个到底为什么要打架？"

葵生气地把头转向另一边，利亚斯也低着头沉默。两人居然这么默契，都不肯回答我的问题？

我气得直翻白眼，而修却泡了一杯果茶坐在沙发上，一副看好戏的模样。

修一脸暧昧地笑了笑："两位大帅哥，我家小彩在问你们问题呢，不要以为装聋作哑就可以逃过去哦！我可以向你们保证，小彩生起气来真的很恐怖，堪比霸王龙！"

"修！"我瞪了他一眼。修朝我抛了个媚眼，知趣地闭上嘴。

利亚斯脸色阴沉，突然站起来，他看了我一眼，转身走出校医室。

“哇！这家伙就这样走啦？”见利亚斯回避问题大步离开，葵不满地也站了起来。

见他也想逃走，我立刻起身，刚想拦下他，手却被修拉住，他轻轻一扯，将我搂进怀里。

我刚想推开修去追葵，修忽然低下头在我耳边低语：“小彩，你难道真的看不出他们为什么要打架？”

修说话时呼出的热气吹在我的耳边，弄得我痒痒的：“好痒啊，你快放开我啦！”

“嘻嘻，有什么关系，反正我们这么……”

修的话还没说完，前脚刚跨出校医室大门的葵突然转身冲回来，他一把将我从修怀里拉出来，因为他用力太猛，我一下子没站稳，一头扑进他的怀中。

不等我抗议，就已经听到葵火药味十足的话：“修，我警告你，我的专属小护士只有我才可以碰！”

“什么啊？谁是你的专属小护士？”我不满地抗议，却被葵拉着往外走，“喂，别走这么快，我跟不上啊！葵！”

我一路大呼大叫，葵却没理我，直接拉着我往宿舍方向走。

这家伙真是越来越大胆了！居然敢这样对我！明明就是他打架做错事情，应该生气的人是我才对啊，他凭什么一副理直气壮的模样，强硬地带我走？

还有，刚才修的问题也很莫名其妙。如果我知道他们两个为什么打架，我就不用这么生气了啊！

“葵，等一下！”我用力地扯了一下他的手臂，并且停在原地不肯往前走了。幸好现在正是上课时间，林荫道上只有我们两个人。

葵皱了皱眉，扭头问：“干吗突然停下来？”

“我有问题要问你。”

“如果你是要问我为什么和利亚斯打架这个问题，我的答案只有一个，我看他不顺眼，我们两人一言不合打起来，就这么简单。”葵一脸不耐烦地说。

“不可能！”

这家伙居然想糊弄我，当我傻瓜吗？

我揪住他说：“你虽然脾气不好，但绝对不是那种因为一言不合就打人的那种人！还有利亚斯也不是冲动的人，你们两个到底为什么会打起来？我要听实话！”

“我们……那个……就是一言不合，起了矛盾，才打起来！就是这样啊，这个就是实话。”葵边说边摸鼻子，还别扭地把脸撇向另一边。

这个模样还想糊弄我？这家伙幸亏是个歌手而不是演员，他的演技也太烂了吧？

我站在原地，双手抱胸，忍不住翻了个白眼。

不过葵这样死守真相，不愿意让我知道他和利亚斯打架的真正原因，他的目的究竟是……

我摸了摸下巴，葵却一直不敢直视我，他别扭的神情让我更加质疑他。

中午吃饭时他还好好的，为什么下午他会突然跟利亚斯闹矛盾？

他和利亚斯并没有直接关系，他们之间唯一的交集就是——我？不会吧！难道葵是因为我才和利亚斯打架？

他……是为了我？

我回想了一下，这几天葵一直默默地陪在我身边，他几次目睹我看见利亚斯就立刻掉头逃走，我刻意躲避利亚斯的行为这样明显，葵这么聪明一定发现了其中的端倪。

他一定是猜到我这几日闷闷不乐的状态与利亚斯有关，所以他特意去找利亚斯理论，两人言语不合，这才打起来。

我仔细想了想葵的性格，觉得这个可能性最大，否则他们两个绝对不会打起来。

想通这一点后，我心底忽地涌上一股感动的暖流。我抬头看着葵脸颊上贴着的创可贴，不由有些心疼，我伸手轻轻触碰他的脸颊："疼吗？"

"哎呀！"葵痛叫一声，又故作不屑地说，"这点小伤算什么？那家伙绝对比我惨多了！"

"葵，你果然是个大笨蛋！"看见他一副忍痛的模样，我不由觉得又好气又好笑。

葵像小孩子一样扁扁嘴："喂，春日彩，你干吗老是偏心只骂我一个人？"

我眼珠一转，忽然想起他刚才在校医室里那副模样，呵呵，这家伙原来是在吃醋。

我挑了挑眉，不由心情大好："脸上的伤很痛吧？"见葵白了我一眼，我又继续说，"葵，下个星期是月光学院的游园祭，我们一起玩好不好？那天吃喝全部由我买单，就当做是你这段时间照顾我的答谢。"

葵显然被我突然的提议惊了一下，他质疑地说："你确定要由你买单？"

我笑着点点头。

葵这才笑起来："好！我要拼命吃，花光你的零花钱！哈哈，到时你可别哭哦！"

"好啊，最好你吃很多，变成一个大胖子！"我朝他扮了一个鬼脸，一溜烟欢快地跑开了。

"喂，春日彩！你才是小猪！小胖猪！"葵在后面边追边喊。

我们的身后晴空万里，清风悠然。

伴随着这些笑声，纠缠我这么多天的低落心情，终于烟消云散。

九

King and Queen

Vol.1

一周后。

一大清早，我正睡得迷迷糊糊，忽然被一阵敲门声吵醒。

我揉了揉眼睛，睡眼惺忪地跑到门边："谁啊？"

"小彩，我是阿飞，快开门啊！"阿飞学长隔着门板热情洋溢地大喊。

神啊！饶了我吧！阿飞学长怎么一大清早跑过来了，他就那么喜欢葵吗？

我承认葵的长相漂亮又阴柔，现在又故意男扮女装，确实会引人误会。但阿飞学长也太执著了吧？葵已经多次拒绝他，阿飞却不死心反而对葵展开更猛烈的追爱攻势。

唉，不知道今后当葵的身份揭晓，阿飞学长会不会伤心到泪奔呢？

我嘴角抽搐，转头去看葵的床铺。

"咦？葵已经起床了？"葵的床上只留下一堆乱糟糟的被子和枕头。我迷茫地眨了眨眼睛，这才隐约听见浴室里传出水声。

这家伙八成又在洗澡了……

我无语地摇了摇头，伸手推开大门，明媚的晨曦顿时倾泻入室。

阿飞学长站在门外走廊上，他开心地举起拎在手中的早餐，笑着说："小彩，我给你和葵带了早餐，吃过早餐我们一起去参加今年的游园祭吧！"

我摸摸鼻子，不禁腹诽：阿飞带早餐给我吃只是借口吧，其实他是想约葵一起去参加游园祭！

我正想着，阿飞忽然冲我眨眨眼睛，“今天有人请客哦！”

“谁啊？”我疑惑地眨了眨眼睛。

阿飞扭头朝走廊上的某人招招手：“来都来了，你还站在楼梯口干吗？快过来啊！”

咦？阿飞学长不是一个人来的吗？是谁这么倒霉大清早被他拖了过来？

我好奇地朝门外探头，陡然间目光一怔，心跳不由“咚咚”加速：“利、利亚斯学长，你也来了？”

就在这时，刚沐浴完的葵穿着浴袍从浴室里走出来，听见我提到利亚斯的名字，他皱眉说：“这家伙怎么突然来了？”

阿飞一见到葵出现，立马像维尼熊看见蜂蜜，直冲到葵身边，一脸殷勤地说：“葵，你还好吗？我听说前几天你和利亚斯打架，你没事吧？利亚斯也真是的，大男生怎么可以欺负柔弱女生？你放心，我帮你撑腰！我今天特地把利亚斯拖过来，就是为了让你们两人和好的哟！”

葵翻了个白眼：“没人叫你做这些！白痴。”

阿飞被骂却一脸幸福：“葵，你骂人的样子也好迷人啊！”

我站在门边，一脑门的汗。

利亚斯慢慢走到我面前，他深沉地望着我，许久终于开口：“小彩，你……这几天过得好吗？”

我定定地看着他，神情不自然地点点头：“我过得还好，谢谢学长关心。”我从没料到我居然有一天会用这样生疏的语气跟利亚斯对话。

利亚斯似乎也感觉到我语气中的距离感，他目光微微闪烁：“是吗？那样就好。”

我看到利亚斯脸上那受伤的表情，心底隐隐作痛，我捏紧手指，勉强维持脸上的笑容。

“你烦不烦啊！别老是跟着我！”那边，葵被阿飞缠住，不耐烦地走进浴室，砰一声关上门。

阿飞站在浴室门外，絮絮叨叨地讨好葵："葵，别生气嘛！我只是想跟你一起去游园祭。葵……"

他拍了半天门，葵仍然不理他，他只好悻悻地走回到利亚斯身旁，见我和利亚斯安静站着，他问："咦？你们两个今天怎么回事，平时见面不是有很多话题聊吗？利亚斯，你之前不是说有话想对小彩说，怎么不开口啊？"

"学长，你有话对我说？"我抬眸望着利亚斯，期待他开口。

利亚斯不悦地瞟了阿飞一眼："我自己会解决。"

阿飞被利亚斯瞪了一眼，可怜兮兮地看看我，识相地扭头离开继续蹲在浴室门外骚扰葵。

见利亚斯一直不开口，我忍不住问："学长，你想对我说什么？"

"我……"他神色纠结。

我试探地问："是很严重的事情吗？"

"没有。"他挪开目光，又摇了摇头，"没事，只是太多天没有看见你，想问你好不好。"

只是这样？

我看着他，分明从他复杂的神情中感觉到一丝异样。利亚斯吞吞吐吐的样子，难道他有什么难以启齿的事情，所以很难直截了当地开口对我说？

我神色越发疑惑，而利亚斯好像为了避开我直视他的目光，故意轻咳一声撇开头去。

太奇怪了！在我印象中，从来没有看到利亚斯像现在这样躲避的表情。他是御灵族的少主，自小被训练勇于面对一切，哪怕在与最强大的妖灵面对面战斗时，他也从不曾回避。

可是当下这一秒，他却……利亚斯究竟在回避我什么？

难道……

我目光一紧，脑中忽然出现一种奇异的推测——难道利亚斯已经发现这几天我刻意躲避他的原因？

那晚在老宅，分明是修发现我站在门外后，才特意引利亚斯说出尘封多年的秘密，亲口说出我的真实身份，让我了解这些年利亚斯究竟为我付出多少。

但就是因为得知这个被小心翼翼隐瞒的真相，让我无法面对利亚斯。

这件事中利亚斯也是间接的受害者，当年他为了救我而付出一根肋骨和一部分灵力，他是御灵族少主，灵力对他而言是至关重要的。我终于明白这几年他为什么这样拼命地修炼，他为我削弱自己的灵力，如果没有加倍刻苦的修习，他的少主地位一定会被其他居心叵测的人抢去。

我是因为愧疚与得知真相后的惊讶，才一时无法面对利亚斯，所以选择躲避。可是在利亚斯的思维中，他会不会误以为我是得知真相后讨厌他，才躲开他？

我抬眸悄悄地观察利亚斯的神色，他仍将头偏向一边，故意避开我的目光。可是他难掩脸上失落的神情，他为我付出这么多，到最终却换来被我讨厌的结果，如果是这样利亚斯一定会很伤心。

“学长……”我轻轻地喊他。

利亚斯默默地“嗯”了一声，仍不转头看我。

“学长，我想对你说一句话。”我向前一步，踮起脚尖凑近他耳边。

利亚斯显然被我突然的动作惊了一下，他全身紧绷站在原地。

我附在他耳边轻轻地说：“学长，我要告诉你一个秘密。”

“嗯？”

“那个秘密就是……无论发生什么事情，利亚斯学长在我春日彩心目中，都是无可替代，最最特别的那个人。”

利亚斯紧蹙的眉宇终于渐渐散开，他沉肃的面容如同冰山雪融出现一丝暖意。他低头看我：“小彩……”

利亚斯的话还没说完，我突然听到浴室门“砰”一声打开，一道身影旋风般跑过来，一下子挡在我和利亚斯中间。

我愣了一下，这才看清挡在面前的人。

葵站在我面前，一头暗紫色半长发披肩，他用我的皮筋在后脑勺绑了一根小辫子。原本很普通的装扮，出现在他身上却该死的好看！

“你趁我不在，想对小彩做什么？”

“松元葵！你给我理智一点！”我低吼一声，从他身后蹿到利亚斯和葵中间。此时，利亚斯冰蓝色的眼瞳散发寒意，两人目光对视，俨然一副快要干架的模样！

唉！这两个人究竟是怎么回事？就像天生相克，两个人只要待在一起就一定会吵架。

为了不让我的宿舍成为他们的战场，我突然灵机一动举手提议：“决定了，今天我们一起参加游园祭吧！我们四个人一起，有学长在，今天我们一定可以赢到很多奖品！还有，今天所有的食物都由阿飞学长买单！”

“为什么是我？”阿飞学长不满地抗议，“提出建议的是小彩，那应该是小彩买单才对！”

“如果你要让笨蛋彩买单，那你今天就别跟着我们！”葵扬了扬下巴，一副欠揍的样子。

我瞪了他一眼，算了，基于葵是在帮我说话，所以我决定大度原谅他骂我是笨蛋这件事。

“利亚斯……”阿飞求救地望向利亚斯。

利亚斯耸耸肩膀：“我没意见。”

“呜呜……”阿飞认命地垂下脑袋。

就这样，我们四人早早地出发，开始今天最刺激最好玩的游园祭放松活动！

Vol.2

九点钟，游园祭正式开幕。各种游艺摊位从校门口开始，绵延几百米，一直摆到学院小广场。

我们一路逛，一路玩，随着时间推移，参加游园祭的人越来越多，连其他学院的同学也闻风而动，跑来凑热闹。

我们四人几乎将所有的游乐项目玩了个遍。阿飞学长擅长运动，他帮我抱回所有与竞技有关的项目奖品；智力类游戏，由利亚斯出马，当然是满载而归；而音乐才艺展示类游戏，全部被葵轻松搞定。

哈哈！今天就数我最轻松也最开心，因为他们赢得的所有奖品全部归我！

不知不觉，我们从上午玩到了傍晚。我们正坐在章鱼小丸子摊前吃东西补充体力，阿飞学长突然看了眼手机时间，兴奋地站起来："哈哈！我们赶紧去学院大礼堂，今天最好玩最紧张刺激的游戏要开始了！"

"是什么游戏啊？会有什么奖品？"一听说有好玩的游戏，我马上兴奋起来，跟着阿飞往前走，我朝身后的两人招了招手，"你们快点啊！"

利亚斯和葵不爽地对看了一眼，很快跟上来。

刚走到大礼堂门口，我傻眼了："哇！好多人啊！到底是什么游戏，竟然能一下子吸引到这么多人参加？"

阿飞学长兴致勃勃地说："小彩，你竟然不知道我们月光学院游园祭的传统？"

"什么传统啊？"我好奇地眨了眨眼睛。

"是'King and Queen（王与王后）'。"利亚斯开口为我解释，"游园祭当天夜晚，会由所有参加祭典的人投票选出当晚的人气男女，最终获得King或Queen冠军头衔的两人，将在大礼堂的舞台上当众接吻。"

"啊？"听完利亚斯学长的解释，我惊诧地瞪大眼睛，"那学长你……"利亚斯是月光学院公认的最具魅力男生，如果按照刚才他说的那种评选方式推断，今晚的人气王毫无疑问肯定是利亚斯！

看到我吃惊的表情，利亚斯立刻读懂我的想法，他面色微窘地说："我没参加过评选。"

阿飞立刻凑过来说："前两年评选的人气王冠军全都是利亚斯，但他从来不出席祭典。因为这件事绘香每次都快气炸，因为她年年被评为Queen。可惜，每次男主角都不在呢。”

阿飞已经说得很小声，但还是被利亚斯听到，他脸色一沉：“所以呢？今年是绘香拜托你把我带过来的？”

“怎么可能？我对她一点好感都没有，又怎么会接受她的拜托？”阿飞连忙摆手否认，又瞥了葵一眼，笑容暧昧说，“是因为我为葵报名评选。嘻嘻，如果是以前，Queen的头衔肯定又是绘香，但今年有了葵，结果就不一定了！”

本来以为葵会生气，可是我一转头，却看到葵用手拨了一下他的刘海，自信满满说：“是吗？如果对手是绘香的话，我倒想试试！如果我从她手中抢走了Queen的位置，她以后还会那么嚣张吗？”说完，葵的目光转向我。

原来葵一直惦记绘香之前欺负我的事情，并想趁机帮我教训她。看着葵那副小心眼的模样，我偷偷在心里笑开花。

葵这家伙嘴巴虽然毒，他的心却是向着我的！

虽然葵答应参加评选，可是利亚斯却准备离开，看来他是真的不想参加比赛。而我，不管是利亚斯获胜后要吻绘香或葵，我都无法接受，所以利亚斯不参加也许是最好的结果。

阿飞一把拉住利亚斯：“放心，今年我没帮你报名，我保证！我也绝对不投你的票，因为今年我自己报了名，到时拜托你们把King的票都投给我吧！拜托拜托！”

话音刚落，葵忽然咬牙切齿：“你给自己报名评选King？”

看到葵的脸色越来越臭，我这才迟钝地反应过来，阿飞特意为他自己和葵报了名，其实是希望他和葵得到King与Queen的称号，然后他就可以……

我想象了一下他们获得冠军，站在台上拥吻的画面……呃……我不禁打了个寒战。

好可怕的画面！

我甩了甩脑袋，赶紧说：“我们快进去吧，人好像越来越多了。”

刚走进大礼堂，我们四个人就惊呆了！

里面人声鼎沸，更恐怖的是很多人手上都举着印有葵和利亚斯头像的支持牌和海报，现场还有人阻止喊口号！

哇！太夸张了吧！

我往后倒退一步，开始后悔自己真是好奇害死猫，没事干吗来这里凑热闹？可是现在想出去已经晚了，人群中有人发现站在我身边的葵和利亚斯，冲过来热情地将我们围住。呜呜……这下想逃也插翅难飞了！

比赛结果毫无悬念，利亚斯和葵以超人气，分别成为游园祭上的King和Queen。

至于阿飞学长，最后仅得四票，三票是我们投的，另一票是他自己投的。我想，他大概这辈子都不会再想参加这个评选了。

而绘香虽然得到小部分她的跟随者支持，但她完全不是葵的对手，选票总数甚至连葵的一半都没达到，如此惨败，绘香气得当场走人。

利亚斯和葵得到冠军，被众人起哄拱上舞台。

“Kiss！Kiss！Kiss！”King与Queen已经被选出，台下的人群齐声大喊。

我站在台下，目瞪口呆地看着台上的两人。利亚斯学长和葵亲吻？怎么可以？他们两个可都是男生啊！

正在我不知所措时，站在我身边的几个女生激动地说：“利亚斯学长和葵好般配啊！他们之前吵架会不会是小情侣拌嘴啊？”

“是啊是啊！你看他们现在含情脉脉注视着对方，画面太美了！我要拿手机拍下来！”她们边说边掏出手机。

我立在原地，嘴角抽搐。他们两人的眼神啊里是含情脉脉，明明就是凶狠地互瞪吧？这群女生的想象力也太丰富了，哪对小情侣会出手互殴啊？

台下的起哄声越来越热烈，利亚斯和葵站在台上，神情尴尬，而我站在台下神色比他们更加紧张。就在这时，葵忽然低眸飞快地瞄了我一眼，四目相接时，我忽然在葵眼中看到一丝狡黠的笑意。

他、他想做什么？

全场突然安静下来，所有人屏息凝视舞台，因为此刻葵正在——

天啊！葵在做什么？

我匪夷所思瞪大双眼，我的整颗心都悬在台上的那两道身影上。台上的葵勾唇一笑，开始慢慢靠近利亚斯，天啊！他……不会是想吻利亚斯吧？

怎么可以？

我的心简直要跳到喉咙口。葵明明说过喜欢我，他怎么可以吻别人？就算那个人是利亚斯，我也无法忍耐！因为我的心里似乎有一点……喜欢上葵。

我也不知道从哪来的勇气，这一秒我抛开理智，突然冲上舞台一把拉住葵的手，甚至没有去观察利亚斯的反应，在众人的惊呼声中我拉着葵冲出大礼堂。

Vol.3

就这样，我不知道拉着葵跑了多远，直到身边再没有那些起哄的同学，我才气喘吁吁地停下脚步。

我回头瞪住葵："你刚才想做什么？你怎么可以跟利亚斯接吻？"

葵盯着我的脸看了一会儿，忽然"扑哧"一声笑出来。

见他笑起来，我更加生气，甩掉他的手："笑什么？你脑袋秀逗啦？"

"哈哈！小彩，你怎么这么好骗？"葵笑得肩膀抖动起来，"我怎么可能会去吻那个家伙？我只是故意装成那样，看你会不会着急上当。哈哈！你也太好骗了吧！"

什么？居然是假装骗我的！

我气得伸手要揍他，却不想被葵一把握住手腕："你就承认吧，你是不是喜欢我，所以才不愿意我吻别人？哪怕对方是你最喜欢的利亚斯学长。"

"我……"我语塞了一下，脸蛋涨得通红，"我才没、没有喜欢你！谁会喜欢你这个自恋狂？"

我的嘴巴背叛了我的内心，当看见葵快要吻到利亚斯的那一瞬，我的心跳分明快要停止，我思绪混乱不顾一切冲上前阻止他！那种莫名紧张的心情，分明是喜欢他！

“你刚才选择牵起我的手，是不是代表你已经选择了我，你喜欢上我？”葵忽然低头贴近我的脸颊。

他的靠近令我心慌意乱，我结结巴巴地说：“我……没有。”

“说谎，你脸都红了。”

“我说没有就没有！”看见葵笃定我喜欢他的得瑟表情，我就很生气，抬腿踹了他一脚后，我飞快地挣脱开他的手往前跑去。

“喂，春日彩，你要跑去哪里？”葵想也没想拔腿追上来。

听到身后的脚步声，我心里一急跑得更加快。我慌不择路，往学院后面的小树林跑去。

“春日彩，你这个笨女人，等我抓到你就死定了！”后面传来葵的大叫声。

哼，想让我先对你表白？先跑赢我再说吧！

我加快步伐，往小树林深处飞快奔跑，渐渐地我发现身后再也没有葵的喊声。咦？他没有追上来？

我停下脚步，陡然想起一件事情。我常年接受驱魔师训练，而葵只是一个普通人类，他怎么跑得过我啊？

我懊恼地跺了跺脚。唉，刚才怎么没有想到这点，我真是太迟钝了！算了，看样子葵一时半会儿也追不上来，我还是原路返回去找葵吧。

这么想着我便转身想要寻找来时的路，转身间我陡然怔住！

“不会吧……我居然跑到学院后面的禁地紫杉林？”我观察四周的景色后，心情突然沉下来。

月光学院自建校起便流传着一个关于这片常年笼罩在雾霭中的紫杉林的诡异传说——传言只要是单身者踏进这片森林，必定永远被困在紫杉林中再也无法逃脱。

一想到这个诡异传说，我不禁害怕起来。我想用念力通知利亚斯他们来救我，下一秒我却想起夜魅流萤还在葵的体内。失去灵力的我在这片禁林中，根本无法自救。

我慌乱地在这片紫杉林中穿行，想凭借记忆寻找到来时的路，可是无论我怎么走，我都觉得眼前的树群没有任何变化，就好像一直在绕圈子一般。

这……就是传说中诅咒的力量？

想到这一点后，我疲惫地坐到了地上，有些绝望地看着眼前这些茂密的树群。

我根本走不出去，难道我真的要死在这里了吗？

天色越来越黑，我筋疲力尽地靠在树背上，不断奔跑行走后的疲倦感向我袭来，我觉得身体越来越重，我只想坐在地上，闭上眼休息一会儿……

忽地，身后传来一道魅惑的声音："小笨蛋，原来你躲在这里。"

我不敢相信地回过头，看见葵笑眯眯地站在我身后，一瞬间惊喜的眼泪涌上我的眼眶："葵！"我顿时忘记刚才葵对我的捉弄，激动地扑入了他的怀中，"葵，你跑去哪里了？我一个人好害怕！"

"小傻瓜。"葵轻轻地抱着我，也许是感觉到我浑身瑟瑟发抖，他的声音格外温柔，"以后不许乱跑哦，刚才到处都找不到你，快把我急死了。幸好你的灵石在我体内，我才能通过感应找到你。"

"葵……对不起。"我窝在他怀中，感到温暖与安全。

"小彩，以后不管你跑到哪里，我都可以用灵石感应找到你。不要害怕了，我会一直守在你身边，绝对不会再让你孤单一个人。"

我缩在葵温暖的怀抱里，刚才的恐惧、委屈，全都忘得一干二净，我轻轻地回答："葵，我相信你，我……"

我的话还没说完，却忽然感觉到葵的身体往后微微一倒。我疑惑地抬起头："葵，你怎么了？"

“我……我忽然感觉头好晕！”说完葵全身一软，竟然抱着我一起倒在了地上。

倒地的一瞬间，我压在葵身上，他的手臂始终紧紧搂着我。我睁开眼，近距离看着他的脸，天啊！他的脸色怎么会这么苍白，额头上渗出一层细密的冷汗。

我着急地问：“葵，你是不是哪里不舒服？你快告诉我啊！”

葵面如纸白，表情痛苦，紧咬着下唇。

正当我慌乱无措时，夜风吹散了天空中的浓云，躲在云层后的月亮一点点露出脸来，银色月光倾洒大地，四周的光线终于变得明亮起来。

我抬头看着夜空，今晚的月亮格外圆润，难道今天是……月圆之日！

我怎么会把这么重要的事情忘得一干二净？

修之前交代过我，想取出灵石必须等待两个月以后的月圆之夜，而今日正是我所等待的关键之日！

可修同时也对我说过，月圆之夜寄居在葵体内的夜魅流萤沐浴到满月的光辉后，会产生不可控制的力量，这股强盛的灵力会让身为普通人类的葵难以驾驭，他的身体将会备受煎熬……

想到这里，我心疼地抱住葵：“葵，对不起！如果不是我的夜魅流萤，你也不会这样痛苦！”

“傻瓜……为什么要说对不起？”葵声音虚弱地说。

我拼命忍住眼泪，把夜魅流萤沐浴到月光后产生的后果讲给他听后，又不禁兀自懊恼：“我真是个大笨蛋，居然忘记今晚就是月圆之夜！偏偏修又不在，我也不是御灵族的药师，没办法帮你减轻痛苦。葵，对不起……你现在一定感觉很难受吧？”看到葵痛苦的表情，我难过得掉下眼泪。

就在我自责时，葵艰难地伸手替我擦去眼泪：“本来长得就普通，还哭成这样，更丑了。”

“我……我就是没有你长得好看！葵，对不起……”我哇一声哭起来。

葵轻轻地叹了一口气：“小彩，其实你可以帮我的，你愿意吗？”

我可以帮到葵吗？

我吸了吸鼻子，用手背擦了擦眼泪。如果我可以帮到葵，不管要我做什么我都愿意！

我想都没想点了点头：“我要怎么帮……”

我的话还没说完，葵忽然伸手勾住我的脖子，我下意识地低下头，就在这一瞬我的嘴唇碰上了葵那微凉柔软的唇……他微微仰头，加深了这个吻。

这……这就是葵说的方法吗？

就在我准备抗议时，耳边风声呼啸吹散天上的浓云，月亮完全露了出来，一时间月光大盛，而与此同时葵因为体内的灵石接受月光沐浴，灵石的力量在他体内流窜，他痛苦加剧，身体微颤起来。

我感觉到他的痛苦却无法为他分担，我只能闭上眼任由他轻柔地吻着我的唇……

第十章

10 CHAPTER

Little witch hunting love notebook

月下的黑暗

Vol.1

在葵温柔的亲吻中，我忘记了黑暗，忘记了对紫杉森林的恐惧，完全地沉浸在他温柔的亲吻中，而葵似乎也平复了很多，不再像刚开始一般痛得身体微颤。

他慢慢地放松下来，抱着我的动作也变得更加轻柔。

接吻……真的可以止痛吗？还是说一定要是我的吻？

我刚走神，立即被葵发觉，他在我的嘴唇上重重吮了一口，这才松开我说："现在我感觉好多了。"

他的呼吸近在面前，我面红耳赤地转开脸，轻轻嗯了一声。

葵却突然笑起来："你在害羞吗？又不是第一次跟我接吻，你怎么还会脸红成这样？"

"喂，你不要再说了。"听到他含笑的声音，我心跳更快了。

葵抱着我一起坐起来，看他轻松的动作似乎刚才那阵疼痛已经过去了。

跟我接吻……真的这么有效吗？

我红着脸偷偷瞄了他一眼。

也许是发现我偷瞄他，葵的表情变得有些别扭："那个……我现在好多了，多亏了你的吻。"

这种事怎么可以直接说出来？真是……羞死人了！

我羞得用双手捂住脸："葵，你真讨厌！"

"难道你还在生我的气吗？"葵看见我害羞的模样，伸手将我搂进他的怀里，“别生气了，我刚才那样做只是想让你认清自己真正的心意。小彩，我是真的喜欢你。”葵动情地看着我。

“笨蛋葵，其实在刚才你假装吻利亚斯的那一刻，我就已经明白了自己的心意，我喜欢葵！所以我不要你吻别人，哪怕是利亚斯也不可以！”

葵笑着看我：“小傻瓜，我怎么会去吻别人？尤其是利亚斯那个可恶的情敌！”

看见葵难得吃醋的表情，我在心里偷笑了一声。

见我心情转好，葵忽然支支吾吾地开口：“小彩，其实我有一件事……一直瞒着你。”

“什么事啊？”

“你先答应我，如果我说了你不许生气不理我。”

我眯了眯眼睛，一想葵能有什么事情瞒着我？我点了点头：“好，我答应你。”

葵这才松了口气：“其实自从上次车祸以后，我的记忆就开始慢慢恢复了，我已经想起了所有的事情，你之前看见我偷偷摸摸打电话，其实我是打给我的经纪人。”

听到葵这样一说，我神色一怔，脸上的笑容顿时僵住。

葵他恢复记忆了！这么说他已经知道他的身份是偶像歌手？他跟他的经纪人联系，那是不是代表……葵要离开我了？他要回去了吗？

见我不安的神色，葵把我的手握在他的掌心：“小彩，别担心，先听我说完。”他顿了顿继续说，“我遇袭那天夜晚我刚结束演唱会，原本想一个人单独散步放松，却被尾随的记者盯上，为了甩掉他们我走进一条偏僻的黑巷，没想到却在那里意外目睹一宗黑暗交易，我看到了其中一个影族的真面目，也许是这个原因我被那个影族攻击，之后就失去意识了。再醒来时我记得我好像看见过一个长相可爱的女孩。”说到这里，他忽然眯细眼睛，勾了勾唇角，“我想那个女孩就是你，我的笨蛋彩。”

听到笨蛋彩三个字，我面颊泛红，脑中不由回忆起第一次遇见葵的那个夜晚……一幕幕画面，历历在目，没想到这么快已经到了满月之夜。

“前段日子我背着你打电话，其实是在联系我的经纪公司，毕竟我突然失踪了这么长时间，如果再不联系公司，他们可能会担心到报警。”

“怪不得上次在教室里，你看见手机响了，但好像不太想接那个电话。”我咬了咬下嘴唇，又说，“葵，你的经纪人是不是想要你马上回去啊？”

“傻瓜。”葵拍了拍我的脑袋，“别担心，我已经跟公司说了，我现在正在寻找新专辑的创作灵感，所以申请了长假。我可以继续留下来，留在月光学院，留在小彩你的身边！”

“可是……骗人是不对的！”我没底气地低声说。

“为了你这个小笨蛋，我只好勉为其难骗人啦！因为现在对我来说，你是最重要的，我想一直陪在你身边守护你。”葵认真地看着我，“小彩，我知道我有很多坏毛病，就像你说的，我说话又恶毒，又有洁癖，还喜欢使唤人，这样的我，你还会喜欢吗？你会像我守护你一样喜欢我吗？”

“葵……其实……”一想到我原本是灵人的身份，我便怯懦了几分，担心这样的我根本配不上优秀的葵。

“你不喜欢我？”葵挑起一边眉毛，质疑地问。

我赶紧摇头否认：“怎么可能！只是……葵，有件事情我一直不知道该怎么向你开口，其实我不是人类……”

“我早知道啦，你和利亚斯他们都是御灵族。我连影族的恐怖袭击都遇到过，还会害怕你不是普通人类这件事情吗？”

“不是这样的，我……”我咬了咬下嘴唇，下定决心完全向葵坦诚我的真实身份。我深深地吸了一口气，而后慢慢地将我无意中从修口中得知自己是灵人的事情转述给葵听。葵起先表情有些惊诧，但当他听到我被利亚斯母亲生取灵力时，他忽然握住我的手，目光中满是心疼。

我把整件事情一字不漏地说给他听，与此同时，小心翼翼地观察他的表情。

“葵，你应该明白我其实也不是御灵族人，我甚至没有人类的本体，我只是利亚斯用一根肋骨和一半灵力创造出来的灵人。你……会怕我吗？”

葵盯着我看了许久，久到我担心他下一秒会立刻弃我而去。

正当我无法继续等待，想要开口追问他时，葵忽然神色正经地说：“小彩，我喜欢你。无论你是不是人类，我只知道我喜欢你。我也不明白我为什么会喜欢像你这样长相普通的女孩子，但当我发现你的喜怒哀乐能牵动我的心情时，我就已经明白我已经无可救药地喜欢上你。”

听着葵这样深情的告白，我只觉得鼻子发酸，眼泪一下就掉了下来：“我……我喜欢你这个总是欺负我的大坏蛋！我喜欢你，葵。”

葵笑着将我搂在他怀里，用下巴蹭了蹭我的额头：“那好吧，我是坏蛋葵，你是笨蛋彩，我们两人以后要一直在一起，永远也不要分开！”他抬手指了指天上的满月，“就让天上的月亮为我们作证吧！”

月亮！

我顺着葵手所指的方向，抬头望向夜空中那轮皎洁的明月，我眼瞳紧缩，陡然害怕起来。

我果然是个大笨蛋！

我着急地对葵说：“葵，今天是月圆之夜，会出现月全食！”

葵挑起一边的眉毛，似懂非懂地看着我。

我立刻向葵解释：“满月之夜就是夜魅流萤回归我体内的日子，这意味着今夜过后你不必再继续男扮女装留在月光学院，你会离开我回到五光十色的舞台继续做大明星，而我拿回灵石后将继续一个人孤单地行走在黑夜除魔。”

一想到要和葵分开，我的世界里将会没有葵，我的心就像被狠狠撕成碎片般痛彻心扉，我哭着抱住葵：“我不想和你分开！葵，不要离开我！”

我早就习惯葵的存在，有他热闹的陪伴，有他在我伤心时的安慰，如果我的世界里从此没有葵，我以后会很孤单吧？想到以后我又要一个人住在那个空荡荡的宿舍，我就觉得害怕起来。

“说你是笨蛋彩还真是没说错。”葵轻轻揉了揉我的头发，“我刚才不是说了吗？我不会离开你，因为我喜欢你，想永远和你在一起！”

Vol.2

“呵呵，还真是感人啊！听到你们这么说，我都有些不忍心动手了。”就在这时，一道阴冷的笑声从身后传来。

我和葵一下从地上跳了起来，转头却看到站在身后不远处的鬼魅身影，我惊愕地低呼一声：“影族！”

怎么可能？上一次影族闯进我的宿舍后，利亚斯和阿飞已经加强了学院内外的结界，影族怎么可能再一次闯进学院？

看见我疑惑的表情，影族冷笑起来：“你难道不知道月圆之夜虽然会让灵物的灵力大增，但同样也是逢魔之夜，在这一天内所有结界的守护能力都会大减。我要进入这所学院，自然会比平时轻松许多。”

我眼神一暗，这才想起之前似乎听御灵族祭司说过这些。我立即将葵护在身后：“葵，现在灵石在你体内，你要小心！一会儿就按上次我教你的方法驱动灵力击退影族！”

葵会意地点点头，同时摆开防御姿势。

“呵呵，你们还真是单纯啊。”影族手中幻化出的利爪在银色月光下闪烁着冰寒的冷光，“在这满月之夜，灵石的灵力最为强盛，也是最容易脱离人体的时刻。只要我得到灵石便可以增强我的魔力，到时就算是你们御灵族第一驱魔师出手，也恐怕打不过我！”

原来这个影族一直紧追我们不放，是为了得到夜魅流萤增强他自身的魔力！

我心中一紧，立刻拽住葵的手小声说：“葵，你听我说你赶紧跑，无论如何都不能让影族得到灵石，不然后果无法预料！”

“不可能！你想让我丢下你，一个人逃走，我做不到！”葵一下冲到我的面前将我挡在身后，“小彩，快逃！想办法通知利亚斯和阿飞，我先挡住他！”

说完，他屏息凝神想要唤醒灵石的力量，可是这一次无论他怎样召唤灵石，在他体内的夜魅流萤却没有任何反应。

“葵，没有用的！因为满月的能量，让灵石的灵力大增，现在你根本无法控制它！”

“好了，戏看够了，现在应该是了结一切的时候。”影族毫不客气地挥起利爪向我们攻来。

“小彩！快跑！”葵大叫一声，将我推到一旁，他却迎面阻挡影族的攻击。

“葵！”我眼睁睁看着影族的利爪挥向葵的肩膀！

“轰”一声闷响，葵倒在地上，他的周身突然浮现出一片五彩的流光，明亮的光晕一瞬间照亮了整片紫杉林——那是夜魅流萤发出的光芒！

我心中一紧，抬头看去，一颗小小的发着光的灵石浮在半空中，体积只有原本的夜魅流萤的大小的一半！

我惊愕地瞪大眼睛，不敢置信地盯住飘浮在半空的灵石！天啊！我的灵石居然被劈成了两半！一半浮在空中，另一半仍在葵体内！

“只有一半？”影族眯了眯眼睛，似乎有些不满，他伸手要去夺半空中的灵石。

在这关键时刻，我顾不上被影族重创陷入昏迷的葵，从地上跳起来想要去争夺那半颗灵石，不料影族的动作比我更快，眨眼间他腾空伸手握住浮在空中的灵石，张口便将半颗灵石吞下去。

啊！那是我好不容易修炼出来的灵石，竟然就这样被影族邪灵吞了一半！太可恶了！

那个影族在月光下感受着吞噬灵石后带来的无穷力量，他满意地大笑起来：“哈哈哈，感觉不错，没想到这颗灵石的灵力如此强盛，如果我得到剩下的半颗灵石，那我的魔力一定会大增！”说完，他便挥爪攻向我们。

“不可以！”我现在毫无灵力，只能伸开双臂挡在已经昏迷的葵面前。不可以！如果继续被影族强行取出灵石，葵会重伤致死的！葵绝对不可以死！我一定要保护葵！

“自不量力！”影族冷哼一声，向我挥起利爪。

就在这危急时刻，半空忽然划过一道刺眼白光，影族本能地收回手臂挡在眼前。与此同时，白光破开空间，利亚斯、阿飞、修三人从白光中走出来。

“又是你！这一次你别想破坏我的好事！”影族一眼认出他们，厌恶地瞪住利亚斯。

“利亚斯学长！”不知道为什么，看到利亚斯他们出现，我濒临绝望的心重新充满生的希望，“葵受伤了，影族抢走了我一半的灵石！”

利亚斯低眸温柔地看了我一眼：“小彩，别担心，这里有我在。”他转眸对身后的修说，“修，你带小彩和松元葵先离开。剩下的事情，交给我和阿飞处理。”

话音落地，利亚斯和阿飞默契地对看一眼，一起攻向影族。

“小彩，跟我来！”修表情严肃地说，“我们必须尽快把夜魅流萤取出来。”

“不行，葵他……”

“有我在，葵不会有事的！你跟我来！”说完，修已经伸手扶起了昏迷的葵。

我正准备跟着修一同离开时，突然听到身后一声巨响，我回头去看，却看到阿飞躺在地上，身旁的树木被拦腰砍断，而利亚斯也被影族凌厉的攻势逼得节节败退。

不好！影族吞噬了我的半颗灵石后魔力大增，利亚斯和阿飞有危险！

“学长！”我想要冲过去帮助他们，修却一把拉住我，“他们不会有事的，你现在体内没有灵石，留在这里不但帮不到他们，反而会让他们分心！”

见我还在犹豫，修又说：“如果你真想帮他们，那就快点找个安全的地方，借由满月力量将葵体内的另一半灵石取出来，转移回你的身体，有了灵力你才可能帮到他们！”

修的话说服了我，我最后担忧地看了利亚斯和阿飞一眼，转身和修一起扶着昏迷中的葵往紫杉森林的腹地跑去。

Vol.3

我们扶着葵往前跑，直到再也看不见利亚斯、阿飞和影族。修见我愁眉不展，他开始找话题试图让我的心情放松一些。

他将葵放在一棵枝繁叶茂的大树底下，抬头说：“刚才要不是利亚斯感应到你灵石所在的方位，我们才能及时找到你，否则你可能已经被影族打成重伤。”他顿了顿问，“小彩，你怎么会跑进紫杉林？难道你不知道这里的传说吗？”

“我当然知道那个可怕的传说！刚才我是一时冲动不小心跑进来的，如果不是葵出现，我差点以为自己会死在紫杉林中。”我扁了扁嘴，又低眸看了一眼靠在树背上的葵。

修勾了勾唇角，忽然笑起来：“哈哈，我就知道我们家小彩其实是一个胆小鬼！”

“修！都什么时候了你还有心情开我玩笑？”我不满地瞪了他一眼。

“好啦，不开你玩笑了。其实呢，你根本不用害怕，因为这片紫杉林中根本没有诅咒，只是我们御灵族在这里设下了守护结界，所以有些误闯入紫杉林的人才会被困在这里，那个诅咒因此被流传开来。”

“啊？”我瞪大眼睛，“那么那些被困的人呢？”

修伸手敲了敲我的额头：“当然是被我们御灵族的人救出去了，但被救的那些人通常因为被困时紧张过度，所以产生幻觉认为这里有妖魔，他们被救后就立即转学了。”修耸耸肩膀，满不在乎地说。

“原来是这样。”我若有所思地点点头。

“小丫头现在心情好些了没有？”修对我笑了笑，指着躺在树边的葵说，

“现在我们开始动手取出灵石吧。”

“我要怎么做？”我站在一旁疑惑地问，“还有，灵石取出来后会不会对葵的身体有影响？”

“你只用站在旁边等着就行。我会配合满月的力量用自身的灵力将灵石牵引出来。至于这家伙，灵石本来就不是他体内的东西，所以取出灵石并不会对他造成伤害，但是……”修眼神一闪，有一抹奇异的神色从他眼底流逝。

他古怪的神色，让我不由紧张起来：“但是什么？你是不是还有什么事情没有对我说？”

修轻轻叹了口气：“小彩，有一件事情我必须要事先告诉你。”

“是什么事情？”

“如果从葵的体内取出灵石，让夜魅流萤重新回到你的身体里，可能会让葵完全失去这段时间的记忆，包括忘记你这个人！到时他不会记得月光学院，不记得这段时间发生的一切事情。如果是这样，你确定要取出灵石吗？”

听到这段话后，我整个人呆住了。

取出灵石后，葵……他会忘记我？

我的心脏陡然漏跳一拍，如果葵忘记了我，忘记了在月光学院发生的所有事情……也就是说他会忘记他曾说过他喜欢我，他会守护我，他要永远和我在一起！

一想到这种可能，我只觉得自己的心脏快要崩裂般剧痛。

葵他会忘了我吗？他会忘记对我承诺过的一切话语吗？如果忘记我，那么当我伤心难过时，他再也不会出现陪伴在我身边了吗？

看到我痛苦的表情，修也有些不忍心：“小彩，你想好了吗？再不快点做决定的话，你也许就永远取不回你的灵石了！如果没有灵石的话，利亚斯他们……”

对啊！现在不是胡思乱想的时候，如果我再不快点做决定的话，帮我们暂时挡住那个影族的利亚斯和阿飞，他们两人很可能会有危险！

我深吸一口气，在心底对自己说："春日彩，这一切都是你自己惹下的祸，应该由你来解决，这一次你不可以再依赖利亚斯他们了，你必须坚强起来，快点做出决定取回灵石，立刻回去支援利亚斯他们！"

我在心中下定决心后，望着还在昏迷中的葵，纠缠在心底的苦痛情绪让我无法再克制自己的情绪，眼泪一下落下来："葵，对不起。就算你会忘记我，我也必须要拿回我的灵石，如果你体内不再有这块灵石，也许你就不用再遭遇危险……葵，现在我要去救利亚斯和阿飞，对不起……我答应你，以后就算没有你的日子，我也会好好照顾自己。"我转头看向修，"我准备好了。"

修轻叹了一口气，双手平举在胸前，一道淡绿色的光芒在他手心凝聚，随着那道绿光的牵引，葵身体内的夜魅流萤接受到召唤，慢慢地从葵的胸口浮现出来，散发出五彩光芒……

我站在月光下，静静地看着被牵引出来后飘浮在半空的夜魅流萤，我知道最后的时刻来临了！

我轻轻地从地上跃起，伸手握住了灵石，并反手将灵石没入我的胸口，夜魅流萤进入我体内的一瞬间，那种久违的充满鲜活力量的感觉立即充满全身，我整个人仿如新生。

我用力握了握手，却发现虽然失去了半颗灵石，但我的力量并没有被削弱。我疑惑地望向修。

修立刻明白我眼神中的意思，他解释说："这里是紫杉林，因为结界的原因，凡是我御灵族人，身处其中灵力与攻击力都会有所提升，再加上满月的力量，小彩，你现在的实力会比平时要高出一倍。"

原来是这样！

我眯了眯眼睛，既然我的灵力比以前要强盛，那么接下来那个影族就要倒霉了！

我低眸凝望着仍处于昏迷中的葵，心痛的感觉几乎要将我淹没。葵，希望你醒来后不要忘记我，不要忘记我们的约定。

我转头对修说："修，请你帮我照顾葵。"

修沉默地点了点头。

我最后深深地看了葵一眼。再见了，葵。

我眼中含着泪，转身奔向利亚斯他们与影族战斗的地方！

第十一章 11 CHAPTER

Little witch hunting love notebook

我为你而战

Vol.1

我在紫杉林中狂奔，寻找利亚斯他们的踪影。满月的光辉照在我身上，我感受到一股强大的灵力在体内涌动。

我向前奔跑，突然停下脚步，眼前这片地方是利亚斯他们和影族曾战斗过的地方，周围许多树木都被外力毁坏，拦腰折断凌乱地倒在地上。

从这些树木就可以看出刚才的战斗有多激烈。我更加担心学长们的状况，加快脚步循着战斗的痕迹往前跑。

刚穿过眼前这片被毁坏的树林，我看见一棵乔木横在路中间，地上有一摊血迹，我往前走了几步，陡然发现阿飞学长奄奄一息躺在乔木后面。

我赶紧冲过去扶起他："阿飞学长！你怎么样了？"

听到我的声音，阿飞学长勉强睁开眼睛，他喘了一口气勉强笑了笑："放心，这点小伤，死不了！别管我，你快去帮利亚斯！"

知道现在不是犹豫的时候，我点了点头："阿飞学长，你再忍耐一下，我先去帮利亚斯，你要坚持住一定要等我们胜利回来！"

"好……我相信你，小彩。"看到我站起身准备冲上前战斗，阿飞神色中仍掺杂担心，"小彩，一定要保护好自己……"

我回头看了一眼阿飞，微笑说："阿飞学长，请你帮我加油吧！"

"加油，小彩！"阿飞勉强抬起手臂做了一个加油的手势。

“收到鼓励！”我信心十足地转身，再没有犹豫大步冲向前方正在激烈战斗中的地点。

可是看见真实的战斗场面时，我仍是吃了一惊！

一道银光闪过，影族举着一把幻化出来的光刃狠狠地砍向利亚斯，利亚斯身上负伤，速度比平时慢很多，他费力地向一旁闪躲，但光刃仍扫过他的肩膀，在他的左肩留下一道血色伤口。

我惊呼一声：“利亚斯学长！”

我没有料想到那个影族在吞噬我的半颗灵石后，魔力竟然提升迅猛，就连我们御灵族第一驱魔师利亚斯，也只能伤及影族的皮毛而已。

看见这种情况，一团怒火在我心中熊熊燃烧，利亚斯为了我流血，阿飞学长为了我受伤……他们都是被我视为亲人般的存在，这个影族居然吞噬我的灵石后，对我最重要的两个人下毒手！

我恨恨地看着那个正在调整气息，准备再战的影族。利亚斯听到我的声音，他略微转头：“小彩，小心一点，影族获得灵石力量魔力大增！”

我看着利亚斯重伤，浑身挂彩的模样，不由心疼：“利亚斯，你放心我已经取回灵石，现在我们就趁满月之夜灵石力量最强盛的时候，把这个影族干脆利落地消灭掉吧！”

利亚斯点了点头，冰蓝色的眼眸里多出了一丝温情。

就在我与利亚斯对视时，影族获得机会忽然对利亚斯发起攻击。幸好我及时察觉他的动作，立刻在手心幻化出一团光球，用力地击向那道黑影！

“居然敢伤害我最重要的人，影族今天你必须要为你的行为付出代价！”说完，不等影族反击，我和利亚斯联手，利亚斯手持光刃，而我手心幻化光球，我们一同攻向影族。

光球一团接着一团在我的手中聚集，像是疾风骤雨般密集地攻向那个影族，而利亚斯则是很有默契地手握光刃，利用战术将影族驱赶至我能攻击的范围内。

影族的速度虽快，但他与利亚斯和阿飞缠斗太久，长时间战斗令他体力下降，又在我们如此密集的攻势下，他的战斗力逐渐削弱，并且由之前的主动攻击变为节节败退。

趁影族的防御出现疲惫迟缓的一刻，我和利亚斯学长默契对视一眼，同时跃身至半空，手心凝结灵力，口中默念御灵族除魔咒文，影族似乎也察觉到不对，他飞快地抬手在空中幻化出一道黑色屏障，但是没等他用屏障保护住自己，我和利亚斯快速出手，只听“轰”一声巨响，我和利亚斯共同使出的御灵族除魔招式，重重击向影族，将屏障震碎直击向影族的胸口！

影族中招，吐出一大口黑色的血汁，倒在地上失去了知觉。

见敌人被打败，我顿时松了一口气。回头看向利亚斯时，却发现他也因体力不支单膝跪在地上，他收起手中的光刃，单手撑在地上大口地喘息。

鲜血不断从他的左肩渗出来，利亚斯面色苍白，月光下他的脸色异常憔悴。这是我从未见过的虚弱的利亚斯。

曾经一次次挡在我前面，用高大的身影保护我的利亚斯，曾被视为强大到无人能敌的御灵族第一驱魔师的利亚斯，如今却浑身是伤，虚弱地半跪在地上。

看到他伤得这样严重，我的心一阵阵抽痛，我走过去让他靠在我的肩膀上：“利亚斯学长，你怎么样？要不要紧？都怪我，如果不是我闯进这紫杉林，也不会让影族逮住机会抢走灵石……对不起，都是我害你受伤，都是我的错。”说着我忍不住掉下眼泪。

利亚斯费力地抬起手，为我擦去脸上的泪水，脸上的微笑一如从前般温柔：“小彩别哭，我的伤不要紧，修就在附近，他会帮我治疗，我的伤很快就会好的。别哭了，小傻瓜。”

“利亚斯，对不起！都是我太笨，太任性，之前我还一直闹脾气不理你，对不起，利亚斯，都是我害你受伤的。”

见我哭得厉害，利亚斯伸手将我抱到他的怀里，让我可以躲在他的怀抱中尽情大哭，他轻声哄着我："小彩，你知道的，为了你，我什么都愿意做，只要你能一直快乐地活着，不再忧伤，不再痛苦，不再哭泣，那么就算我受伤流血也是值得的。"

我知道的，一直陪在我身边，守护着我的利亚斯，他为了我无论什么都愿意去做，如同之前他对灵雪一般，为了能让灵雪复生，他心甘情愿取出自己的一根肋骨与一半灵力，让灵雪重生变成了我。

我吸了吸鼻子，从他怀里抬起头："利亚斯，谢谢你，每一次我有危险时都是你第一时间赶来保护我。对不起，这一次我也想用自己的力量保护你一次，可是我还是来晚了，让你受了这么严重的伤……"

利亚斯温柔地理了理我的长发："不，小彩你刚才表现得很好，你做得真棒！"

听到利亚斯鼓励的话语，我声音哽咽地说："我把另一半灵石取回来了，可是只剩下一半，如果我的那半颗灵石没有被影族吞噬掉，我现在的灵力应该会更强一些，那样我就可以保护学长了。"

听见我取回灵石的消息，利亚斯的神情却变得犹豫："小彩，修应该把那件事情告诉你了吧？你取回灵石，会让松元葵失去这段时间的记忆，他醒来后会彻底忘记你。"

忘记我……

这三字传入耳中的一瞬间，我只觉得胸口一滞，眼泪便不受控制再次夺眶而出，我点了点头："我知道。"这正是我现在最担心害怕的事。

如果葵他不记得我了，我要怎么办？

我呆呆地看着前方，不想动，不想说话也无法思考。

利亚斯担心地叹了一口气："小彩，你真的喜欢上他了吗？"

我听到利亚斯的声音，但我不想回答，因为就算我现在很想对葵大声表白我喜欢他，可是葵的体内已经没有我的灵石，葵的脑子也没有跟我有关的记忆，他已经不记得他曾经说过他喜欢我。

泪水止不住往下流，我坐在地上无声地痛哭起来。

利亚斯心痛地将我一把搂入怀中："小彩，跟我一起忘记他好不好？停止对松元葵的爱，我喜欢你，小彩！"

耳边忽然响起利亚斯真挚的告白声，我愣了愣，目光茫然地抬头看他："你不是已经选择了绘香，所以才一直不理我？"

"小彩……"利亚斯愧疚地看着我，"我要对你说'对不起'，我之前看见你和松元葵在一起，一时妒忌才答应绘香的约会请求。对不起，小彩，是我做错了，那时候我明知道你不喜欢我和绘香走在一起，还为了气你故意和她走得很近。你能原谅我吗？"

"原来你和绘香在一起是假的？"

利亚斯坚定地摇了摇头："是假的，我从来没有喜欢过她。我只喜欢你，小彩。"

"可是我……"我的眼神一点点暗淡下来。

看见我的眼神，利亚斯似乎明白了一切。他苦笑着说："我的告白已经晚了，对不对？你的心里已经住进了另一个人，你真的喜欢上松元葵。"

"利亚斯……"他落寞的神情，让我于心不忍。

利亚斯却一个人兀自说下去："其实我一直喜欢着你，无论是从前的灵雪或是现在在我面前的春日彩，对我而言，你一直只是你，那个让我深深爱着的你。"

我目光震惊地望着他，而利亚斯却抬头看着夜空中的那轮圆月，他的声音很轻，仿佛像是回忆一般，断断续续地说："我一直惧怕我对你的表白，会破坏我们之前的师兄妹关系，直到松元葵的出现，让我彻底明白你对我而言是多重要，看着你与松元葵一天天亲密起来，我发现自己越来越无法控制情绪，那一刻我才知道我不能失去你。"他顿了顿，低眸看着我，"小彩，我曾无数次想过向你表达我的心情，可当我知道你那晚意外地在我和修的对话中，得知关于你的前身灵雪的那段往事，我以为你会因此开始讨厌我，所以只好默默地退回到守护者的身份。

面对利亚斯的突然表白，我竟然没有心跳加速或是任何激动的感觉。

我木然地看着他，眼神中含着忧伤。

原来……

原来利亚斯一直是喜欢我的，原来我傻傻地暗恋他这么久，真相却是这样。

如果在一个月前，利亚斯对我说这样的话，我一定会很高兴的。那时我的世界里只有利亚斯，他便是我生活的全部，我每天都会因为利亚斯的微笑或称赞而感到喜悦，内心充满幸福地度过每一天……

如果是在一个月前，那么一切都会改变。可是经过这一个月，我们的心都回不去了。

我喜欢上了葵。

我喜欢上了那个有些臭屁，有些自恋，有些毒舌，却总是会陪在我身边的葵。他的每一个表情，每一个动作，都仿佛烙印在我的记忆里，深刻到让我想起他就想落泪。

想起不久前我与葵在这片紫杉林中说过的话，发过的誓言，我的眼眶又红起来。

可是看着眼前温柔地守护了我这么多年的利亚斯，我却无法开口拒绝他的表白，我……不想伤害他。

虽然我已经不再喜欢利亚斯了，但他仍然是我生命中最重要的人之一，我不想让他受到任何伤害。

我犹豫了好一会儿，才低着头轻声说："利亚斯……"

"小彩，我知道你要说的答案。"利亚斯的眼神黯淡下去。

"对不起，学长。"

利亚斯深深吸了一口气，而后正视我的双眼，他的目光中重新出现了我所熟悉的兄长般的温柔："我只想告诉你，我喜欢你。在我心中，小彩就是小彩，你不是任何人的影子，更不是任何人的替代品，你在我心中永远是独一无二的存在！"

利亚斯的话令我心中动容："我也一样，利亚斯学长对于我而言，永远是我生命中最重要的人！我希望以后我们还能像以前一样相处，一样互相关心。"

利亚斯笑着摸了摸我的头发："迷糊小彩，你永远是我的……"

利亚斯的话还没说完，他的背后突然亮起了一片混沌的流光，我定睛一看，那个被我打倒在地的影族不知何时已经挣扎着站起来，而我那半颗夜魅流萤被他逼出了体外，他将那半颗灵石幻化做一股强大的灵力波，即使隔了这么远，我也感觉到了那股灵力波的强大威力。

利亚斯背对着影族，根本没有发现这致命的攻击。

我震惊地张大嘴巴，正要提醒利亚斯小心，可就在眨眼间，影族已经拼尽全力将那股灵力波狠狠击向利亚斯！

"学长，小心！"我大喊着扑上前用力推开利亚斯，而那股强大的灵力波正中我的背部，一阵剧痛从背后蔓延开来，我被震得腾空而起，又重重地摔在地上。

"小彩！"耳边传来利亚斯学长心急的大喊声。与此同时，我看到利亚斯发疯似的在手心凝聚起光刃，狠狠挥向影族。

这一次，影族没有逃过利亚斯的致命攻击，光刃刺入他的身体，他整个人在白光中碎成粉末消失在月光下。

利亚斯消灭掉影族后，立刻跑到我身旁抱起我："小彩，你怎么样了？你坚持住，我现在带你去找修！你一定要坚持下去！"

我全身仿佛被震碎般剧痛，我忍着痛对利亚斯微笑着说："一直以来都是你保护我。这一次，轮到我保护你了……这是我欠你的……谢谢你一直守护在我的身边。”我费力地蠕动嘴唇，还想继续说什么，但是身体很冷，意识也越来越混沌。

模糊中我看见利亚斯为我流下痛苦的眼泪，我想伸手为他擦去泪水，可我却没有一丝力气，连呼吸都变得十分困难，渐渐地我听不到利亚斯的声音，双眼慢慢闭上，意识最终陷入了无边的黑暗中。

Vol.2

再次恢复意识时，我闻到空气中飘荡着一股淡淡的玫瑰花香，不用睁眼睛我也知道，那是我最喜欢的安娜托利亚玫瑰。

等等，为什么我会闻到安娜托利亚玫瑰的香味？

潜意识中我陡然意识到一件事情，我一下睁开了眼睛，入眼的画面不是那片黑暗的紫杉林，而是……粉红色蕾丝床幔？我怎么会躺在利亚斯家老宅的客房里？

“小彩，你醒了？”耳边传来利亚斯惊喜的低呼声，“修，小彩醒了！”

我刚醒来，大脑仍很迟钝，我缓慢地转过头看到利亚斯、阿飞和修站在床边，我动了动嘴唇，却发现嗓子干涸发不出声音。

仿佛心有灵犀，利亚斯立刻走到茶几边倒了一杯温水，又走回来扶起我，亲自喂我喝水：“慢点喝，你昏迷了一整个星期，现在刚醒身体机能还没有恢复。”

我喝了几口水，终于感觉嗓子舒服一些：“一个星期？我昏睡了这么久？”

阿飞挤上前抢着说：“小彩，你这次也太勇敢了吧！居然不顾危险冲上去为利亚斯挡下影族的致命一击！啧啧，你都不知道当利亚斯把你抱回来时，你浑身是血陷入深度昏迷，我们还以为你会挺不过这一关，太危险了！”

修站在一旁，神情略微不满地说：“就是！我差点被你吓死了！要不是你运气够好，影族发出的灵力波只差几毫米就击中你的心脏，如果心脏受创就算动用我们御灵族最厉害的药师恐怕也救不活你。”

从修可以将灵雪转换成人类这件事，就可以知道修有多强，说他是御灵族第一药师一点也不夸张。如果连他都说我这次伤情凶险，那么现在我还能活着睁开眼，这还真不是普通的幸运。

我做了一个求饶的表情：“当时情况紧急，我根本没多想只是本能地冲过去保护利亚斯，我也没想到影族吞噬的灵石后发出的灵力波会这么厉害。”

“唉，你这冲动又迷糊的小丫头。你已经失去了一半的灵石，以后行动可得小心点！”修关心地说。

“这次也是我的疏忽，”利亚斯坐在床沿，脸色沉肃地说，“影族一定是知道一旦他战败，我们最后会把灵石从他身体里取回来，到时他只能灰飞烟灭，所以才会选择毁灭灵石的攻击方法，玉石俱焚。”利亚斯一提到那个影族脸色就变得很难看，看来影族的攻击令我深受重伤这件事已经彻底激怒他。

修瞟了眼利亚斯，坐着床头笑眯眯地对我说：“小彩，你都不知道当时利亚斯抱着你，出现在我面前是什么表情呢。哎呀，我可从来没看见过冷静沉稳的利亚斯会为了谁慌乱失神，想当年他求我救灵雪时都没有出现过那么着急的表情。看来我们的利亚斯少主，他对你真的是特别关心啊。”修冲我暧昧地眨了眨眼睛。

我转眸看着利亚斯，他坐在一旁默默地微笑着看我。他的面颊比之前消瘦许多，神色也有些憔悴，他在我昏迷期间一定很担心我日夜陪伴着我吧。

想到这里我的心中涌起一股感动的情绪：“学长，谢谢你一直陪在我身边。”

“你只感谢利亚斯一个人啊？那我呢？我也受伤了啊。”阿飞在一旁吃醋地说，“好吧，你们学长学妹就在这里欢喜团聚吧，我这个伤号一个人去角落伤心算了，反正也没人理我。”一直被我们无视的阿飞，终于受不了地想要离开。

看到阿飞沮丧的表情，我笑着说："阿飞学长怎么会是孤单一个人呢？只要葵……"我的声音突然停了下来，心脏紧张地跳动起来，我转面环顾四周，房间里除了利亚斯、阿飞、修和我，没有其他人！

葵呢？葵去哪里了？

如果他知道我受了这么重的伤甚至差点死去，他不可能不担心我，不陪在我身边！除非葵身受重伤，没办法陪着我……

我顿时慌张起来："修，葵在哪里？他为什么没在这里？他是不是出事了？你快回答我啊，修！"

看到我焦急的模样，修轻轻叹了一口气，他低下头避开我的视线。我慌张地看向一旁的利亚斯："学长，你一定知道葵在哪里，快告诉我他是不是出事了？他……是不是已经死了？"

一想到那日我离开他时，他受伤失去意识的模样，我的眼泪忍不住掉下来："不要，葵不可以出事！我不要他死！"

看见我坐在床上大哭，修终于忍不住了："小彩，你现在身体还很虚弱，大哭会让你体力透支。"他坐下来伸手安抚地拍了拍我的背，"松元葵他没有死。你受伤昏迷的这几天里，松元葵的伤已经痊愈了，是我亲自替他疗伤的，我的医术难道你信不过吗？"

听到葵的伤已经痊愈了，我顿时松了一口气，又问："那他为什么没有在这里？难道他在宿舍里等着我吗？"一想到这里，我想要起床回宿舍去找葵。

可是我刚想用手臂撑起身体，却发现自己浑身无力。

修伸手阻止了我的动作，他轻声叹气说："小彩，松元葵昨天已经办理了转学手续，他离开了月光学院。他醒来后失去了这期间的所有记忆。现在的他根本不记得我们，他一心只想着他的音乐，他要重回舞台恢复明星的忙碌生活。"

我胸口一滞，简直无法相信双耳所听到的话语。

葵走了？他把我忘了？他彻底地将我们认识相处的记忆全部遗忘……

原来，爱可以这么简单地被遗忘吗？

痛从胸口传来，一阵阵像潮水般几乎要将我吞没，我蜷缩起身体，但心痛的感觉越来越强烈，我无法抵挡这心碎般的剧痛。我紧咬着下嘴唇，再也说不出一个字，眼泪无声地坠落下来。

看到我痛苦的模样，大家都很担心，阿飞学长挠了挠头说："小彩，你别哭了，你看我受了这么大刺激，这不还没哭吗？你想想，葵离开我该多伤心啊！"

修也强颜欢笑地说："是啊，小彩，你都不知道阿飞有多搞笑！他一直以为葵是女生，所以才会那样热烈地追求葵，结果到了最后他才发现他的初恋女神竟然是男生。你说他有多可怜！"见我仍没有多大反应，修更加卖力地说，"你都不知道当阿飞知道葵是男生时，他的表情简直像石化了一样。就算事情已经过去一个星期，你看他还是一副一蹶不振的颓废模样，让人看了就忍不住想笑。"

"喂，修，你不要太过分哦！好歹葵他曾经也是我的初恋啊！"阿飞不甘心地抗议。

房间里一直是修和阿飞的拌嘴声，我知道他们是为了逗我开心才故意说些搞笑话语，可是现在的我完全没有心思听。

我……只想一个人静一静。

如同心有灵犀般，利亚斯开口："修，阿飞，小彩刚醒身体还很虚弱需要静养，你们先出去吧，我会在这里陪着她。"

修和阿飞无奈地看了我一眼，乖乖听从利亚斯的吩咐，两个人跟我告别后离开了房间。

等他们走后，利亚斯转过头看着我，叹了口气说："大声哭把情绪都发泄出来吧，这里只剩下你和我，我会帮你保守秘密的。"

我吸了吸鼻子，抬眸望着利亚斯。他总是很懂我，在我需要的时候默默地陪着我。

利亚斯见我不说话，他弯了弯唇角，也陪我一起沉默地坐着。夹着玫瑰香气的晚风，轻轻吹拂入室内。

我们望着窗外，看夕阳渐渐西沉。

良久，利亚斯才开口，他的声音低沉宛如拂过面颊的晚风：“其实……我早就知道会是这个结局，我怕你会受伤，所以之前一直阻止你接近松元葵，阻止你们在一起。对不起，小彩，学长没有保护好你的心。”

“学长……”我深吸了一口气，仍压抑不住胸口翻腾的感动。利亚斯他那样温柔，总是处处为我着想，而我却无法回报他的感情，因为我是真的喜欢上松元葵，那个已经把我忘记的……葵。

“小彩，想哭就大声哭吧，把委屈和心痛一起哭出来，我的肩膀可以随时借你依靠。”利亚斯摸了摸我的头发，眼神中满是兄长般的宠溺。

我心中一阵感动，再也无法压制心底的情绪，我的眼泪夺眶而出，躲进利亚斯怀里放声大哭。

利亚斯安抚般轻轻拍着我的背：“哭吧，我一直都在这里，我一直都守在你身边。”

这一晚，我在利亚斯怀里哭了很久，像是发泄般把心中所有的委屈都尽情地哭出来。

等我逐渐平复下来，停止哭泣后，利亚斯抱着我坐到飘窗上，夜风吹拂着白色的纱帘，窗外的夜静谧无声。

天空中挂着一轮残月，孤单、清冷又遥不可及……就像现在的我和葵一般。

或许，属于我和葵的故事在今晚真的已经结束了。

尽管我是那样的不舍，葵却终将回到属于他的舞台，成为舞台上那轮耀眼的明月，用他海妖般迷离的歌声，让亿万少女为他着迷。

我抬眸望着夜空，心中默默地思忖：葵，在这同一片夜空下，当你偶尔抬头时，是否会记起在你的生命中，曾经出现过一个又迷糊脾气又差的女生？你还会记得你曾对她许下的诺言吗？

我是坏蛋葵，你是笨蛋彩……

我们两人以后要一直在一起，永远也不要分开……

嗯……

就让天上的月亮为我们作证吧！

声

那一夜，我在利亚斯怀里彻底放纵地痛哭了一场。有温柔的利亚斯陪伴，我也慢慢地想通了。不管我如何伤心，葵……他是不会回来了。

我在老宅静养了半个月，身上的伤痊愈后，我重新恢复到了以前的身份。

白天，我仍旧是月光学院里一名普通的学生，当然其他同学还是一样不太喜欢跟我接触。不过无所谓，既然少了社交活动，那我可以一个人静心认真学习嘛；到了晚上，我则恢复驱魔师身份，我已经成功通过驱魔师试炼，现在可是一位合格的初级驱魔师，每天晚上都会会和利亚斯一起行走于暗夜中，除魔保护城市和平。

虽然自从被影族抢走一半的灵石后，我体内只剩下半颗灵石，但我比从前更加努力修炼，加上我本来就是由灵人转化而成，又经过刻苦修习，我现在的灵力突飞猛进，连利亚斯都夸奖我，而且我现在已经成为利亚斯最值得依赖的伙伴。

在那之后，利亚斯也正式拒绝绘香的爱慕告白，绘香一怒之下转学去了国外，听其他同学说绘香在国外遇到了一个跟利亚斯长得很像的男生，又展开新一轮追爱攻势，但结果我就不得而知了。

而我和利亚斯并没有相恋，现在的利亚斯对我来说，更像是哥哥一般亲切的人。我们两个默契十足，一同驱魔，不管是多厉害的魔物都无法从我们手中逃脱。

至于葵……

我还是很想他。

偶尔，我会在电视或网络上看见葵的新闻，他仍蓄着暗紫色半长的头发，他

的歌声依旧魅惑人心，他的性格依旧我行我素……只是或许是我的错觉，每次我打开音频听到葵的歌声，我总会在他的歌声感受到一份别样的温柔。我偶尔会猜想，他歌声中这点微小的改变，会不会是因为我？也许在他的潜意识里，他仍保留着我与他共同经历的那段记忆。

只是歌曲结束，白日梦醒。我清楚地明白，我和葵已经成为两条平行线，再也没有交集的可能性。

一年后。

又是一个除魔之夜，今天晚上利亚斯因为御灵族内部事务需要处理，无法跟我一起外出除魔，而我目前的能力已经足以独自执行驱魔任务。

今晚接到的任务是消灭一只修行不久却四处作恶的猫妖，这种级别的小妖已经完全不是我的对手，我只花了十五分钟干净利落地清除了魔物。

结束任务，我站在巷子里轻舒一口气，我抬头看了一眼天空，夜色雾光，浓云遮挡住阴柔的月光。

我勾起唇角，淡淡一笑。第一次见到葵的那个晚上，我看到的似乎也是这样的夜空呢。

晃神了一会儿，我甩了甩脑袋：“我怎么又在胡思乱想，天色不早了我应该早点回去睡觉。”

我刚转身，突然一阵急促的脚步声从不远处的巷口传来，我眯了眯眼睛，定睛一看，一个人身穿休闲运动服，头上戴着一顶黑色鸭舌帽的高挑男生拐进小巷，飞快地向我跑来。

我挑了挑眉。看到他这副慌张的模样，难道他遇上什么麻烦了吗？

虽然我不太愿意管闲事，可是如果别人真的有危险，我也不能坐视不理啊。怎么说我也是一个富有正义感的驱魔少女！

心中这样想着，我站在原地，打算看看那个人到底发生了什么事。

那个人越跑越近……

夜空中刮起一阵清风，吹散那片浓云，月亮从云层后露出来，清亮的月光洒向大地……

原本昏暗的小巷，因为月光而微亮起来。借着月光，我盯着那道逐渐跑向我的身影看，一瞬间我怔住了！

他、他是……

我惊愕地杵在原地，大脑似乎停止运转。

月光下，他的肌肤白皙莹润，宛如一块无瑕美玉，他的五官精致灵秀，仔细一看竟然比女生还要妩媚动人。

他不是别人，他是让我魂牵梦萦，想念了整整一年的人！

我呆呆地站在原地，本能地告诉自己这一定是一场梦。

可是梦中的那人却跑到我的面前，他看见我像是看到了救星一般，握起我的手请求："拜托拜托！请你帮帮我，把我藏起来吧！被那些人找到的话，我又会被关起来。"

"关起来？"他为什么要这样说？我一定是在做梦，一场我宁愿永远不要醒来的美梦。

"对啊，关在排练室里没日没夜练习唱歌、跳舞、弹琴。我都快闷死了！拜托！求求你了，帮我逃走吧！"

我还没反应过来，这时巷子的那头传来了一个人的喊声："松元葵！你给我回来！明天就是你的巡回演唱会日，你这家伙不要再任性了！葵！"

听到那声大喊，葵更加着急地说："他快要发现这里了！快想办法帮我逃跑啊！"

看着葵急切的表情，我怔愣地开口："你不认识我了吗？"

葵盯着我的脸看了几秒钟，眼中闪过一丝疑惑，他摇了摇头。

看来，他是真的不记得我了。

我正失望地兀自叹息，但下一秒，葵忽然粲然一笑，拉着我的手说："现在认识了！"

“啊？”

不等我明白他话中的含义，葵握紧我的手：“不知名小姐，我们快跑吧！”

我下意识地随他跑了几步，又忽然拉住他：“等等，你跟我来！”转身，我脸上带着笑，拉着葵往小巷的另一边跑去。

温柔的月光映照着大地，夜色如梦迷离。我和葵双手紧握，奔跑在这微风吹拂的夜晚。

这一次相遇，我希望是……永远不再错过。

我喜欢你，葵。

“女王”系列：《女王·再见黑天鹅》《女王·极地红蔷薇》《女王·樱花雪王子》

2012·无可替代的勇气之书

小妮子为你“人生的光芒”专门打造！

你，能正确填写以下第一骑士们的所属学院和他们的故事吗？如果能，我们相信，你已经赢得了女王赋予的勇气和力量。

“女王”系列，讲述的是在一个叫The King的学院里发生的故事。要进入这所实行邀请制的贵族学校，每个学生需要缴500万美金的保证金，进入学院后，学生们将会成为黑、白、红三大分院中某个分院的骑士，为了让各分院的公主成为王，也就是富可敌国的女王基金的支配者而奋战。

白骑士分院　　红骑士分院　　黑骑士分院

每个分院的第一骑士，将会带领其他骑士，享有TKG也就是学院法律赋予的权力，为他们的公主而战，帮助公主战胜其公主，成为女王！

X——魔王·西塞

是一个极其矛盾的人。在这个学院，大多数人讨厌他、畏惧他，只有少的人喜欢他。但是只要你喜欢上，就会喜欢到无法自拔。畏惧他的都极端信任他，而讨厌他的人也会由自主地认可他。他有一个梦想，个梦想驱使着他去挑战一切。

就是______学院第一大骑士。
《女王·__________》之名开始他的途！

GG/Z——高宫朱雀

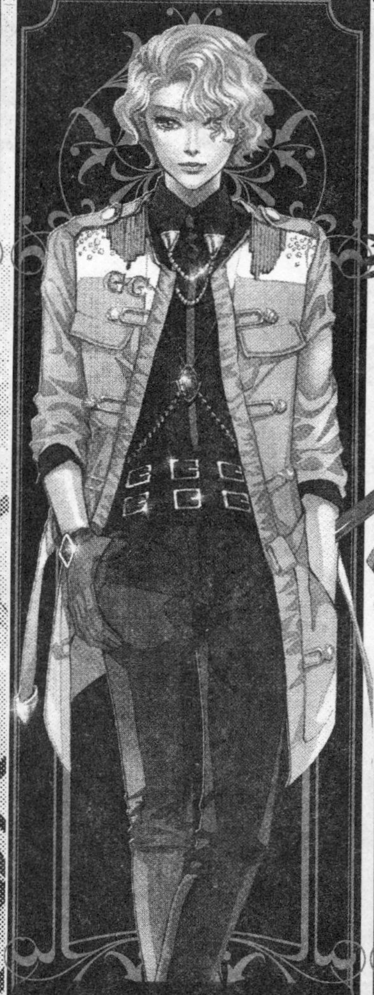

他是正统贵族世家的长子；他是背负着家族重任的男生；他是一个很优秀同时也很骄傲的男人。他，内心深处有着细腻的感情，深爱着宫城瑶，也一直保护着云雀。他是被魔王西塞认可的第一骑士！

他就是______学院第一大骑士。
以《女王·__________》之名履行他的使命！

他是一个集各种矛盾于一身的家伙。他原本无心于“女王游戏”，但是因为一个关系到尊严的事件，而被激发了斗志，并在此过程中成为了西塞的伙伴，在莫名其妙的原因下，被公主任命成为了第一骑士。

他就是______学院第一大骑士。
以《女王·__________》之名完成命运的游戏！

小妮子虐爱经典深情再版 ★★★★★

《樱空之雪》

一式两册珍藏版

2013年3月

演绎终极感动，邀你一起共赏暮春之樱花雪！

曼舞的雪樱带着凄厉的美，
撕裂的心是会彻底破碎还是浴火重生？

她的心，坚强勇敢，
在面对他时却丢失了自信和勇气。

他的心，冷毅残酷，
在面对她时曾抛弃了隔绝人心的冰冷。

潘多拉的魔盒被开启，
温柔与甜蜜早已被尘封，
唯有恨，使两人横亘在世界的两端。

命运之神将两人禁锢在一起，
早已打下了宿命的印记。

能否逃离开束缚？
或者两人彼此依靠着走向凄美的终章？

漫天的樱空之雪，见证着一切的开始与结束。

The Snow of Cherry Sky

小妮子　著

魅丽优品明星作者

樱空之雪

YING——KONG——ZHI——XUE

THE SHOW OF CHERRY SKY

米米拉青春励志爆笑喜剧——

绯闻No.1公馆 Gossip Dormitory

即将快乐上演！

维尼，无论胖瘦，我都爱你！

朋友们，赶紧帮我们的维尼找到他所爱的柠檬吧！

用笔画出维尼的寻爱路线，帮他找到柠檬。将此页寄回给我们，并写上你想对米米拉说的悄悄话，你就可以收到米米拉的亲笔回信及精美礼品。

来信请寄：

湖南长沙黄兴北路89号上城金都南栋21楼
魅丽优品 米米拉（收） · 邮编：410005

米米拉最新篇之《第七次初恋》必备初恋症状
爱你的每一天，都是初恋！
必备初恋特征1：
爱的萌生 他的一句话、一个动作都能让你高兴很久。会随着他笑而笑，难过而难过，却不敢在他面前表露真实的自己。
必备初恋特征2：
爱的幻想 开始出现一些之属于你们两人世界的幻想，具体表现为突发性的笑声和小鹿乱撞的心跳。
必备初恋特征3：
爱的体现 喜欢他所喜欢的事物，习惯性地出现在他常在的地方。不允许任何人诋毁他或伤害他，相信他说的每一句话。
米米拉最新篇之《绝对甜心》胡闹闹版贵族特征
打破一切身份与禁忌，教你在最混乱中寻找到绝对的恋人！
胡闹闹版贵族特征1：
爱好打抱不平，拔刀相助 有我胡闹闹在场，绝不允许恶人得逞，管你是谁，先把你打到低头认错再说！
胡闹闹版贵族特征2：
不爱豪宅名车，就爱摆地摊 我这叫自食其力！最开心的事是能和死党每天晚上扛着大包的商品在繁华的夜市中吆喝叫卖。
胡闹闹版贵族特征3：
不爱名牌首饰，擅长空手道 饰品，那绝对是累赘！在打架的时候万一伤到自己怎么办？想打赢我？请熟练空手道！
2012最温暖人心的催泪巨弹，
轰炸校园爱情的少女巨作！

YEBIN LUN 叶冰伦 INITIALLY:
ONLY TIME CAN REMEMBER

新生代叛逆女生
叶冰伦 著
YE BINGLUN ZHU

一些事，一些话，一些人……
我们在成长中必会遇见，无法逃避。
懵懂的青春、纠缠的情感，无法言说的秘密，藏在我们心底最隐秘的角落里。
这是我们每个人都要搭乘的人生列车。

最初：唯有时光记得
ONLY TIME CAN REMEMBER

叶冰伦
首次突破禁忌创作之形，
用最淡然的笔触描写出成长日记。
深入人心的感动和贴近现实的震撼，
让你我的心灵更加靠近！

《最初：唯有时光记得》——片段摘录3

妈妈说：“好闺女，睁开眼朝我笑笑，我就带你去我们家过日子，好吗？”
爸爸说：“小眼睛啊小眼睛，一定要乖哦，在家好好照顾妈妈啊！别跟妈妈吵架！”
二姨妈说：“小眼睛，你小时候你妈奶不够，你还喝过我的奶呢！”
小姨妈说：“要是你妈那个孩子没流掉，跟你差不多大了。真是缘分啊！要是你妈保了亲生孩子丢了你，保不定那孩子还没有你这么聪明，毕竟你妈怀孕那阵子伤透了心，一直哭，那孩子要是生出来，还不知道傻不傻。”
小堂姐说：“我还记得我一年级时，放学回家，看到你光溜溜地躺在我家床上，朝我咧着嘴笑，那时我吓了一跳，跑出去问我妈，我妈说你是大伯母抱回来的小妹妹。”
养大怪叔叔说：“瞧瞧你这凶孩子，到底是买回来的，江北人，就是凶！”
安小朵说：“小眼睛，我妈说你是买回来的，真的吗？”
柒轩说：“你就不能像小朵一样，安分点吗？野得跟男孩一样，怪不得人家老叫你野孩子！”
林嘉瑞说：“小眼睛，安小朵不喜欢跟我玩，柒轩也不喜欢跟你玩，以后我俩一起玩吧！”
……
我不能死的。
我活得这么不容易，怎么可以就这么死了。
我死了，妈妈怎么办？爸爸怎么办？
我们这个家怎么办？

叶冰伦：如若我们没有被抛弃，我们的人生又会是样？
然而，我们已经被抛弃了，没有另一个人生。
现在经历的一切，就是我们的生活。

你的家庭中，是否也如此一般，看似幸福的背后，有着不为人知的隐晦之处？

你拼尽一切努力挣脱，
却始终摆脱不了命运残酷的安排？

YEBINGLUN 叶冰伦 MY MAME IS YEBINGLUN 我的名字是叶冰伦

YE BINGLUN ZHU
叶冰伦 著
新生代叛逆女生

她们，谁比谁更坚强？

PK

《转眼，青春散场》

《再见，小时候》

她，
在最幸福的时刻，父母离异让曾经所有的美好生活都被全盘推翻和否定。

她，
在最灿烂的年华却面对抛弃，被疼爱了十八年后，却遭遇父亲一夜之间态度转变。

她，
在经历恋人的背叛之后，亦被命运所捉弄，原本年轻的生命在意外之后即将走向终结……

她，
失去双亲的呵护，学会努力和承担；
为了保护弟弟，不断地打架，成为众人眼中的坏女孩。

她，
为了深爱的恋人，即使遭遇背叛也一次次地选择相信和原谅，哪怕最后被伤害到体无完肤。

她，
为了朋友，甘愿失去自我。却在谎言和骗局中被淹没窒息。

《转眼，青春散场》

她以积极和向上的姿态，承受着命运的黑色旋涡。在亲人、爱人、玩伴逐渐远去之后，她，还能坚持多久？

《再见，小时候》

她如杂草般的坚韧，成长于青春年少的残酷世界之中。在这个冷漠虚伪的世界中，她，将如何面对，蜕变重生？

叶冰伦，用最震撼人心的青春文字，
独家追忆刻骨铭心的青春时光，揪心讲述属于你我的失落悲伤。

当小时候已经远去，青春已然散场，
坚强，是我们唯一生存的方式！

青春纯爱物语新锐、魅丽优品新生代人气作者——奈奈

2013年夏天来临之前为你倾情讲述一段关于半夏的纯爱故事

——《忽而半夏》感动上演！

在2013年夏天来临之前见证一场爱的纷飞！

忽而半夏

半夏半暖半流年

我愿变成任何你喜欢的样子……

出发！寻找爱的小石头！

活动详情：

你有没有留意过路边的石头？有没有心形的，或是五角星形的？或是花朵形状的石头？用手机将这些你认为形状特别的石头拍下来，将照片和你想说的话以信件的方式寄给我们。

来信请寄：

湖南长沙黄兴北路89号上城金都南栋21楼魅丽优品 奈奈（收）　邮编：410005

只要参与本次活动且符合要求，你就能获得奈奈准备的精美礼品！

水光如月，晚来风急，他站在浪花如雪的海岸边看着她笑，温暖如阳，一如她初见他时的模样。

——《忽而半夏》

想了解新书的最新情况，请关注新浪微博@魅丽优品

“绝爱”
系列

尘封十年的秘密，究竟是对，还是错？
十年后换来的重逢，是命运，还是孽缘？
凄凉的乐音，看似绝望的爱，带来的是毁灭，抑或是重生？
一年才出现一次的音符，痛苦悲伤，让人听得想落泪。
——《凉音》

黑暗少女浴血重生，记忆全无，
再次出现，掀起贝多芬学院新一轮
轩然大波！
白衣少阿年朴素无邪，才华乍现，光
芒闪露，带来音乐界又一场惊艳！
——《浅夜》

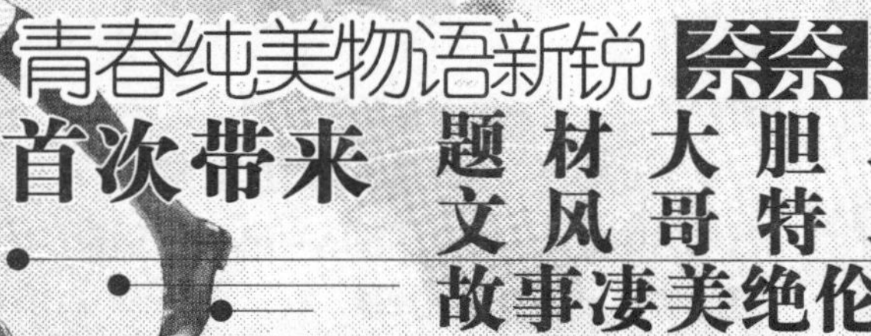

的青春疼痛读本——
“绝爱”系列之《浅夜》《凉音》

风靡万千读者，绝对不容错过！

全国各大书店热卖中

故事序章：21世纪卖火柴？“神马”情况？

在满是打火机的今天，路边居然会出现一个**卖火柴的银发帅哥！**

是电视台的整蛊游戏，还是魔术师的恶作剧？

这都不是重点，重点是，**发挥你的善心，买下他所有的火柴……**

夏朵，第一位中了妖精事务所头奖的平凡女孩，

她的愿望是：我要一个“白马王子”！

就这样，一位神奇又古怪的“白马王子”真的出现了，可是……天啊，这是惩罚吗？

永远不要期待白马王子，因为王子可能并不是王子，白马也可能并非一匹马。

于是，**“妖精事务所”系列**第一篇章：

《世界第一王子殿》

魔法契约史上第一章大乱斗正式拉开帷幕！

现在，妖精事务所给你2个前所未有的机会，你的愿望是……？

（重金征集少女心目中最“狗血”的爱情心愿）

愿望A.

愿望B.

幸运如你，**“妖精事务所”系列**第二章、第三章中，**你将有机会成为艾可乐笔下最有人气的女主角，你的心愿将成为史上最"狗血"最爆笑最浪漫的爱情故事**，让千万人一起甜蜜分享！

许愿通道请寄往：湖南省长沙市开福区黄兴北路89号上城金都南栋21楼 魅丽优品 妖精事务所 艾可乐 收

艾可乐 魔法大作战

普通少女化身“复仇”魔女

神秘的咒语·奇幻的变身·魔幻的力量·揭开欢乐的戏幕

菜鸟魔女二人组

撞出年度最意外的浪漫魔法恋歌

桃丽丝VS夏雪儿

以魔法之名，复仇！然而……

欺负了魔女的朋友，就要有遭受报复的心理准备！
所以，绝对不会放过那个叫灰岛幸运的男生！
复仇魔咒启动：~*&%^&*（%￥

明明是为那个讨厌鬼准备的诅咒魔法，最后却落在了自己身上！
我，桃丽丝！就这样变成了一只黑漆漆的猫？

怎么办，我该怎样解除魔咒？看样子只能潜伏进讨厌鬼的家来寻找方法啦……

只是不小心碰坏了花草，却被冰山男删掉了所有照片。哼，一定要让你看看我的厉害！
遗忘咒语启动：…%￥＃＃@＃（￥$

可是，咒语失灵！
端木夜辉头上开出了大片夹竹桃！

于是，除了逃走，还有什么方法可以解除魔法呢？头痛啊……

为了消除失败的魔法，两个菜鸟魔女开始了另类的“同居生活”！
她们会开始怎样爆笑而窘迫的生活呢？

2013年粉色另类的少女系经典——《魔女不是猫》《魔女不开花》

逢“魔”时刻，请勿绕道！

校园纯爱偶像

慕夏

最值得你收藏的 极致浪漫宣言

日光微暖夏亦凉

SUNSHINE IS WARM BUT THE SUMMER IS COOL

首度切入21世纪青春期的最大难题——选择性障碍

慕夏再度打造校园童话式的温暖故事——《日光微暖夏亦凉》

纠结的抉择就在前方，是向左还是向右？
命运的选择题无时无刻不在考验着你我。
矛盾中，陶璐璐一次次被迫选择了属于自己的方向！
她能找到最后完美的归宿吗？

肖莫北指导——

选择性障碍纠错小窍门：

面对选择的时候，也可另辟蹊径！

地点： 公交车站

选择： 陶璐璐为了看陆辰比赛，犹豫着是等公交车还是打的，结果眼看着就要走到公交车站了，她最后还是决定打的。可是下班高峰期根本拦不到的士，公交车又走了，陶璐璐这下无可选择了……

选择协助者： 肖莫北

选择结果： 借来的电动车（无法抉择后的挽救性措施）

慕夏著
U XIA ZHU

问题：《日光微暖夏亦凉》你的选择：买还是不买？

友情提示：**这是一部展现青春的美好、梦想以及希望永恒的典藏之作！**

她一直默默爱恋着的青梅竹马，难道喜欢上了其他的女孩？
他一直没有透露过的前任女友，竟又开始了新的恋情？
他们因各自的爱人而结成“失恋联盟”，只为夺回爱情……

对于“失恋联盟”，你有什么有趣的支招？

请将你的小招数在新浪微博 **@慕夏：#失恋联盟#+你的想法** 被慕夏认为是最有趣的出招人，**将获得《日光微暖夏亦凉》新书一本。**
速速加油来参与吧！

校园纯爱偶像

最值得你收藏的 慕夏 极致浪漫宣言

慕夏

美食工作室——

招牌美食

人气热卖中！

甜品名称：“酸酸甜”系列蛋糕

制作日期：最新打造

烹制大师：慕夏

制作调料：

调料——甜酸草莓：

《蜜恋酸配甜》

甜的酸，酸的甜。

亲吻的感觉就像是冰激凌化在齿间。

恋爱有时会蒙蔽人的双眼，幸福靠在脚边，却被人视而不见。

李薇是一个幸运的女生，因为真爱已经踱到身边；

李薇是一个辛苦的女生，因为蜜恋总是酸中带甜。

调料——劲味酸奶：

《柠檬黄恋爱酸》

当距离远到隔着海洋，当最美好的记忆都变得模糊，我们还能相爱吗？辗转三年光阴，唐允诺再次遇见初恋男友许彦飞，那颗历经磨难终于回归平静的心，又起波澜。

想要试着学会忘记，想要试着学会接受，却从来没有想过会遇到像江景程这样一个男孩，面目清秀，性情温和，如和絮的春风，让她沐浴在温情中。在江景程之前，允诺以为爱情已经离她很远；在江景程之后，她渐渐相信，幸福其实离她很近。

当青涩的初恋遇上完美的交往对象，一场角逐爱情的游戏开始。

调料——迷人起司：

《初恋点点酸》

初恋是一场冒险，冒险的勇士们总是斗志昂扬，在寻找爱的路上，风光有一百种模样，但是在离开的时候，会有人欢笑，有人悲伤。乐笑笑的初恋多灾又多难，不是她自己表错情，就是被别人陷害栽赃。为什么别人的恋情甜如蜜糖，而乐笑笑的初恋却有点儿酸。没关系，酸过之后，糖会更甜，酸味和甜味本来就是一对伙伴。就在前方，初恋之神已经张开了翅膀。让我们自由地去飞翔、寻觅！

——草莓爱恋

酸酸甜甜的畅销糕点

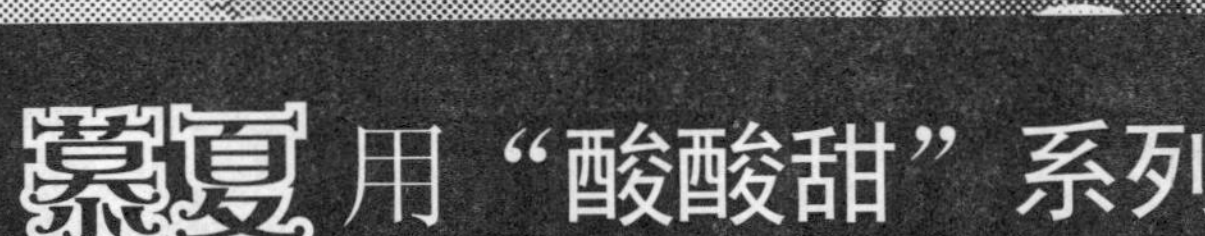

慕夏用“酸酸甜”系列

记录了每个人不同的恋爱滋味！

带我们体验着一场场青涩年华爱情的别样味道！

“四季”系列 The Seasons Series

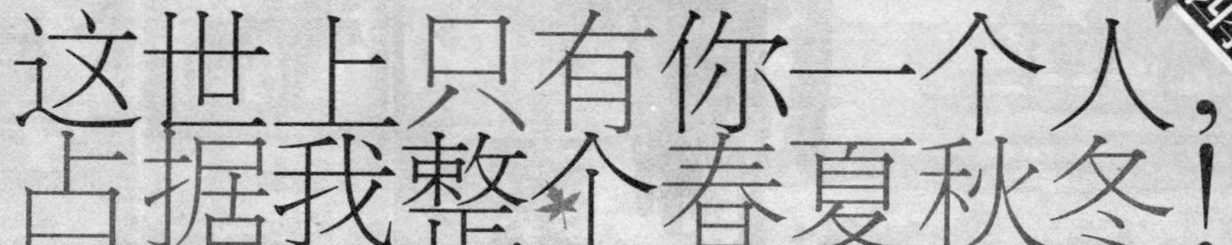

唯美纯爱偶像剧公主

——夏雪缘

爱情，以爱之名

在四季交替的指引下，

绽放生命最耀眼的姿态，

找寻爱情最完美的归宿！

为你演绎关于四季的动人恋歌

如果我再一次深情地呼唤
你的名字，
你还会不会像从前一样奋
不顾身地奔向我呢？

——《遗失在秋天的心》

最心痛的是，我在冬季失去了
你，但，亲爱的，在万物苏醒的
春季，我终于等到了你。

——《我在春天等你》

如果我能够早一点出现，你的孤单是不是就会少一点？
对不起，我没有让自己早一点出现在你面前，让你一个人孤单了那么久。

——《冬天一起看极光》

请跟随纯爱公主夏雪缘一起领略四季的变化，

唯有真爱是不变的风景！

唯美纯爱言情小说

XIAXUEYUAN

夏雪缘 著

《爱使坏的告白信②》

西小洛

穿越时空的精灵少女

不是我的世界不一样，是你们的世界都一样！

穿越再升温，兔子要翻身！

继《爱使坏的告白信》的手机穿越故事，

西小洛再次导演异次元悬疑大片！

2012年12月，西小洛“告白季”第二弹

——《爱使坏的告白信②》震撼上演！

“苏达达，你不可以！是你让我告别孤单，我怎么能够允许自己让你离开我的身边！夏尤怎么可以把你从我的身边夺走。这种命运我绝对不会接受。哪怕是赌上性命，哪怕让时光倒流，我也要让你回到我身边，一直在我身边……”

苏誉——《爱使坏的告白信②》

你有没有后悔过？

有没有想着如果当时那样做，可能结果就会不一样？

如果给你穿越到过去的能力，

当你遇到过去的自己，你会对自己说些什么呢？

是鼓励？是劝导？还是去改变他人的想法？

把这些想法通通告诉西小洛吧，让我们听听最真实的声音。

（一）来信请寄：湖南长沙黄兴北路89号上城金都南栋21楼魅丽优品 西小洛（收）邮编：410005

（二）新浪微博发表想法 @Merry_西小洛　　我们会给每一位敢于面对真实自己的读者回信！

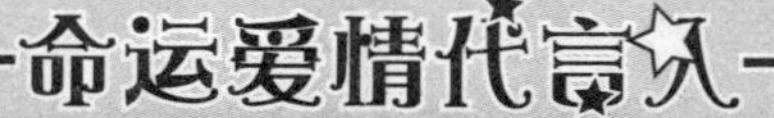

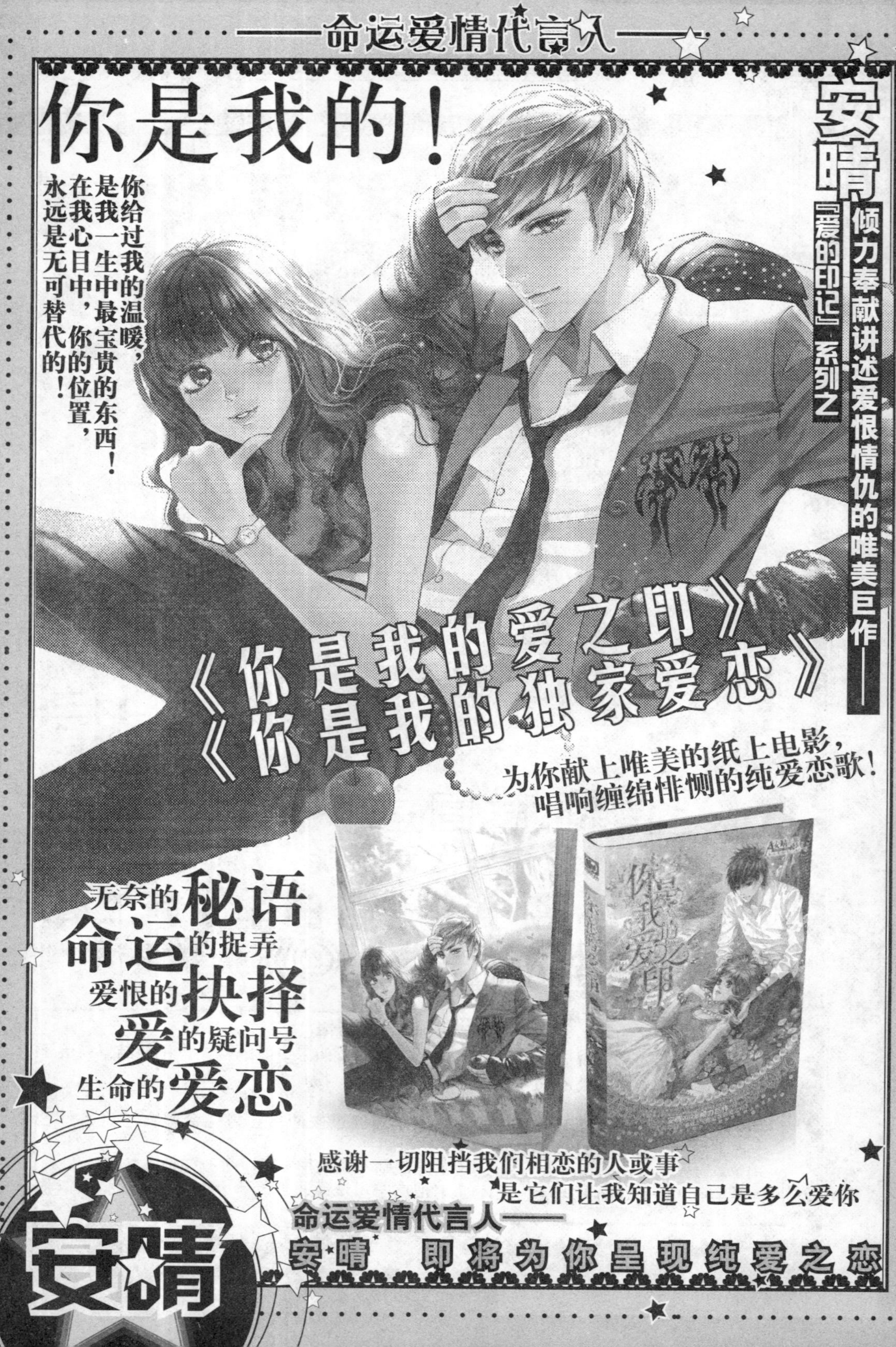
——命运爱情代言人——
你是我的！
你给过我的温暖，是我一生中最宝贵的东西！在我心目中，你的位置，永远是无可替代的！
安晴
倾力奉献讲述爱恨情仇的唯美巨作——
『爱的印记』系列之
《你是我的爱之印》
《你是我的独家爱恋》
为你献上唯美的纸上电影，
唱响缠绵悱恻的纯爱恋歌！
无奈的秘语
命运的捉弄
爱恨的抉择
爱的疑问号
生命的爱恋
感谢一切阻挡我们相恋的人或事
是它们让我知道自己是多么爱你
命运爱情代言人——
安晴 即将为你呈现纯爱之恋
安晴

魅丽优品“桃式风暴”代言人

——凉桃 最新力作：

《喵，就是选定你》、《甜蜜蜜，狐仙花嫁》给你婷看！

不管你是喜欢看

天真的狐仙和善良的少年

的浪漫故事，

还是喜欢看

金发大帅哥和五个花季少女

的搞笑表演……

《喵，就是选定你》

天啊，外星人即将入侵地球？而她和另外五个花季少女，则被选定为地球守卫者！如果答应守护地球，不仅要华丽变身，还随时会面临生命危险，这到底是她们的荣幸还是不幸呢？

尹雪海和好朋友半夏最先结成同盟，随后偶遇了一个金发帅哥和一个超龄成熟“儿童”，这个天才小孩居然成了领导者，带领她们投入战斗！

雪海变身猫咪少女后造成很大轰动，连她一直暗恋的校草夜希泽也逐渐被她吸引，她还把对她一直抱有好感的外星人利拉修也争取到了正义的这一边。而半夏也在不知不觉中虏获了原本孤傲冷漠的校草若水寒的心。大家还帮助一位队友殷玉菲化解了和哥哥之间的隔阂……

这是化身为猫咪使者的五个花季少女保卫地球途中的无厘头打动人心故事，

这是奇特的美少女作战之旅！

《甜蜜蜜，狐仙花嫁》

一个男孩救了一只雪白的狐狸，从此开始了一场甜蜜酸涩的爱情。

仙仙以为救了自己的人是秦叶，于是跟他告白。不料他说他虽然喜欢她，但那只是对妹妹的喜欢。仙仙不屈不挠，坚持要留在秦家打动他，却在相处中慢慢对秦修产生了不一样的情愫。而秦修虽然也喜欢上了仙仙，但因为她要嫁的人是哥哥，只好努力压抑自己的感情。

到最后才发现，仙仙原来弄错了人，救她的其实是秦修。

这真是一场命运的玩笑！一个天真狐仙与善良少年的故事，两个人的缘分是上天注定的，冥冥中自有安排。

仙仙的爱情最后开花结果，完美花嫁。

这是变身成可爱少女的狐仙公主与身份奇特的王子之间的爆笑浪漫爱情故事，

这是一次奇特的寻爱之旅！

最终，她和她们不仅收获了坚定的友情，也收获了一份完美的爱情……

现在开始念，桃女王的爱情大魔咒：

“妖精变变变，我是女主角，心爱的人，速速出现吧！”

凌晨/七日晴
她和他是勇闯异次元世界的创作奇葩！
她和他是秒杀众多魅丽明星作者的危险人物！
她和他是被预言为横扫青春文坛的超人气新星！
魅丽优品2013年倾力打造
品牌价值100,000的超人气文学新星作品即将诞生！
他的超萌系爆笑小说让你痴迷
她的深情系纯爱小说让你沉醉
2013年
魅丽优品
重磅新星——
凌晨、七日晴
见证青春文学黑马诞生
魅丽优品再次成就帝国

少女的爱情小巫师

辩论会主题：

让·德古拉，隐藏在学校里的吸血鬼实习老师，到人类调查所来只是体验生活而已，却展开了一场华丽的异族情感生活战！白发帅哥摩恩竟来自世界上最强大的种族，不过，即使如此也有着命运被控制的时候，爆笑的狼族王子也开启了浪漫的爱情！还有最后一名非人类帅哥，是人类世界最陌生的雪人，他的特异功能和奇怪嗜好是什么呢？众多少女已经迫不及待想知道了吧？

艾可乐“哟”系列

全民辩论会——谁是最具人气异族男友？

辩论者1 本人认为最具有吸引女孩气质的莫过于吸血鬼王子让·德古拉。道理还要说吗？有《暮光之城》中的爱德华为偶像，咱们怎么着也不输他吧？

辩论者2 如楼上所说，那么与吸血鬼族息息相关的狼族出镜率也不输于吸血鬼王子，何况你是王子，咱也是王子，怎么都不会输人一等吧？

辩论者3 强烈鄙视上两位的说法。只以曝光率来论人气，太肤浅了。本人认为神秘的雪人族才更能吸引大家的眼球。道理不言而喻，查阅所有书籍网络，雪人族的信息少之又少。所以，是不是对雪人族的王子更好奇，想一窥他的真正面目，想知道他更多的特异功能和故事？《真的是雪人哟》可是一本雪人王子“大百科全书”哦。

辩论者4 等等，等等，你们怎么可以忽略最拉风的“地狱恶魔”呢？想想看，带个头上长角的男友出去会遭遇怎样的瞩目！

辩论者1 哼，吸血鬼的神秘魅力延续了几千年，只要是关于吸血鬼王子的传说都会被传诵，书籍和影视也都是畅销精品。就拿艾可乐的“刹那的华丽血族”系列来说，可是缔造了销售的奇迹哦。你敢说咱的让·德古拉不会再吸引万千少女蜂拥抢购吗？

辩论者2 咱狼人王子也是身高两米、银发飘飘，其喜欢生牛肉和狗玩具的萌劲绝对宜室宜家……

辩论者3 比萌劲你能有雪人王子骑企鹅那样“惊艳”吗？

辩论者4 “恶魔”王子可不光是外表占尽“另类”优势，那个，那个，恋爱奇遇也被称为传奇爱恋呢，必定长久流传，不信你问问“哟”系列的忠粉们？

大家议论得七嘴八舌，四位非人类帅哥似乎各具魅力，到底谁才是最具人气的另类男友？大家都来投票参与辩论吧！

《真的是王子哟》《真的是狼人哟》《真的是雪人哟》《真的是恶魔哟》，将其中你认为最有吸引力的异族男友的姓名告诉我们，并说明原因，也许你会收到特别的惊喜哦！

当爆笑到达了极致，当浪漫攀上了顶点，当恶搞进行到巅峰……我们会得到什么？

爱情小魔女艾可乐所铸造的史诗级恋爱巨作

“哟”系列 《真的是王子哟》《真的是狼人哟》《真的是雪人哟》《真的是恶魔哟》

只有你想不到的精彩，没有“哟”不了的剧情！

少女的爱情小巫师

黑马王子已成过去时了，白马王子进了博物馆。

2012年流行怎样的另类男友？

嘘，继吸血鬼王子、神秘狼人和怪异雪人之后，

又一非人类男友降临人间，他就是——大恶魔！

真的是恶魔哟

IT'S REALLY DEVIL

恶魔男友——特殊身份大猜测？

A. 来自恐怖的地狱 （ ）

B. 来自神秘的国度 （ ）

C. 偷偷来人间玩耍，偶遇女主开始了甜蜜恋爱 （ ）

D. 被神秘契约或者命令召唤到人间，开始执行恋爱任务 （ ）

E. 拥有王子的高贵身份 （ ）

F. 恶魔国度的小屌丝 （ ）

到底恶魔的神秘身世如何呢？

答案在艾可乐《真的是恶魔哟》中寻找吧。

在对的答案后面画勾，然后寄回：湖南省长沙市开福区黄兴北路89号上城金都南栋21楼魅丽优品　艾可乐

你将有机会获得恶魔送出的礼品一份哦！

艾可乐——继2012年百万人气“哟”系列之后传

打造宇宙无敌的魔幻恋爱伴侣书——《真的是恶魔哟》

奇迹将一直延续，惊喜在无边蔓延！

YEBING LUN 叶冰伦

《默恋微凉》
《我们的游戏，他们的爱》

YE BINGLUN ZHU
叶冰伦 著
新生代叛逆女生

叶冰伦 2012年最坚韧的青春话语——爱·倔强

自由的心灵……
青春的惶惑，叛逆的年华，花样的岁月……
轻快的节奏，叙说的是残酷的故事；**悲伤的旋律**，讲叙寻求唯美爱情的征途！

倔强——默恋微凉

苏然鼓起勇气想要告白的那天，却成为了她一生中最痛苦的日子。

她娇好的面容被印上仇恨的丑陋印记，时刻提醒着她，已经永远失去了最爱的姊妹。

她苦苦追寻真相，却进入了如同人间炼狱般的疯人院。

温暖的家在瞬间分崩离析，她被抛弃在一个无人关注的角落里，独自啜泣。

爱，就疯狂；不爱，就坚强！

倔强——我们的游戏，他们的爱
OUR GAMES, THEIR LOVE

倔强是悬崖边生长的鲜花，任凭风吹雨打，脚下深渊万丈，它仍然独自怒放。

顾乔恩的人生字典里没有“认输”这个词。

哪怕被信任的人背叛，哪怕最亲的人离她而去，哪怕是在被人围堵欺凌时……

因为再微弱的烛光在黑暗里也能点亮世界。

OUR GAMES THEIR LOVE
CLIENT LOVE IS COOL

爱，即便化成无形的枷锁，
也还是永远温暖的存在！

声色年华里的青涩之爱，懵懂岁月时的纯恋之歌！
是如诗如画的绚烂，也是痛苦与辛酸的嬗变；
是化蛹为蝶的美丽，也是凤凰涅槃的壮观。

希望与绝望并存，光明与黑暗交织——
请相信，这一段段真实的催人泪下的疼痛记忆，值得你我永远珍藏。

韩式浪漫的暖心上品

《恋的号码牌》

STORY 希雅 著

什么！河边邂逅鬼少年？

迷恋塔罗牌的古怪少女崔妍希，因为一次偶遇邂逅了同样古怪的……

一场奇特的邂逅带来的是，惺惺相惜的彼此陪伴……

打破生活平静的小石子，导致鬼少年带着怨恨离开……

长相一样，气质完全不同的美型少年紧接着华丽回归。

他带着什么样的秘密？

误会能否让仇恨在时间里搁浅？

相处中渐渐萌发的爱恋，能否让他们找到专属的恋的号码牌？

《我们一路都忘了哭》

STORY 锦年 著

为什么我对你的爱情，无法随着时光逝去？

为什么我想要遗忘你，你的影子却愈发鲜明？

我们一路走来，怎么就这么不小心，弄丢了彼此？

我应该去哪里找回你？

时光荏苒，岁月无情，一切都在时光中飞逝，都在以一种无力又无奈的姿态默默老去……

《你是这世上最动听的歌》

STORY 妍小轩 著

若青春如同一首歌，属于你的会是哪一首？

桀骜不驯的性格，时常的叛逆行为，都是因为心中缺乏的安全感。

当问题少女季凉歌遇到乖乖牌少年季川夏，他们会碰撞出什么样的故事？

那些在岁月中不停流转的音符，会不会因为那些心酸、无奈，找到它们停靠的港湾呢？

那些在时间的流逝中错过的人，兜兜转转之后，是否能够找到最初的幸福？

带来这一季寒冷中的温情！

萌爱季

优雅的王子，迷倒众生的微笑！

我又哭又笑，心碎心痛，全为了世界上最闪亮的你！

你，听见了吗?

正在怦怦的，我的心跳……

《甜心小姐拜托了》

——巧乐吱

早知道自己会闯祸的话，她大概就不会代替老爸去给那场宴会做点心了。现在倒好，好不容易做出来的点心竟然被人吃掉了！为了弥补这个过失，她不得不答应那个高傲的大少爷的要求，成为了他的专属点心师。

不过当时她可不知道，成为专属点心师的她，将不得不因此而跟四个性格迥异的帅哥开始同居的生活……

个性温柔却因为车祸而无法说话的温柔帅哥岳言，娇小可爱、让人超级有保护欲望的可爱少年欧阳连清，深不可测、总是带着冷漠表情的冰山男向阳，以及个性恶劣却会在最危急的时候守护她的李泽语……

她不是讨厌他吗？她不是最喜欢跟他斗嘴吗？她喜欢的人难道不应该是岳言吗？为什么，看到李泽语的时候，她却会感到心跳加速呢？

《御爱少女梦之旅》

——西小洛

“二年级A班麻丢丢，我记得你了。”

呜呜，你还是不要记得我的好。

你是人气第一、脾气第一的校宝级坏蛋，我可是智商超级高的特优生。你看我不顺眼，我看你不顺气。你说，遇到我，你简直是衰神附体；我说，遇到你，我简直是流年不利。什么？你说我把你变成了笨熊，哼，你才把我变成麻雀了呢！就是因为你，我才莫名其妙穿越去了侏罗纪被大恐龙追着跑，去了冰河世纪被猛犸象吓哭……

谁要是爱上你这只大笨熊，谁就一辈子当麻雀！

《紫藤馆恋人》

——莎乐美

光天化日之下，樱纱枝竟然被人扛到了传说中的人气时装设计室——紫藤馆，土得掉渣的她还被邀请成为紫藤馆的专属模特！这是什么情况？

三个怪异美少年的出现，让人生字典里只有“读书”的樱纱枝的平静生活从此被打破了！灯光、舞台、美丽的时装，还有令人心动的绝美少年们……让她灰白的生活有了鲜活的色彩。

面对陌生而绚丽的舞台，梦想在蠢蠢欲动，体内的另一个自己正在苏醒，却遭到现实的无情打击，到底该怎么办？

史上最励志最浪漫的秀台灰姑娘传说，让你找到另一个灿烂的你！

《校草大人听我的》

——魔末末

韩晓雨觉得自己很倒霉，想保持淑女形象，却老是被宫本盛这个该死的青梅竹马破坏；想要他帮忙送巧克力给暗恋的学长司徒瑾，却被人传成他和学长互相爱慕！乌龙事件越闹越大，她忙着解释又忙着约会，被两大校草折腾得团团转。她发誓一定要改变局面，追到学长，摆平宫本盛，让校草围着她转。

可怎么一颗心越走越偏，居然跑到宫本盛身上去了？还有自称未婚妻的欧若萱来抢夺学长，她到底争还是不争？

不管了，假如一定要二选一，韩晓雨决定要选一个永远爱自己宠自己的。

天上天下，她最大！

具有异国情调的美丽幻境，华丽展开！

让我们一起在现实世界体验恋的真实，在幻想国度寻找爱的天机。

Merry魔法物语即将开始——

让我们用文字带你走入——

由**梦境**开始的**神秘之旅**

让我们用文字带你唱响——

关于**守护**的**浪漫恋歌！**

《女友是喵星人》

STORY 松小果 著

听到鼠类魔兽名字就想晕倒，看到女巫墓地的照片就想尖叫！无奈之下，喵族最胆小的小黑猫洛洛亚接下了她认为最容易完成的任务：去人类世界跟最可怕的人类成为好朋友，并且得到他的一滴眼泪！可是，为什么没有人提前告诉她，她的任务对象竟然是“深渊”里的超级大魔王、用眼神就可以杀掉一群魔兽的Lotus？

而且更重要的是，为什么没有人告诉她，那个超级大魔王竟然还有双胞胎兄弟？弟弟整天酷着脸，喜欢叫她“猫妖”，还整天使唤她；哥哥有着灿烂笑脸，是厨艺“惊人”、超级疼爱弟弟的演艺界NO.1！

她命中注定的任务对象，到底是谁呢？

喵族最可爱的洛洛亚人间历险拉开帷幕，看她如何用超萌的美喵魅力融化最可怕人类的心！

《爱神少女甜品屋》

STORY 阮咩咩 著

迷糊的爱神见习生洛溪好不容易拿到了爱神见习的录取书，没想到刚来没几天就因为说上司丘比特是小屁孩，被惩罚到了人类世界。原本以为一边开着喜爱的甜品屋，一边完成任务就可以回去了，不料在第一天开业就犯迷糊错给了爱情甜点。在纠正错误的过程中，洛溪遇见了外表冷酷内心忧伤的学长瑞毓希和温柔俊雅的学长羽凡。她对瑞毓希渐渐萌生好感，却在被学长羽凡一次次温柔对待中不知所措，这时上司丘比特也带着新的任务来找她了，警告她如果再完不成任务就会……新人作者阮咩咩携可爱萌式魔法童话闪亮登场！看不一样的爱神，如何寻找到自己的独爱王子殿！

《超优质魔王殿》

STORY 猪小萌 著

想要变成绝世美少女吗？只要签订一份《魔王殿超优标本收集契约》，就能心想事成哦！

可如果才与恶魔签下契约，守护神使就出现了，那该怎么办？

是继续执行恶魔的契约，变成绝世大美女；还是听从神使的命令，恢复为平凡小女生？

当固执自私的透明少女对上冷血无情的守护神使，谁会占据上风？

充满爆笑和吐槽的恶搞魔幻恋爱，活力四射热闹开演！

魅丽教你快速购书

首先，你可以通过书店买到我们的书！如果他们没有我们的书，你就一次次去问他买，最迟三个月内你就会发现你的愿望达成了，魅丽优品来到了你的身边。

其次：你可以通过网购的方式买到我们的书：

方法一：

魅丽优品官网商城：http://www.merry520.com/shop/

魅丽优品官方淘宝店铺：http://shop63095189.taobao.com/

每月更新优惠购书活动，超值赠品独家供应，最新最全的购书信息同步更新！而且如果你在**这里买书，还会获赠小礼品。说不定你买的书就是签名版！**

方法二：

当当网：http://www.dangdang.com/

2012年魅丽优品与当当网全面合作，更多超低折扣书籍持续更新中！你只要登录当当网，搜索你要买的书就行了！**而且当当网支持货到付款，没办法网上支付的同学们，就上当当吧！**

你还可以通过邮购方式购买到我们的书：

邮购地址：湖南省长沙市开福区黄兴北路89号上城金都南栋21楼2128湖南魅丽优品文化发展有限公司　　金丹（收）

邮编：410005

读者服务咨询热线：0731—84887200-666

通过这种方式购书的同学，你们同样可以获得小礼品以及有机会获得作者签名版哦！

如有疑问，你可以咨询我们：

魅丽官方QQ：980103911

邮购1群：71072176

邮购2群：6331234

邮购3群：22763892

魅丽优品读者俱乐部1群：87401930

魅丽优品读者俱乐部2群：203461132

填写此页并寄回魅丽优品，有机会得到指定作者亲笔回信！

读者调查表

姓名：　　　　　年龄：　　　　　性别：

QQ：　　　　　电话：　　　　　地址：

❶ 你买的这本书，书名是什么？

❷ 买这本书的原因是什么？（可多选）

A.喜欢的作者　B.封面和插图　C.装帧设计　D.故事简介吸引　E.被人推荐　F.赠品　G.价格

❸ 对这本书满意吗？最满意哪几点？

A.语言风格　B.故事情节　C.人物角色　D.封面和插图　E.装帧设计　F.价格　G.不满意

❹ 有没有在魅丽优品的淘宝店铺或魅丽商城购买过本公司的书？

A.有　B.没有　C.知道这两种渠道，但没有买过　D.不知道这两种渠道

❺ 在书店容易买到魅丽优品的书吗？

A.容易，想买的书都能买到　B.不容易，很难找到　C.只能找到一部分书

❻ 最喜欢看哪种类型的小说？（可多选）

A.青春校园　B.魔幻科幻　C.都市言情　D.穿越　E.悬疑恐怖　F.热门电视剧改编　G.其他

❼ 平时买杂志比较多还是图书比较多？

A.杂志　B.图书

❽ 以下哪种因素会成为你买杂志的首选原因？

A.内容　B.价格　C.设计风格　D.主编　E.广告　F.纸张质量　G.彩页多少

❾ 以下哪种因素会成为你购买图书的首选原因？

A.内容　B.价格　C.设计风格　D.作者　E.出版社　F.其他

❿ 通常通过以下哪种渠道购书（可多选）

A.新华书店　B.大型书城　C.民营书店　D.打折书店　E.报刊亭　F.书摊　G.二手书店　H.网络商城

⓫ 会购买明星写真集吗？

A.从不买　B.只买自己喜欢的明星的写真集　C.看价钱，如果太贵，就算是喜欢的明星的写真也不买

D.只要是喜欢的明星，多少钱都会买

⓬ 你是否认为魅丽优品的图书封面字体太花了，看不清？

A.是　B.否　C.偶尔　D.你不这样认为，但听其他人反映过这个问题

⓭ 您会被什么样的图书促销活动吸引？

A.打折　B.签售　C.买一赠一等赠送方式　D.互动活动获奖　E.其他

⓮ 您是否能接受购买旧书？

A.能　B.不能

⓯ 你想得到哪位作者的亲笔回信？

⓰ 今年看过的所有魅丽优品的书，最喜欢哪一本？

填写此页并寄回魅丽优品，有机会得到指定作者亲笔回信！

填写此页并寄回魅丽优品，有机会得到指定作者亲笔回信！